나비야
청산 青山 가자 제❷권

나비야 청산青山 가자 제❷권

초판 1쇄 인쇄 2011년 04월 20일
초판 1쇄 발행 2011년 04월 27일

지은이 | 김명돌
펴낸이 | 손형국
펴낸곳 | (주)에세이퍼블리싱
출판등록 | 2004. 12. 1(제315-2008-022호)
주소 | 서울특별시 강서구 방화3동 316-3 한국계량계측회관 102호
홈페이지 | www.book.co.kr
전화번호 | (02)3159-9638~40
팩스 | (02)3159-9637

ISBN 978-89-6023-584-7 04810
ISBN 978-89-6023-582-3 04810(세트)

나비야

청산 青山 가자 _{제❷권}

김 명 돌 지음

| 에세이 작가총서 367 |

나 홀로 도보여행,
마라도에서 통일전망대까지

ESSAY

초등학생 막내아들에게 요즘 장기 두는 법을 가르치면서 장기 한 판에 책 한 권 읽기로 약속하고 『만화 삼국지』와 『만화 초한지』를 읽히고 있다. 장기판에는 항우의 초나라와 유방의 한나라가 등장하는데, 이들의 전쟁인 초한전(楚漢戰)은 인간사의 수많은 교훈을 준다.

역발산기개세(力拔山氣蓋世) 항우가 진나라 도읍 함양에 입성하여 3세 황제 자영을 죽인 후 아방궁에 불을 지르고, 금은보화와 미녀를 거두어 고향인 강동으로 금의환향하고 싶어 한다. 그러자 신하 한생이 "이곳에 도읍을 정하고 천하를 호령하시옵소서." 한다. 이에 항우는 멀리 동쪽 고향하늘을 바라보며 말한다. "부귀한 몸이 되어 고향으로 돌아가지 않는 것은 '비단옷을 입고 밤길을 가는 것(錦衣夜行)' 과 같아서 누가 알아줄 것인가." 그후 항우를 죽이고 천하를 통일한 7년 후 유방은 반란을 일으킨 경포를 물리치고 개선하여 돌아가는 중에 그립던 고향 패(沛)에 들렀다. 역사적인 금의환향이었다. 고향에서 거나하게 술에 취한 유방은 축(비파처럼 생긴 악기)을 두드리며 자작곡을 흥겹게 불렀다.

큰 바람 불고 구름 높이 오르니
위풍을 천하에 떨치고 고향에 돌아왔네
용맹한 인재들 사방을 지켜 태평천하를 이룩하리

용인에서 생업의 터전을 잡은 지 10년이 되는 해, 배낭을 메고 고향 안동을 찾아가는 '나 홀로 도보여행' 을 했다. 2007년 1월 2일부터 9일간의 260km 도보여행이었다. 가난의 질곡과 배움에 대한 한에서 벗어나 자족하는 가운데 지난날을 회상하고 새로운 내일을 염원하며 그리운 어머니와 고향을 찾아가는 금의환향(?)의 길이었다. 고향을 떠난 지 30여 년이 지나서 '나 돌아가리라~' 하는 귀거래사를 부르며 유유자적 나그네 되어 가는 길이었다. 다음해인 2008년 1월 1일부터는 8일간의 280km 두 번째 도보여행을 했다. 안동에서 다시 용인으로 올라오는 나 홀로 도보여행이었다. 지난해는 과거에 급제하여 문경새재를 넘어가는 입신양명(立身揚名)한 선비의 마음이었다면, 이번에는 청운의 꿈을 안고 죽령고개를 넘어오는 한가한 선비의 마음이었다. '생거진천 사거용인' 이 '생거용인 사거용인' 이 되어, 살기 좋은 고장임을 자랑하는 용인에서 소중한 인연들과 더불어 여유롭고 아름답게 사는 새로운 삶을 꿈꾸는 여행이었다.

눈보라 몰아치는 두 번의 여정에서 이룬 도전과 성취는 보다 확장된 새로운 꿈을 꾸게 했다. 즉 장대한 국토 종단의 도보여행이었다. 그리고 결국 2010년 2월 세 번째 나 홀로 도보여행 '마라도에서 고성 통일전망대까지' 25일간의 790km 국토 종단을 실행에 옮겼다. 실로 괄목할 만한 발전이었다. '천리 길도 한 걸음부터' 라는 만고의 진리를 '2천리를 한 걸음씩' 걸으면서 실증했다. 티끌 모아 태산을 이루는 적소성대(積小成大)요, 두 발로 걷는 한 걸음의 위대함을 깨닫는 쾌거였다.

일찍이 산을 좋아하고 여행을 좋아하는 역마살이 끼어 마음 내키면 일상의 얽매임에서 벗어나 훌쩍 어디론가 멀리 자유롭게 훨훨 날아다니곤 했다. 국토 종단! 이는 신선한 착상이었다. 선각자들같이 바람처럼 구름처럼 주유천하를 하고 싶었다. 여러 가지 장애물이 있었지만 언제나 포기해야 할 기회비용은 있는 법. 큰아들이 휴가를 마치고 다녀가는 날을 길 떠나는 날로 잡았다.

"나는 오후에 제주도로 간다. 제주에서 다시 배를 타고 해남 땅끝마을로 와서 걸어서 네가 있는 부대로 갈게. 너를 면회하고 고성 통일전망대까지 갈 생각이다."

그렇게 여행은 시작되었다. 구체적인 여행코스도 일정도 없었다. 시작은 제주도에서, 다시 해남 땅끝으로 와서 인제 원통 군부대를 들러 통일전망대로 가는 길. 발길 닿는 대로, 마음 내키는 대로 이리저리 떠돌다가 날이 저물면 가까운 곳에서 숙소를 정하자는 생각이었다. 시작이 반이다. 하늘을 날고 바다를 건너 땅끝의 해안가를 걸으니 하루하루 시간이 가면서 자연스레 코스가 결정되고 여행의 멋이 깊어져갔다.

최남단 바닷가에서 설렘과 흥분으로 시작된 여행은 전라도, 충청도, 강원도 내륙을 거쳐 최북단의 동해바다에서 절정에 이르고, 통일전망대에 도착하는 그 날은 의도적으로 미루어져갔다. 아쉬움으로 여행을 마무리할 수가 없었다. 하루 40km를 걷던 발걸음은 10km로 줄고, 몸과 마음은 구만리 창천을 날고 망망대해를 떠돌며 흘러흘러 갔다. 통일전망대로 가는 날,

하늘은 동장군(冬將軍)을 보내어 하얀 꽃가루를 날리며 내가 가는 길을 축복해주었다. 하늘도 바다도 대지도 하얗게 뒤덮인 순백의 세계를 만끽하며 더 이상은 갈 수 없는 그곳, 통일전망대에서 금강산을 바라보고 해금강을 바라보았다. 그리고 두 손을 모으고 마음을 모았다.

그렇게 국토 종단의 도보여행은 끝이 났다. 감격적이고 감동적인 내 인생의 아주 특별한 여행은 끝을 맺었다. 그리고 그날은 내 인생에서 역사적인 특별한 날이 되었다. 하지만 내 마음은 벌써 '다음 목표는?' 하며 더욱 큰 새로운 시작의 구상으로 전이된다. 창조적인 변화, 소박한 도전의 열정은 오늘의 나를 만들었다. 백척간두(百尺竿頭)에서 때로는 좌절하거나 포기하고도 싶었지만, '고지가 저긴데' 하며 끝을 보고 싶었다. 그리고 그곳에 다다르면 끝은 없었다. 끝도 없고 시작도 없었다. 시작은 끝이었고, 끝은 곧 시작이었다. 끝도 시작도 작위적인 표현일 뿐이었다.

여행은 세상의 학교요, 몸으로 체득하는 책이다. 여행에서 만나는 모든 인연들은 세상을 가르쳐 보여주는 스승이다. 여행은 자신을 객관화시켜준다. 나무가 아니라 숲을 보게 한다. 물속에 있는 물고기는 자신의 모습을 볼 수 없다. 여행은 객관화된 자신을 발견하는 계기가 된다. 몸은 우리 국토라는 공간의 길을 걸었지만, 마음은 우리 민족의 역사와 문화를, 지나가는 고장의 향토사를, 수많은 시인묵객들과 민초들, 나 자신의 가족사와 개인사를 만났다. 함께 소리 내어 웃고 울었다. 시간과 공간을 초월해서 내 마음이 담긴 나만의 길을 걸었다. '나비야 청산 가자! 범나비야 너도 가자! 노래하며 청산을 찾아가는 자유의 길, 편력의 길을 갔다.

현재는 과거의 산물이요, 미래는 현재의 산물이다. 미래의 행복과 불행은 오늘을 살아가는 결과물이다. 운명의 그림자가 아닌 선택의 의지에 달려 있다. 끝없는 도전은 인간의 문명을 발전시켰다. 창조적인 변화를 추구하고 도전하는 국가와 사람만이 새로운 하늘, 새로운 땅을 만날 수 있다. 열심히 달려온 지난날들이었다. 대한민국 국토를 종단하는 나 홀로 도보여행은 고행의 길이자 성찰의 길이며 순례자의 길이었다. 회상의 길이요 참회의 길이며 정진의 길이었다. 뿌리를 찾아가고 어머니를 만나는 귀향의 길이었다. 청산에서 먼저 세상을 떠나신 그리운 아버지를 만나고 사랑하는 아우를 만나 목 놓아 울었다.

사람의 일생은 유한하다. 진시황제는 불로초를 구하고 부활을 기대한 파라오는 미라를 만들었지만, 모두가 아침이슬 같은 나그네 된 짧은 생을 살다가 갔다. 영원한 것은 없으며 모든 것은 잊히고 사라진다. 흔히 호랑이는 죽어 가죽을 남기고 사람은 이름을 남긴다(虎死留皮 人死留名)고 한다. 글을 쓰는 것은 이름을 남기고 생의 자취를 남기는 것이다. 한(恨)이 많은 사람들이 글을 쓴다고 한다. 자신에게든 타인에게든 하고 싶은 이야기가 많다는 것이다. 나의 2천리 길 도보여행이 육필(肉筆)로 쓴 글이라면, 이 글은 지금까지의 삶을 정리하는 미라이다. 그 속에 가슴 아픈 날들을 묻어두고 싶다. 글을 쓰는 것은 길을 걷는 것과 마찬가지로 즐겁고도 외롭고 힘든 여정이었다. '글'의 'ㅡ' 받침을 'ㅣ'로 바꾸면 '길'이 된다. 길을 가듯 글을 쓰는 것은 자신과의 먼 추억여행이요, 희망에 찬 미래를 꿈꾸며 현재라는 길흉화복의 선물을 기뻐하는 여행이다. 보석 같은 눈물이 있고, 꿈같은 기대감이 있으며, 황금과 소금 같은 지금이 있다. 하지만 이제는 글과 길 위에서 만나는 슬픈 과거의 이야기는 용광로에 녹여 깊은 저장고에 묻어두고 싶다. 부끄러워 차마 고백하지 못하는 숱한 이야기들처럼.

모든 것이 합력하여 선을 이룬다. 길에서 만나는 자연은 평소의 그것이 아니었다. "내 앞에서도 뒤에서도 걷지 마라. 내가 따르지도 인도하지도 않을 수 있으니 나의 옆에서 걸어라. 우리는 하나다."라는 인디언 아파치족 격언처럼 자연은 나와 하나가 되어 경이로운 동행을 했다. 또한 많은 분들의 도움이 있었다. 격려와 위로, 스쳐가는 분들의 따스한 배려, 특히 민통선을 걸을 수 있도록 허락해주신 사단장님께 고마움을 전한다. 내가 비운 자리를 묵묵히 메워준 모든 인연들에게도 감사의 마음을 전한다. 나를 인도한 '보이지 않는 손길'에도 감사하며 두 어깨와 두 다리, 두 평발에게도 사랑의 키스를 보낸다.

김명돌

차 례

나비야 청산靑山 가자 제❷권

차 례

나비야 청산 靑山 가자 제①권

13

살아 있는 것은
다 행복하여라

청정지역 괴산으로(39km)

괴산

산에는 꽃 피네 꽃이 피네
가을 봄 여름 없이 꽃이 피네
산에서 피는 꽃은
저만치 혼자서 피어 있네
산에서 우는 작은 새야
산이 좋아 산에서 사노라네
산에는 꽃 지네 꽃이 지네
가을 봄 여름 없이 꽃이 지네
(김소월의 '산유화')

행복의 척도는 필요한 것을 얼마나 많이 갖고 있는가에 있지 않다. 불필요한 것으로부터 얼마나 벗어나 있는가에 있다. 무소유란 아무것도 갖지 않는 것이 아니다. 궁색한 빈털터리가 되는 것이 아니다. 무소유란 아무것도 갖지 않는 것이 아니라 불필요한 것을 갖지 않는다는 것이다.
(법정 스님의 '산에는 꽃이 피네' 중에서)

하늘은 푸르고 고요한 아침, 온 세상이 하얀 눈으로 덮인 낯선 산길을 걸어간다. 봄을 시샘하는 꽃샘추위로 산과 들에 온통 눈꽃이 피었다. 한적한 시골길, 가로수의 눈꽃이 눈부시도록 아름답다. 흰 눈이 메마른 겨울의 대지를 하얗게 덮었다. 지상의 세계가 흰 눈에 온몸을 겁탈당하고 침묵을 지키고 있다. 밝고 환한 햇살이 그만하라고 흰 눈을 나무란다. 뚝뚝 눈물을 흘리며 흰 눈이 서서히 자리에서 물러난다. 그 자리에 다시 대지가 촉촉하게 젖은 모습을 드러낸다. 찬바람이 볼을 스치며 지나간다. 바람소리에 놀란 듯 나무에서 꽃가지에서 눈꽃이 후드득 소리를 내며 떨어진다. 나무가 눈물을 흘린다. 눈을 이기지 못해 나무가 꺾이는 소리가 들려온다. "아얏!" 장난스레 비명을 지른다. 입춘 지난 지가 오래니 '입춘 지나 열흘이면 개가 그늘을 찾는다.'고 한 옛말이 무색하다.

발걸음이 가볍다. 눈으로 염색한 것처럼 흰 강아지가 농가에서 나와 다가온다. 하얀 눈과 조화를 이루며 귀엽다. 사람을 경계하지 않는다. 가까이에서 사진 촬영을 하는 순간 뒤쪽에서 하얀 어미개가 사납게 짖으며 앞으로 나선다. 봉생봉(鳳生鳳)이요 용생용(龍生龍)이라던가. 봉황새는 봉황새를 낳고 용은 용을 낳는다는 말이니 뒤를 잇는 새끼가 어미와 같다. 어미도 새끼도 너무나 하얗다. 깜짝 놀라 뒷걸음치면서 보는 순간 내 눈을 의심했다. 다리가 셋밖에 없었다. 그럼에도 불구하고 새끼를 지키려는 모성애로 사납게 짖는다. 저렇게 풀어놓아서 지나가는 차량에 사고를 당했으

려니 생각하니 안쓰러웠다. 혹시 공격해올까 뒤를 돌아보며 갈 길을 재촉한다.

옛날옛날 아주 오랜 옛날에 개와 닭과 돼지가 살고 있었다. 어느 날 하늘의 옥황상제가 지상에 내려와서 이들에게 인간들을 위해 무엇을 하고 있는지 각자 말해보라고 시켰다. 돼지 왈, "저는 먹고 자고 빈둥빈둥, 하는 일이 없습니다." 한다. 이에 옥황상제는 "예끼, 이놈!" 하며 칼로 내려치니 돼지의 코가 잘려나가 돼지는 들창코가 되었다. 닭에게 물으니 닭 왈, "저는 새벽에 시간을 알려주고 알을 낳아줍니다." 한다. "그래, 기특하다." 하면서 닭의 머리에 벼슬을 달아주었다. 마지막으로 개에게 물으니 개 왈, "저는 도둑을 지켜주고 친구가 되어주기도 하며 때로는 목숨 바쳐 충성을 다합니다." 하자 옥황상제가 감복했다. "장한지고, 너의 정성이 참으로 갸륵하구나. 다리가 셋밖에 없어 불편한데도 잘했다. 오늘 내가 너에게 다리 하나를 주어 너의 덕을 만천하에 알리도록 하겠다." 하고 다리를 주니 이후 개들의 다리가 넷이 되었다. 그래서 개들은 소변 볼 때 옥황상제께서 친히 하사하신 다리를 적실까 조심하느라 한 쪽 다리를 든다는 전설 같은 이야기를 생각하며 웃는다.

청원군 금관리를 지난다. 옥화 6경 금관숲을 지나간다. 숲에는 온통 하얀 눈꽃들이 자태를 뽐내고 있다. 밝은 햇살이 반가워서인지 눈꽃이 눈물을 흘리고 있다.

하늘의 임금이 돌아가셨나 나라의 임금이 돌아가셨나

온갖 나무들과 청산이 다 상복을 입었구나

그러니 내일 해님이 조상할 때면 집집마다

처마 앞에 눈물이 뚝뚝 떨어지겠구나

이 시대의 김삿갓이 200년 전의 김삿갓의 시를 떠올리며 맑은 하늘과 눈으로 덮인 세상을 감상한다. 자연에 묻히면 추위도 능히 견디고, 자연을 노래하면 근심걱정을 잊는다고 했으니, 자연의 절경 앞에 마음이 고요하고 세상살이에 초탈해진다.

드디어 괴산군 청천면이다. 6 · 25 전쟁 때 퇴각하지 못한 공비들로부터 지역주민의 생명과 재산을 지키고 보호한 '향토방위전몰용사 위령탑' 앞에 서서 잠시 머리를 숙인다. 길가의 무덤 위에 눈이 하얗게 덮여 있다. 이름 모를 사자(死者)의 무덤이 가슴에 와닿는다. 인간사의 모든 행로는 묘지에서 끝난다. 무덤은 존재의 완성이고 소멸이며 무(無)의 입구다. 무덤은 여섯 자 깊이에 석 자 넓이밖에 안 된다. 그러나 사자는 그 안에서 싸늘한 흙 속에 갇혀 신비한 잠을 잔다. 산 자들은 사자의 그 신비함을 어찌 알겠는가. 인생은 짧고, 예술은 길다고 한다. 묘지로 가는 장송곡도 중요하지만 심장이 멎은 뒤 사자의 평온, 그것은 두려움의 본체이자 선한 생을 살아야 하는 이유이기도 하다. 이생에서 만나고 알고 사랑하고 헤어지는 모든 것은 인간의 삶이다. 무덤은 죽음이란 모습으로 이별의 완성을 나타낸다. 지난 추석 시골집, 명절을 보내기 위해 병원에서 나오신 어머니가 말씀하신다.

"내 병원에 언제 처음 갔노. 한 2년 넘었지?"

"그래 엄마. 왔다 갔다 다니시다가 아예 입원한 지는 한 2년 넘은 것 같다.”

“내 오래 살았다. 이제 나도 갈 때가 됐다. 니 돈 못 벌었으면 나는 벌써 죽어 저기 묻혔을 텐데.”

“엄마는 별 말씀을! 엄마는 오래오래 살아야 돼! 엄마가 없으면 내가 어떻게 살아. 엄마는 어디 특별히 아픈 데도 없고, 오래 사실 거야. 요즘은 병원비도 많이 싸졌어. 항상 즐겁고 기쁘게, 알았지 엄마?”

엄마는 돌아누우며 말씀하신다.

“그래 알았다.”

영원한 이별을 생각하는 어머니의 마음을 느끼는 순간 눈물이 맺혔다. 인간은 새싹같이, 푸른 나뭇잎같이 대지의 은총으로 반짝이며 아름답고 탐스럽게 빛나고 번성하다가 한 순간 변하여 덧없이 시들고 쇠하여 사멸(死滅)한다. 죽음의 시간이 오면 산 자와 사자(死者)는 각자의 길을 간다. 산 자는 슬픔에 젖어 울다가 시간의 묘약을 먹고 망각의 세월을 가고, 사자는 먼 길 여행을 가며 이를 보고 즐거워한다.

무덤 앞에는 효자각이 세워져 있고, 효자각에는 효자의 행적이 기록되어 있다. 조선 숙종 때 병든 아버지가 위급하자 단지(斷指)를 해서 피를 입에 넣어드려 5일간 생명을 연장시키고, 아버지가 돌아가시자 상복을 벗지 않고 삼년상을 지냈다. 삼년상이 끝난 후 어느 날, 산소에 불이 나서 산불을 끄다가 죽었다는 내용이다. ‘인사유명(人死留名) 호사유피(虎死留皮)’ 라고 한다. 사람은 죽으면 이름을 남기고 호랑이는 죽으면 가죽을 남긴다는 말이다. 아름다운 이름을 남기되 효자각에 이름을 남기는 것은 가장 사람답게 살았다는 의미다.

유교가 우리나라에 소개된 것은 삼국시대부터였지만, 그것이 국가의 지도이념으로 자리 잡고 사회제도를 지배하기 시작한 것은 조선의 건국과 함께였다. 공자는 사람다운 사람은 맞설 자가 없다 하여 ‘인자무적(仁者無

敵)'을 강조했다. 공자의 인은 곧 사람다움을 구현하는 과정인데, 그 출발을 부모에 대한 효와 형제간의 우애로 보았다. 효는 부모의 몸을 받드는 것은 물론 정성을 다해 부모의 뜻을 받들어야 한다고 했다. 한편 조선의 왕들은 부왕(父王)이 죽으면 삼년상을 지낸 후 신하들과 선왕의 묘소를 참배하며 신하들에게 충을 강요하고 효를 강조했다. 효는 충의 시작이었다. 어느날 재아라는 제자가 공자에게 삼년상이 너무 길지 않느냐면서 1년 만에 상을 마치면 어떻겠느냐고 물었다. 공자는 재아에게 되물었다.

"그렇게 하고서 쌀밥을 먹고 비단옷을 입어도 편하겠는가?"

"예, 편할 것 같습니다."

"군자가 상을 당했을 때는 기름진 음식을 먹어도 맛있지 않고, 아름다운 음악을 들어도 즐겁지 않으며, 마음 편히 안락하게 거처할 수 없기 때문에 삼년상을 하는 것이다. 하지만 네가 편하다면 네 생각대로 해라."

재아가 나가자 공자가 다른 제자들을 향해 말했다.

"재아는 사람답지 못하구나. 자식은 태어나서 삼년이 지나야 부모 품을 벗어날 수 있다. 삼년상은 세상 사람이 다 지내는 것이다. 재아도 부모에게 삼년 동안 사랑을 받지 않았는가?"

하지만 당시 유가사상을 비판한 묵자는 삼년상을 반대했다. 삼년 동안 상복을 입고 일을 안 하기 때문에 산업이 부진해지고, 그동안은 아이도 안 낳기 때문에 인구가 감소해서 정의로운 전쟁에 사람이 부족해진다는 것이었다. 또한 장례가 너무 화려해서 마치 이사 가는 사람 같으며, 이것이 재산을 탕진한다고 생각했다. 여기까지 길을 걸어오면서 효자각이나 효자비를 많이 볼 수 있었는데 삼년상을 치르는 것은 마치 효자의 기본이었던 것으로 보였다. 하지만 이는 결코 쉽지 않은 일이다. 조선시대 여자는 칠거지악(七去之惡)을 범하면 내쫓겼다. 칠거지악은 '시부모에게 불순하면 버린다. 자식이 없으면 버린다. 음행하면 버린다. 질투하면 버린다. 나쁜 질병

이 있으면 버린다. 말이 많으면 버린다. 절도하면 버린다.' 이다. 그런 한편, 삼불거(三不去)라 하여 쫓아낼 수 없는 경우가 셋 있다. '아내가 돌아갈 곳이 없는 경우, 부모의 삼년상을 함께 지낸 경우, 가난할 때 시집와서 집안을 함께 일으켰을 경우' 다. 부모의 삼년상을 함께 지내는 것이 그만큼 어렵기 때문이다. 돌아갈 곳이 없는 여자를 버리지 못하게 하는 것과 조강지처를 버리지 못하게 하는 선조들의 정신에서 따뜻한 인간미가 묻어난다. 금세기 최고의 지성 아놀드 토인비(1889~1975)는 만약 지구가 멸망해서 다른 별로 이주할 때 가져갈 한 가지가 있다면 무엇을 가져가면 좋겠느냐는 기자들의 질문에 즉시 '한국의 가족제도' 라고 답했다. 하지만 자식이 부모 봉양을 꺼리는 지금의 현실을 안다면 같은 이야기를 할지 의문이다.

청천면을 지날 때 올갱이 해장국집과 민물매운탕집이 유난히 많다. 청천(淸川)이라 맑은 시내가 흘러가니 올갱이와 민물고기가 많은가보다 하고 고갯길을 넘어간다. 따사로운 햇살에 도로에 내린 눈은 이미 녹아내리고 나뭇가지의 눈꽃들도 자태를 잃어간다. 삼거리에서 오른쪽으로 가면 화양동으로 가지만, 왼쪽 문광면 방향으로 길을 잡는다. 이곳 청천면에는 우암 송시열(1607~1689)의 묘가 있다. 화양동 계곡은 깨끗한 물과 기묘한 바위 덩어리가 조화롭게 절경을 이루어 맑은 기운이 넘치는 별천지다. 백두대간의 깊은 산중에 은자처럼 숨어 있던 이 계곡을 역사의 전면으로 나타나게 한 이는 우암 송시열이다.

『조선왕조실록』에 3000번 이상이나 이름이 언급된 송시열은 83세의 나이에 '죄인들의 수괴' 란 죄목으로 제주에서 압송되어 오던 중 정읍에서 사약을 마시고 세상을 떠났다. 그러나 그는 죽고 난 후 성균관 문묘에 공자와 함께 배향되었고, 공자 · 맹자 · 주자처럼 '위대한 스승' 에게 붙여지는 '子' 를 써서 송자(宋子)라 불리는 영광을 누렸다. 송시열은 일찍이 화양동

경치를 사랑하고 즐겼다. 그래서 '바위틈에 튼 둥지'라는 뜻의 암서재를 짓고, 9곡의 이름을 명명하며 은거하기도 했다. 송시열을 배향한 화양서원은 나라 안에서 가장 힘을 자랑하는 서원이 되었다. 국가적인 지원에다 노론 관료들과 유생들의 재산 기증이 이어짐에 따라 서원의 재산은 갈수록 불어나 이곳은 유생들의 세력근거지로 변해가면서 민폐의 온상이 되었다. 조선 말엽, 당시 한량으로 지내던 대원군이 이곳을 지나가던 중 하마비(下馬碑)에서 내리지 않는다 하여 묘지기에게 발로 걷어차이고 가랑이 사이로 지나갔으니, 이때 망신을 당한 대원군은 서원을 '도둑놈의 소굴'이라며 훗날 섭정 시작 후 곧 서원 철폐령을 내렸다는 뒷얘기가 전해진다.

　1864년에 집권해 1873년에 실각할 때까지 10년간 펴나간 대원군의 대다수의 개혁정책은 백성들의 전폭적인 지지를 받았다. 그 첫 번째 개혁조치가 서원 철폐였다. 서원은 조선 중기 이후 학문연구와 선현제향(先賢祭享)을 위하여 설립된 사설 교육기관이었으며 향촌의 자치 운영기구의 기능도 했다. 향교가 지금의 국립 교육기관이라면 서원은 사립 교육기관이라 할 것이다. 우리나라 최초의 서원은 백운동서원으로 이 황이 풍기 군수로 있으면서 명종에게 소수서원이라는 편액과 함께 서적, 노비를 하사받았다. 한적하고 경치가 좋은 곳에 세워진, 전국적으로 700개가 넘는 서원은 지방 유지들의 거점으로서 수령이나 관찰사도 무시할 수 없는 세력이었다. 서원은 자체적인 토지와 노비를 가지고 있었으며 세금도 면제받았다. 또한 서원의 증개축이나 수리, 유지, 비용을 관아에서 지원했는데, 이는 모두 백성들에게서 나온 것이다. 따라서 백성들은 '서원이 있는 데는 개도 오줌을 싸지 않는다.'며 원성이 자자했다. 이런 서원을 47개만 남겨두고 다 철폐했으니 백성들이 좋아하지 않을 수 없었다.

　'임금의 하늘은 백성이요, 백성의 하늘은 밥'이고 '금강산도 식후경'이라 했으니, 배가 고파서 둘러보아도 점심시간이 훨씬 지났는데 식사할 곳이 없다. 어느 누가 '의식주(衣食住)' 라 했던가, 의당 '식의주' 로 바꾸어야 하리라. 비상식량 과자로 대신하니 서글퍼서인지 배고픔이 더욱 밀려온다. 예전 사람들은 아침과 저녁 두 끼만 먹고도 살았다. 그래서 식사를 조석(朝夕)이라 하지 않았는가. 습관은 무서운 것, 배꼽시계가 울리는데 어이하랴. 본래 '점심(點心)' 이란 문자 그대로 '뱃속에 점을 찍는 정도' 로 간단히 먹는 음식을 가리키는 말이었다. 궁중에서도 아침저녁에는 '수라' 를 올리고 낮에는 국수나 다과로 '낮 것' 을 차렸다. 계절에 따라 차이가 나기도 했다. 해가 긴 여름에는 간단한 점심을 포함하여 세 끼를 먹고, 해가 짧은 겨울에는 두 끼를 먹었다. 물론 농촌에서 한창 바쁜 모내기 때는 새참까지 다섯 끼를 먹기도 했다.

19세기를 통틀어 음식에 대한 가장 유명한 베스트셀러는 단연 『규합총서』이다. 지은이는 빙허각이라는 이름을 가진 이 씨 가문의 여성이다. 그 시동생은 '임원경제지' 라는 조선 팔도의 농학기술을 수집한 서유구다. 형수와 시동생이 19세기 백과사전계의 양대 산맥을 이룬 것이다. 『규합총서』에는 식시오계(食時五戒)라 하여 음식을 먹는 데 있어서의 다섯 가지 도를 논하고 있다.

첫째, 내 눈앞에 있는 이 음식이 얼마나 어려운 과정을 거쳐서 여기 놓였는지를 생각해보라. 둘째, 음식을 먹기 전에 사람으로 자기 할 도리를 다했느냐를 생각해보라. 셋째, 음식을 탐내는 마음을 막아 참다운 성정을 쌓아야 한다. 넷째, 모든 음식에는 저마다의 영양과 기운을 북돋아주는 힘이 있으니, 음식의 맛에 지나치게 취하지 말고 약처럼 먹으라. 다섯째, 일하지 않는 자 먹지도 말라. 사람이 마땅히 할 일을 다 해 덕을 쌓지 않는다면 어찌 맛있는 음식을 탐할 수 있겠는가.

'염라대왕도 먹어야 대왕' 이라는 말이 있다. 배고픈데 무슨 식시오계인

가 하며 가다가 괴산 읍내에 도착해 첫 번째 식당으로 들어선다. "아주머
니, 제일 빨리 되는 걸로 주세요." 하고는 허겁지겁 배를 채운다. 배고픈 것
보다 더 큰 설움은 없다. 집 나오면 등 따숩고 배불러야 한다. 먹고 자는 문
제가 제일이다. '사람은 똥 힘으로 산다.'고 사흘 굶으면 못 할 노릇이 없
다. 허기를 해결하고 나니 괴산이 새롭게 다시 보인다. 길가에 있는 버스
정류장에서 휴식을 취한다.

포스터에 괴산군의 캐릭터 임꺽정이 자기 키보다도 더 큰 괴산군의 대표
농산물인 붉은 고추를 왼손에 들고 오른손 엄지손가락을 세워 보인다. 일
어나 나도 똑같이 흉내를 내어보다가 누가 볼까 싶어 얼른 주위를 둘러보

고 웃는다. 괴산에는 느티나무가 많다. 아니, 우리나라 마을에 가장 많은 비중을 차지하는 나무가 느티나무다. 느티나무는 '괴목(槐木)'이라고도 한다. 괴산의 '괴(槐)'는 나무[木]와 귀신[鬼]의 만남이라 생각하니 왠지 으스스한 기분이다.

괴산에는 벽초 홍명희의 생가가 있다. 이광수, 최남선과 더불어 구한말 조선의 3대 천재로 불리는 벽초 홍명희(1988~1968). 북한의 IOC 위원을 역임했고, 내각 부수상과 북한 인민회의 부의장을 지냈다. 일제하 민족운동의 지도자격 인물이었으며 8·15광복 후 조선문학가동맹 중앙집행위원장을 역임하다가 월북했다. 벽초의 생가가 복원되고 그의 가족들이 옮겨 살았던 제월리 마을 집 뒤 언덕에는 '작가 홍명희의 고향'이라는 표지석이 세워지고, 제월대에는 '벽초 홍명희 문학비'가 세워져 있다. 1928년부터 10여 년에 걸쳐 조선일보에 연재한 소설 임꺽정은 그의 유일한 작품이자 20세기의 걸작으로 남북한이 함께 자랑하는 고전이다. 벽초는 임꺽정을 통해 천민 계층을 이상화함으로써 계급의 관점에서 자본주의적 모순을 겨냥하는 역사의식을 보여주었다. 괴산군은 벽초 홍명희의 생가가 지나는 도로에 대해 '임꺽정로'라는 이름을 부여했다.

임꺽정은 양주고을 출신으로 기운이 천하장사였다. 명종 10년 전라도에 왜변이 일어났을 때 출전하여 큰 공을 세웠으나 백정이라는 이유 때문에 아무런 보상을 받지 못했다. 여기에 불만을 품은 임꺽정은 나라가 부패하여 탐관오리들이 그들의 배만 채우고 백성들을 못살게 굴므로 이에 의분을 참지 못해, 탐관오리들을 치기 위해 1559년 일어나 3년간 황해도를 중심으로 활동한 의적이다. 처음에는 힘이 약해 낮에는 숨었다가 밤에만 약탈을 했으나, 힘이 커지자 낮에도 관가에 나타나 관군과 대항하기에 이르니 조정에서도 심각한 문제로 대두되었다. 책사 서림의 배신으로 5년여에 걸쳐 온 나라를 공포의 도가니로 몰아넣은 의적 임꺽정이 온몸에 고슴도

치같이 화살을 맞고 쓰러져 최후를 마친 것은 명종 17년 정월 초순의 일이
었다. 홍길동, 장길산과 더불어 조선의 3대 의적으로 꼽힌다.

　한적한 시골길을 지나는데 기무부대장인 친구에게서 안부전화가 왔다.
국토종단 도보여행을 하고 있다고 하니 친구는 "국토종단의 대장정이라,
너무 멋있다." 하며 격려를 해준다. 친구에게 민간인 통제선을 걸어서 통
일전망대까지 여행할 수 있는지 점검해줄 것을 부탁했다. 한편 친구의 '대
장정' 이라는 표현이 너무나 거창하다. 1934년 10월, 장개석 군대의 포위공
격으로 중국 공산당의 주력부대가 강서성의 서금을 탈출, 중국대륙을 종횡
단하여 1935년 9월 20일 섬서성 오기진에 도착하기까지 1년간의 대장정이
떠오른다. 장개석 군과 지방군벌 군대의 집요한 추격과 공격을 받아가면
서 중국 대륙의 11개성을 통과하고 18개 산맥과 17개 큰 강을 건너 2만 5천

리 (1만 2천km)를 답파한 끝에 섬서성 북부지방에 도착했을 때, 강서성을 탈출할 당시 10만이었던 홍군의 주력부대는 거우 7천의 생존자만이 남아 있을 만큼 궤멸적인 타격을 받았다. 그러나 대장정은 단순한 패주의 기록만은 아니었다. 전우들의 감동적인 영웅담을 남긴 대장정은 중국 공산당의 불굴의 용기와 희생정신을 상징하는 위대한 신화를 이룩했으며, 존망의 위기에서 승리의 전기를 마련한 역사적 분수령이었다. 모택동은 대장정 직후 그 의미를 설명했다.

"장정은 진실로 선언서이며 선전대이며 파종기였다. …. 11개의 성에 사는 약 2억의 대중들에게 홍군이 가는 길만이 그들이 해방되는 길이란 것을 선전했다. 만일 장정이 없었더라면, 어떻게 광범위한 대중이 홍군이 구현하고 있는 대진리를 그렇게 빨리 알 수 있었겠는가. 장정의 과정에서 우리는 많은 종자를 11개의 성에 뿌렸다. 그것이 언젠가는 싹이 트고 잎이 나고 꽃이 피고 열매를 맺어서 추수할 때가 반드시 있을 것이다. 한 마디로 장정은 우리에게 승리였고 적에게는 패배였다."

모택동이 예언한 대로 중국 공산당은 장정을 통하여 다시 새롭게 탄생했다. 거의 모든 것을 잃었으면서도 중국혁명의 승리를 담보할 수 있는 새로운 지도부와 새로운 정책노선을 형성했으니, 대장정은 중국 공산당에게 역사적인 전환점이 되었던 것이다. 국토종단의 대장정 도보여행이 나 자신에게 주는 의미를 다시 한 번 생각해 본다. 도보여행 그 자체의 의미보다는 국토종단의 시간을 통해 무엇인가 생의 전환점이 되는 변화된 삶을 계획하고 설계하는 계기가 되어야 한다. 아울러 참되고 의미 있는 새로운 시작을 위한 준비이고 보다 알찬 삶을 위한 고행이어야 한다. 새로운 인생행로의 시작을 알리는 거대하고 웅장한 북소리여야 한다. 내가 가는 이 길이 자신 있게 나의 길이라고 말할 수 있는 용기 있는 결단의 순간이 되어야 한다. 돌아보지 않고 후회하지 않고 나의 길을 가고 싶다. 내가 꿈꾸는 소박하고 아름다운 꿈을 이루어가는 여정이라고 믿고 이제 대장정의 길을 간다. 나 자신에게 전하는 선언서이며 선전대이고 파종기인 대장정을 간다.

괴산 읍내를 지나 다리를 건넌다. 괴강(槐江)을 흐르는 물결이 세차다. 푸른 산 맑은 물, 백두대간이 빚어놓은 화양동, 선유동, 쌍곡 계곡 등이 선경(仙境)을 이루는 괴산은 전체 면적의 76%가 산이 차지한다. 산세 또한 아름답다. 연풍에서 가은을 넘나들던 가장 빠른 고개였다는 지름티재에서 제법 가파른 길로 올라가면 암릉으로 된 희양산(998m)이 빼어난 전망을 자랑한다.

남쪽 바위 아래 울창한 숲속에는 한국불교의 생명수인 봉암사가 있다. 1947년 겨울 성철스님을 중심으로 청담, 자운, 월산 등 20여 명의 젊은 스님들이 모여 일제 36년 동안 일그러진 불교의 제 모습을 찾기 위한 '봉암사의 결사'를 싹 틔운다. '오직 부처님 법대로만 살자'는 간결한 정신을 내세우고 불법에 어긋나는 불공과 천도재를 받지 않았다. 자신이 노동하여 생활하자는 '일일부작 일일불식(一日不作一日不食)'의 맹세였다. 조계종은 1982년 봉암사를 특별 수도원으로 지정하여 참배객이나 관광객의 출입을 통제하고 오로지 수행과 참선에만 몰두하게 하고, 4월 초파일 하루만 일반인을 위해 문을 연다. 희양산 봉암사는 한국불교의 자랑으로 받들어지고 있다.

날이 저물어간다. 충주로 가는 발걸음이 무겁다. 몸을 의탁할 잠자리가 없어서다. 괴산군 청소년 수련원이 보이기에 들어가 사정을 이야기하고 부탁할까 하다가 뻔히 거절당할 것 같아서 그만두었다. 도로변에 보이는 인삼밭은 폭설로 인해 무너져 내렸다. 봄에 내리는 눈은 물기를 많이 머금은 습성 눈으로 겨울에 내리는 건성 눈보다 무게가 4배가량이나 무겁다니,

인삼밭뿐만 아니라 많은 농가들이 때늦은 눈으로 인한 피해가 극심하다. 이탄에 도착하니 강물이 시원스런 소리를 내며 흘러간다. 원래 괴강 하류에 위치한 여울진 마을에 배나무가 많아 '배나무여울' 이었다는 '배나무여울 유래비' 가 세워져 있다. 민박집이 보여 반가움에 들어가니 단체손님에게 모두 주고 방이 없단다. 낙심하며 길을 가는데 '나그네슈퍼' 가 보인다. 문을 열어보니 닫혀 있다. 나그네를 위한 나그네 슈퍼가 문이 닫혀 있어 나그네의 설움이 깊어진다. 버스 승강장에 앉았다. '오늘은 어디서 유하나' 하는 무거운 심사를 알기나 하듯 저녁노을도 빠른 걸음으로 달아난다. 괴강에 비치는 황혼의 햇살이 고향의 어린 시절을 떠올리게 한다. 잠시 추억의 세계로 마음을 이끈다. 해는 넘어가고 잠자리는 없다. "여우도 굴이 있는데 인자는 머리 둘 곳이 없다."고 한 예수의 외로운 심정이다.

순간 차라리 버스를 타고 괴산으로 돌아가자 생각하니 마음이 가벼워진다. 발상의 전환이 주는 기쁨이다. 시골을 다니는 버스가 언제 올지 모르니 걷다가 오면 타기로 하고 길을 나선다. 이내 버스가 보인다. 다시 읍내로 돌아와서 숙소를 찾는다. 한 곳에 들어서서 방으로 올라가니 욕조가 없다. 욕조가 없으면 반신욕으로 피로를 풀 수가 없어서 망설이다가 다른 방을 달라 하니 욕조 있는 방이 없단다. 다시 거리로 나와서 걸어간다. 어둠이 밀려와 불빛이 괴산을 밝히고 있는 밤, 언덕 위의 모텔에서 읍내를 바라보며 안온한 시간을 갖는다. 피곤함 뒤에 쉼이 주는 기쁨을 만끽하며 깊은 생각에 잠긴다.

인생에서 배워야 할 가장 소중한 것은 무엇일까. 마키아벨리는 " '인간이 어떻게 살아야 하는가' 와 '실제로 어떻게 살고 있는가' 는 현저하게 다르므로 그 존재가 입증된 적이 없는 이상주의 대신 현실주의를 추구해야 한다." 라고 말한다. 사람들은 살아가면서 많은 책을 보고 공부를 한다. 대학

입시를 비롯해서 지식을 넓히고 처세술을 익히는 등 갖가지 공부를 한다. 하지만 가장 소중한 문제인 '어떻게 살아야 잘살고 행복하게 사는지', '어떻게 사랑하고 살아야 하는지'에 대해서는 배우고 익히지 않는다. 사람은 자신이 바라고 희망하는 만큼의 사람이 된다. 자신의 의지를 단련시키고 목표하는 바를 향하여 전진하는 만큼 성장하고 강해진다. 행복의 비결은 외계의 사물을 내게 적응시키기 위해 노력하기보다 내가 적응하는 것이다. 내게 없는 것을 무리하게 좇아가기보다 내가 가진 것으로 만족하는 것이다. 알랭은 『행복론』에서 "사람은 성공했기 때문에 만족하는 것이 아니라 만족하기 때문에 성공한다."라고 말하고 있다. 행복해서 웃는 것이 아니요, 웃어서 행복하다. 성공해서 행복한 것이 아니라, 행복해서 성공한다. 내 발걸음이 편해지기 위해 온 나라에 소가죽을 깔 필요는 없다. 내 발에 소가죽으로 만든 신을 신으면 된다.

　타인과 자신을 비교하는 것은 긍정적인 면과 부정적인 면 둘 다를 가지고 있다. 비교해서 자신을 자학하는 것은 어리석다. 비교해서 자신을 더욱 분발시키고 도전한다면 바람직한 비교. 우리나라 보통사람이라도 아프리카 추장보다 훨씬 더 많은 것을 소유하고 산다. 집도, 컴퓨터도, 자동차도 아프리카의 추장에게는 꿈과 같다. 그러나 더 행복하다는 보장은 결코 없다. 오히려 자신보다 부유한 사람들과 비교해서 비관하고 분노한다. 비교의 대상은 외부가 아닌 자신의 내면이어야 한다. 자신이 원하는 만큼의 인격을 소유하고, 원하는 만큼의 사회적인 성공을 거두고, 원하는 만큼의 인생의 소중한 지식을 가졌는가를 비교해야 한다. 평범한 것이 아름답다. 건강하게 자라는 아이들을 바라보는 것, 푸른 하늘을 바라보며 마음껏 시원한 공기를 들이마시는 것, 발길 가는 대로 훌훌 털고 떠나가는 것 등 인생을 풍요롭고 행복하게 해주는 요소들은 많다. 그러나 이는 잃어버리기 전에는 소중하다고 느끼지 않는다. 마음의 눈을 돌려 어떻게 살아야 하며 무엇이 진정 소중한지를 깨닫는 순간이 있고 가진 것에 감사할 줄 안다면 행복의 열쇠를 가졌다고 할 것이다.

하천 주변의 가로등 불빛이 아름답게 거리를 밝힌다. "괴산에 사는 사람들이여, 모두 행복하시오!" 하고 마음으로 기원한다. TV를 켜니 법정스님이 입적하셨다는 뉴스가 흘러나온다. 법정 스님이! 평소 마음으로 존경하던 법정스님이 입적하셨다. 80세에 입적한 석가모니를 염두에 두고 "80이 넘도록 살아 있는 것은 부처님께 미안한 일"이라고 하시던 법정스님이 79세로 입적하셨다. '간소하고 소박하게 사는 것, 남에게 폐를 끼치지 않는 것' 이 구도철학이었던 스님이 평생을 따랐던 석가모니보다 한 해 먼저 무소유의 길을 떠나신 것이다.

"내 소망은 단순하게 사는 일이다. 그리고 평범하게 사는 일이다. 느낌과 의지대로 자연스럽게 살고 싶다. 그 누구도 내 삶을 대신 살아줄 수 없기 때문에 나는 나답게 살고 싶다. 행복의 척도는 필요한 것을 얼마나 많이 갖고 있는가에 있지 않다. 불필요한 것으로부터 얼마나 벗어나 있는가에 있다. 무소유란 아무것도 갖지 않는다는 것이 아니다. 궁색한 빈털터리가 되는 것이 아니다. 무소유란 아무것도 갖지 않는 것이 아니라 불필요한 것을 갖지 않는다는 것이다."

이 같은 스님의 가르침은 지친 현대인의 마음에 청량제였다. 또한 스님은 "아름다운 마무리는 내려놓음이다. 내려놓음은 일의 결과, 세상에서의 성공과 실패를 뛰어넘어 자신의 순수 존재에 이르는 내면의 연금술이다. 아름다운 마무리는 비움이다. 채움만을 위해 달려온 생각을 버리고 비움에 다가가는 것이다. 그러므로 아름다운 마무리는 비움이고, 그 비움이 가져다주는 충만으로 자신을 채운다."라며 생의 아름다운 마무리를 가르쳤다. "내가 금생에 저지른 허물은 생사를 넘어 참회할 것이다. 내 것이라고 하는 것이 남아 있다면 모두 맑고 향기로운 사회를 구현하는 활동에 사용해 달라. 이제 시간과 공간을 버려야겠다." 라고 하시며 스님은 아름다운 생의 마무리를 하셨다.

1932년 해남에서 태어난 스님은 1955년 서울의 선학원에서 당대의 선승인 효봉스님을 만나 불교에 귀의했으며, 1975년부터 17년간 송광사 뒷산에 불일암을 짓고 홀로 지냈다. 불교의 가르침을 탁월한 문장력으로 표현하고, 수많은 산문집과 번역서를 펴내며 가르침을 전했을 뿐만 아니라, 천주교와 교류하는 등 종교의 벽을 허무는 데도 많은 역할을 하며 불교계에 큰 족적을 남겼다. 성철스님이 수도자의 자세가 어떤 것인지 보여주었다면, 법정스님은 불교의 대중화에 큰 기여를 했다. 힘들 때면 가끔 노랗게 바란 스님의 『무소유』를 읽으며 위로받곤 했었다. 2007년 고향 안동으로 가는 도보여행에서는 스님의 『살아 있는 것은 다 행복하여라』를 배낭에 넣고 걸었다. '생야일편부운기(生也一片浮雲起) 사야일편부운멸(死也一片浮雲滅), 삶은 한 조각 구름이 일어나는 일이요, 죽음은 한 조각 구름이 스러지는 일' 이라 하듯 스님은 시대의 잘못을 날카롭게 꾸짖고 대중의 번뇌를 달래주시다가 한 조각 구름이 흩어지듯 자연으로 돌아갔다.

밤과 낮이 한 집에 살 수 없듯이 삶과 죽음은 한 집에 살 수 없다. 떠오르는 아침 태양에 새벽안개는 달아난다. 사람이 왔다가 가는 것은 바다의 파도와 같다. 한 차례의 눈물, 한 번의 이별 노래를 부르고는 서서히 잊혀져간다. 그리워하는 이의 눈에서 영원히 떠나간다. 살아 있다는 것은 움직이는 것이고 따뜻하고 부드러운 것이다. 반면에 죽음은 조용한 것, 차갑고 굳은 것이다. 살아 있으려면 언제나 부드럽고 유연한 마음을 가져야 한다. 따뜻한 미소와 말, 표정을 가지고 있어야 한다. 고대 이집트에서는 잔치를 베푸는 자리에 해골이나 미라를 갖다 놓는 관습이 있었다고 한다. 그리고

33 _ 살아 있는 것은 다 행복하여라

'그대는 흙이니 멀지 않아 흙으로 돌아가리라' 하는 노래와 함께 잔치를 시작했다. 기쁨의 잔치에 죽음의 모습을 초대하는 이유는 무엇일까. 삶과 죽음, 기쁨과 슬픔, 행복과 불행은 언제나 함께한다는 진리를 말하는 것이 아니겠는가. 죽음을 멀리 두고 두려움과 공포의 대상으로 두기보다는 친숙하게 받아들이려는, 그래서 삶을 더욱 소중히 여기도록 해주는 풍습인 것이다.

청산에는 조부모님과 아버지, 아우의 무덤이 있다. 집 가까운 곳에 무덤이 있어서 더 많이 생각나고, 그래서 더 많이 슬퍼하지 않을까 하며 만류가 있었지만 오히려 더욱 처절히 생을 사랑하고 살아가는 계기가 된다고 생각했다. 추석이면 무덤가에 앉아 술과 음식을 먹으며 아이들에게 조부모와 아버지, 아우의 생전의 이야기를 들려준다. 청산에는 내가 묻힐 자리도 예비되어 있다. 아이들에게 "여기가 아버지가 묻힐 자리"라고 말한다. 세월이 흐르면 내가 무덤 속에 있고 아이들이 자신의 아이들에게 할아버지와 나의 이야기를 들려줄 것이다. 살아 숨을 쉬는 동안 더욱 사랑하며 살 일이다. 죽은 뒤에 무슨 소용이 있는가. 춘추시대 공자를 만난 구오자는 말한다.

"나무는 고요히 있고자 하여도 바람이 멈추지 않고, 자식은 부모님을 부양하려 하나 부모님이 기다려주지 않습니다. 가버리면 다시 오지 않는 것이 세월이며, 다시 뵈올 수 없는 것이 부모입니다."

말을 마친 구오자는 강물 속으로 몸을 던져 죽었다. 하루하루 산다는 것은 하루하루 죽어가는 것이다. 총칼보다는 수저가 더 많은 사람을 죽이고, 전쟁보다는 술로 죽은 사람이 더 많다. 물에 빠져 죽은 사람보다는 술잔에 빠져 죽은 사람이 더 많고, 거리에서 죽은 사람보다는 집에서 죽은 사람이 더 많다. 사람들은 헛된 환영 속을 걸으며 헛되이 고민한다. 일어나지 않을 일들을 고민하고 불필요한 의심과 공포, 근심과 걱정으로 괴로워한다. 예상치 못한 불가사의한 운명이 스쳐지나갈 수도 있지만, 그것 때문에 미리 불안해하고 초조할 필요는 없다. 이 세상은 그렇게 실망스런 곳이 아니다. 최선을 다해 나아가면 충분히 살 만한 곳이다. 평생을 살면서 어떻게 슬픔과 고통 없이 살 수 있겠는가. 음지가 없으면 양지가 없는 법, 장미에 가시가 있다고 불평하지 말고 오히려 가시가 있는 장미에 꽃이 피는 것을 감사히 여겨야 한다. 이 세상은 거울과 같다. 내가 미소를 지으면 거울도 미소 짓는다. 내가 얼굴을 찡그리면 거울도 얼굴을 찡그린다. 내 안경에 때가 있으면 세상이 흐리고, 더러운 창문을 통해서 본 이웃집 빨래는 더럽다. 빨간 유리를 통해서 본 세상은 모두 빨갛다. 그러므로 항상 사물의 밝은 면을 보고 긍정적이고 낙천적인 마음을 가져야 한다. 그러면 세상도 이웃도 그렇게 다가온다. 인생은 때론 희극이고 때론 비극이다. 희극이냐 비극이냐는 대체로 자신 스스로가 선택한 그대로다. 망망대해의 배는 나침반이 가리키는 목적지를 향해 항해한다. 나의 나침반이 가리키는 인생항로는 어디를 가리키는가. 예수는 말한다.

"멸망으로 인도하는 문은 크고 그 길이 넓어 그리로 들어가는 자가 많고, 생명으로 인도하는 문은 좁고 그 길이 협착하여 찾는 이가 적음이니라. 내가 길이요 진리요 생명이니…."

천국도 지옥도 내 마음에 있다. 멸망으로 인도하는 문도 생명으로 인도하는 문도 내 마음에 있다. 내 마음의 왕국에서 열락을 찾아 춤추고 노래하는 것은 결국 자신에게 있다. 누구나 부와 지위, 명예를 얻을 수는 없다. 하지만 누구나 마음먹기에 따라 마음의 천국에서 왕이 될 수도 있고 부와 명예를 누릴 수도 있다. 모두 그 마음의 짓이다. 괴산의 밤하늘에 떠 있는 수많은 별들은 스님께서 가신 것을 아는지 모르는지 무심히 반짝인다. 하늘을 향해 두 손 모아 스님의 극락왕생을 빈다.

플라톤은 운명할 때 세 가지를 감사했다. 첫째는 남자로 태어난 것, 다음은 야만인이나 짐승이 아닌 그리스인으로 태어난 것, 세 번째는 소크라테스와 같은 시대에 태어난 것이었다. 신사임당과 함께 조선시대 여류 한시의 최고봉으로 평가받는 허균의 누이 허난설헌의 가슴에 맺힌 한은 세 가지였다. 첫째가 여자로 태어난 것, 다음은 이 넓은 하늘 아래 하필이면 조선에 태어난 것, 세 번째는 수많은 남자 가운데 안동김씨 김성립의 아내가 된 것이었다. 플라톤은 수많은 고난과 역경, 슬픔이 있었지만 자기의 운명에 감사했다. 허난설헌은 남편과 시어머니에게 버림받고 오직 자식들에게만 정을 붙이고 살다가 어린 두 자녀를 잃자 피눈물을 흘리며 고통스러워한다. 그녀는 23세 때 꿈속에서 광상산에 올라 두 선녀의 청으로 '몽유광상산(夢遊廣桑山)'을 짓는다.

푸른 바닷물이 구슬 바다에 넘노니
푸른 난새는 채색 난새와 어울렸구나
아리따운 연꽃 스무일곱 송이
붉게 떨어져 달밤 서리에 싸늘하네

그녀는 자신의 시와 같이 27세 때 홀연히 의관을 정제하고 '오늘 연꽃이 서리에 맞아 붉게 되었다.' 하고는 숨을 거두었다고 한다. '연꽃 스무일곱 송이'는 자신의 나이와 같으니, 실로 자신이 죽을 나이를 시로 예견했다고 할 것이다.

나는 남자로 태어난 것에 감사하고, 내 고향이 안동이며 안동에서 태어난 것에 감사하고, 눈물 많은 내 어머니의 아들로 태어난 것을 감사한다. 험한 세상에 부딪히며 살아가기에는 남자이기에 벽이 적었다. 옛 것에 대한 존중과 옛 문화에 대한 쉬운 접촉이 어릴 적부터 자연스럽게 이루어질 수 있는 선비의 고장, 동방의 편안한 고을 안어대동(安於大東), 복주(福州)

요 길주(吉州)인 안동은 늘 편안하게 다가온다. 어머니의 눈물은 내 삶의 힘의 원천이었으며, 좌절하거나 포기하지 말고 열심히 살아야 할 이유였다. 어머니는 한풀이를 하고 기쁘게 해드려야 할 궁극의 대상이었다. 20대 초반부터 이 세상에 어머니가 계시지 않으면 나 역시 세상을 버리리라는 생각을 했다. 이제 어머니는 불편한 몸으로 여든한 살의 예쁜 할머니가 되었다. 나 또한 오십 둘의 지천명(知天命)의 세월을 살았다. 오랫동안 이 세상에서 함께 살아준 어머니가 고맙다. 지난 세월 어머니가 돌아가시는 상상만 해도 절로 눈물이 쏟아지곤 했었다. 언젠가는 헤어져야 할 이 땅의 인연 속에 눈물 많은 어머니는 나를 낳아주고 길러주고 힘과 용기를 북돋아주며 슬픔과 눈물을 가르쳐준 살아 있는 신의 존재였다. 신은 자신을 대신해서 사랑의 화신으로 어머니를 보내주었다고 하지 않던가.

14

진정한 즐거움은
한가한 삶에 있나니

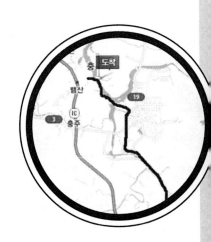

호반의 도시 충주로(38km)

나비야 청산가자!

충주

내 밭이 넓진 않아도
배 하나 채우기에 넉넉하고

내 집이 좁고 누추해도
몸 하나는 언제나 편안하네

밝은 창에 아침햇살 오르면
베개에 기대어 옛 책을 읽고

술이 있어 스스로 따라 마시니
영고성쇠는 나와는 무관하네

무료할 거라곤 생각지 말게
진정한 즐거움은 한가한 삶에 있나니

　　사재 김정국(1485~1541)은 중종 때의 명신이다. 그는 재물이나 권력 같은 세
속적 욕망에 매이지 않은 청복(淸福)을 마음껏 누린 군자였다. 기묘사화로 정계
에서 축출당해 은휴정(恩休亭)이라는 정자를 짓고 후학을 가르치고 책을 지으며
나날을 보냈다. 불행조차도 다행으로 여기고 원망하기보다는 고마워하는 마음
으로 청빈(淸貧)과 여유를 즐겼다. 대부분 갑작스런 불행은 사람을 황폐하게 만
들지만, 사재는 그와 반대로 자신에게 닥친 불행을 편안히 받아들여 "진정한 즐
거움은 한가한 삶에 있나니" 하며 진정한 선비의 모습을 보여주었다.

　　잠결에 눈을 뜨니 한밤중, 12시 20분이다. 일어나 창문을 연다. 시원한
공기가 밀려들고 별빛 아래 아름다운 괴산이 고요히 잠들어 있다. 자연이
살아 있고 생명이 살아 숨 쉬는 청정하고 아름다운 곳, 활기차고 풍요로운

친환경 농업의 고장이라 자랑하는 괴산의 밤이다. 나 자신 시골에서 태어나 시골의 추억과 정서를 가진 것은 생의 큰 축복이라고 항상 생각했다. 비록 그때는 가난하고 힘들었지만, 비록 그때는 자연의 소중한 가치를 몰랐지만 세월은 통찰력을 주었다. 돌아보면 그 시절이 있어서 오늘의 내가 존재하는 것이기에 시골에서 태어나게 해주신 부모님께 감사하다. 도시에서 태어나고 자란 세 아이들에게 문명의 혜택은 주었을지라도 시골의 추억과 정서를 안겨주지 못한 것이 한편 아쉽다. '언젠가는 돌아가리라' 하는 이른 귀거래사를 노래하며 멀지 않은 날 시골의 시원한 나무그늘 아래서 책을 읽으며 바람과 구름을 벗 삼고 산새와 나무들과 어울리며 서툰 솜씨로 텃밭을 일구면서 살아가는 꿈을 꾼다.

택시를 타고 어제의 종점이자 오늘의 시작점으로 간다. 하늘이 맑다. 간간이 떠가는 흰 구름이 여유롭고 찬바람이 따사로운 햇빛을 몰고 온다. 신선하고 평화로운 아침의 시골길을 간다. 한 무리의 참새들이 아침을 반기고 나무 위에서 경쾌한 합창으로 나그네를 소리 내어 맞이한다. 이름 모를 새 두 마리가 소리를 내며 하늘로 솟아오른다. 새들이 웃는다. 오늘 아침 새들은 울지 않고 웃고 있다. 새는 그것이 노래인 줄도 모르면서 노래한다. 새는 그것이 사랑인 줄도 모르면서 서로에게 교태를 부리며 사랑을 속삭인다.

충민사 사당이 보인다. 한산도대첩, 행주대첩과 더불어 임진왜란 3대첩의 하나인 진주대첩을 이끈 충무공 김시민 장군의 위폐를 모신 사당이다. 김시민 장군은 의병장 곽재우, 논개의 남편인 최경회 장군 등과 함께 진주성을 지키다가 이마에 적탄을 맞고 전사했다. 아들이 없어 입양을 했는데 남봉 김치(1577~1625)다. 그 후손들은 김치를 감히 '김치'라고 하지 못하고 '금치'라고 했다는 이야기가 전해진다.

해발 397m 박달산 느룹재를 올라간다. 꼬불꼬불 한참을 올라간다. 산길

에는 녹지 않은 눈들이 쌓여 있다. 아직도 겨울이다. 산속 도로변 시골집에서 갑자기 떠들썩하게 난리가 났다. 걸어서 고개를 올라오는 나그네를 마치 처음 보는 듯 10여 마리의 개들이 일제히 야단법석(野壇法席)이다. 산속 외딴집이라 개를 많이도 키우는구나 하며 손을 흔들어 개들을 희롱하며 걸어간다. 고갯마루에 이르자 시원한 바람이 이마에 흐르는 땀을 식혀준다. 울울창창(鬱鬱蒼蒼) 푸르른 소나무가 숲을 이루고 있다. 내 고향 청산에도 이맘때인 봄이면 소나무가 푸르고 진달래가 만산을 울긋불긋 장식한다. 청산에서의 어느 날 소나무가 진달래에게 장난기 어린 말을 한다.

"가을날 앙상한 가지만 남은 네 모습은 몹시도 처량해 보이지."

그러자 진달래가 코웃음을 치며, "눈에도 안 띄는 봄날의 네 꽃도 꽃이라고 피우냐?" 한다. 조그마한 진달래에게 무안을 당한 소나무는 몹시 기분이 나빴다. 이런 저런 생각에 밤에 잠도 못 이룬 소나무는 이튿날 다시 진 달래에게 말했다.

"봄이면 온 산을 덮고 있는 울긋불긋 네 꽃은 정말이지 그렇게 아름다울 수가 없어."

진달래가 환히 웃으며 말한다.

"무슨 소리, 추운 겨울에도 꿋꿋하게 청산을 지키는 네 모습이야말로 기 개가 있지."

소나무는 기분이 좋았다. 진달래도 웃고 있었다. 시원한 바람이 진달래 와 소나무의 이야기를 청산의 이웃들에게 전해주었다. 지나가던 흰 구름, 청솔모와 다람쥐, 산새들과 나무들, 야생화와 이름 모를 풀잎들까지 모두 뛰쳐나와 소리 내어 웃었다. 모두가 함께 사는 청산에는 어느덧 평화와 기 쁨이 넘쳐흐르고 있었다. 소나무는 알고 있다. 봄에 피는 자신의 꽃은 비록 볼품이 없다 해도 매서운 겨울 한파를 온몸으로 이겨내며 겨울 내내 푸르 름을 지키는 자신의 멋을. 진달래는 또한 알고 있다. 비록 가을바람에 힘없 이 흔들리지만 떠나기 싫어하는 꽃잎을 아픔으로 보내고, 참고 기다리면 새 봄에 더욱 아름다운 자신의 꽃을 피울 수 있다는 사실을. 청산의 식구들 은 그렇게 머무를 때와 떠날 때, 사랑할 때와 죽을 때를 안다.

느릅재 정상에 오르니 용인의 사무실에서 온 전화가 울린다. 사무장이 다. 햇살이 밝게 비치는 하산 길을 걸으며 유랑의 멋을 설파한다. 즐기는 내 모습에 자신이 덩달아 좋아한다. 눈빛만 보아도 서로의 마음을 읽는다 고 하면 과장된 표현일까. 13년 전 세무사 창업 때부터 함께해서 오늘에 이 르렀다. 누구보다 내가 왜 이 여행을 떠나야 하는지를 잘 알고 있다. 떠나 지 않고는 견딜 수 없는 마음을 용해하자면 뭔가 큰 의미가 있어야 했다. 현실에서의 도피가 아니라 인생의 의미와 가치를 새롭게 가지고 다지는

43 _ 진정한 즐거움은 한가한 삶에 있나니

전기가 필요했다. 불행조차도 다행으로 여기고 원망하기보다는 고마워하는 마음으로 '진정한 즐거움은 한가한 삶에 있나니' 라고 한 사재 김정국과 같이 너그러운 마음을 지닐 수 있는 마음의 수양이 필요했다. 아름다운 세상은 정신을 혼미하게 만들고 고통스런 세상은 사람을 더욱 분발하게 만든다고 하지 않는가. 재주가 뛰어나면 시기를 받고 덕이 뛰어나면 비방이 뒤따르는 세상이다. 밝은 지혜로 이치를 깨닫고 비방을 경계하고 마음의 잡생각을 없애는 고행의 주유천하를 즐기려는 내 모습에 안심하는 듯하다. 고요한 산속을 울리는 내 모습을 구름이 웃으며 내려다보고 산새들이 응원하며 날아오른다. 나무가 몸짓을 하고 풀잎들이 바람결에 춤추며 환호한다. 마치 너는 멋진 사내이니 마음속의 쩨쩨하고 무거운 모든 짐 훌훌 날려버리고, 건강하고 튼튼한 심장으로 이 세상을 더욱 깊게 느끼며 살라고 격려하고 박수치는 듯하다. 이렇게 믿고 맡기고 훌훌 떠날 수 있도록 함께해줘서 고맙다고 마음을 전한다.

"정미옥 사무장! 고맙네. 그리고 청산의 가족들, 모두 모두 고마워!"

산길을 내려 한적한 시골길을 걸어가니 멀리 고속도로가 보인다. 조금 전의 정적과는 너무나 대비되는 문명의 소리가 들려온다. 중부내륙고속도로 괴산 IC가 시야에 들어온다. 문명유기체설(文明有機體說)에서는 문명도 시간에 비례해서 나고 자라고 늙고 죽는다고 한다. 문명이 세월 속에 발달해가기만 한다면 이집트 문명 등 위대한 고대문명은 지금쯤 상상을 초월하는 초 문명(超文明)을 누리고 있을 것이다. 문명의 편리함 속에 잃어가는 자연의 순수를 떠올리며 아쉬워한다. 자동차가 아닌 두 발로 걸어가는 여행을 하고 있다는 뿌듯함이 고개를 내민다. 마을이 보여 식당을 찾아 늦은 아침식사를 한다. 때맞춰 먹고 자는 것이 쉽지 않지만 그것 또한 여행의 별미라 생각하니 즐길 만하다. 문강 온천 인근 사거리를 지나고 문산 고개를 오르니 땀 속에 찬바람이 스쳐 열기와 한기가 동시에 느껴진다.

오후 들어 갑자기 하얀 구름이 먹구름으로 변하고 광풍이 몰아친다. 이윽고 충주에서 수안보로 연결되는 3번 국도와 만나는 삼거리다. 4차선 도로에 많은 차량들이 바람을 몰고 달려간다. 한적한 시골길을 걷다가 갑자기 어리둥절하다. 갓길이 너무 좁아 위험하다. 사람이나 자전거, 경운기 등이 다닐 수 있는 형편이 아니다. 마침 자전거를 타고 오는 60대의 아저씨가 곡예를 하듯 달려온다. 저러다가 자칫 옆으로 비틀하는 순간이면, 하고 생각하니 아찔하다. 2007년 신년 초 용인에서 고향인 안동으로 걸어갈 때 느꼈던 감정이 살아난다. 당시 이 길을 걸으면서도 위험하다고 생각했다. 국토관리청에서는 새로운 도로를 건설할 때는 물론 기존도로에도 보행자를 위한 갓길을 만들어 자전거나 도보로 여가를 즐기는 사용자의 안전을 고려해야 한다.

4차선 도로에서 내려와 한적한 옛길을 따라 걷는다. '충의와 문화의 고장 충주시' 라는 표석이 반겨준다. 수많은 물새 떼들이 달천에 몸을 담근 채 오르내리는 모습이 장관이다. 차량의 소음 대신 달천을 흐르는 물소리가 바람소리와 어우러져 자연의 화음을 일으킨다. 하늘에는 비가 곧 쏟아질 것만 같다. 문득 달천을 흐르는 강물도, 그 위를 흐르는 바람도, 구름도 예전의 본 그것이 아니구나 하는 생각이 든다.

산은 옛 산인데 물은 예전의 물이 아니구나.
밤낮으로 흐르는데 예전의 물일 리가 있겠느냐
인걸도 물과 같이 가고 오지 않는구나.

모든 것은 흘러가고 변하는 것이라고 황진이가 노래한다. 산은 예전의 산이로되 산에서 살고 있는 나무나 풀들은 예전과 같지 않다. 강은 예전의 강이로되 흐르는 물은 예전의 물이 아니다. 쉼 없이 흘러가고 변한다. 그래

진정한 즐거움은 한가한 삶에 있나니

서 황진이는 청산리에 흐르는 벽계수에게 쉬어가라고 타이른다.

청산리 벽계수야 수이 감을 자랑 마라
일도창해하면 다시 오기 어려우니
명월이 만건곤할 제 쉬어간들 어떠하리

소동파는 "인간의 한평생은 설니홍조(雪泥鴻爪), 녹는 눈 위에 남겨진 기러기 발자국 같다."라고 했다. 큰 눈이 덮인 벌판에 기러기 몇 마리가 날아와 땅 위에 내린다. 잠시 후 다시 하늘로 날아가 저 멀리 하늘가로 사라진다. 눈 위에는 드문드문 발자국이 남아 있다. 이 발자국들도 다시 눈으로 덮이거나 맑은 날 햇볕 아래 녹아 사라질 것이다. 이곳에 새들이 왔던 것을 누가 기억하겠는가. 창공에 독수리가 날아가도 흔적이 남지 않는 것처럼, 망망대해 푸른 바다에 큰 배가 지나가도 잠시 후면 물결이 고요한 것처럼, 바위에 뱀이 지나가도 자욱이 남지 않는 것처럼 인간의 한평생도 아침이슬 같고, 한 줄기 바람 같으며, 일장춘몽이요, 남가일몽이다. 그러니 살아 있는 날 동안 봄날의 단 꿈을 꾸듯 춤을 추며 삶을 예찬할 일이다.

당나라 때 백거이는 "꽃은 꽃이 아니고, 안개는 안개가 아니다. 깊은 밤에 왔다가 날이 밝으면 떠난다. 봄날의 꿈처럼 잠깐 왔다가 아침의 구름처럼 흔적 없이 떠난다. 사람은 날아가는 기러기와 같고 모든 일은 봄날의 꿈과 같다."고 노래했다. 어제의 물과 바람이 오늘의 물과 바람이 아닌 것처럼 어제의 나는 오늘의 나가 아니다. 바람소리를 통해 하늘의 노래를 듣는다. 맑은 강물을 바라보며 마음을 씻어낸다. 모든 근심도 기쁨도 나로부터 비롯된다. 영원한 것은 없다. 기쁨이 있으면 슬픔이, 만남이 있으면 이별이, 이별이 있으면 만남이 있다. 생자필멸이요, 회자정리다. 묵은 것을 버려야 새것을 받아들일 수 있다. 달에게도 어둠과 밝음, 둥글고 이지러짐이 있다. 물이 맑으면 달이 나타나고, 물이 흐리면 달이 숨는다. 이는 물이 맑고 흐린 탓이지, 달이 오고가는 것이 아니다. 내 한 마음 청정하면 행복이 찾아오고, 내 한 마음 흐리면 행복이 숨는다. 꿈 같고, 허깨비 같고, 거품 같고, 그림자 같고, 이슬 같고, 번개 같은 인생이다. 인생의 한평생은 마치 팔을 굽혔다 펴는 것처럼 짧다. 세월은 광음처럼 빠르다. 천변만화의 삶 속에서 죽음을 생각한다. 짙은 어둠속에서 다가올 빛을 생각한다.

도대체 누가 가난한 사람이고 누가 부유한 사람인가. 도대체 누가 영원히 아름다울 수 있고 누가 영원히 추할 수 있겠는가. 누구는 나물 먹고도 살찌고 아름답고, 누구는 고기 먹고도 말랐고 추하다. 먹는 것은 무엇이든 뒷구멍으로 똥이 되어 나온다. 먹고 입는 것의 좋고 나쁨을 평하는 것은 꿈 속에서 하는 헛소리와 같다. 훗날 죽으면 똑같이 흙으로 썩을 것이다. 자연

안에서 깨끗하기는 쉽고 세상 속에서 물들지 않기는 어려우니 위대한 스승이자 다정한 벗인 자연으로 더불어 한 세상 신명나고 즐겁게 놀다 가자고 다짐한다. 거친 바람에도 오히려 발걸음이 가볍다.

건국대학교 충주 캠퍼스가 가까워오니 시장기가 느껴진다. 단호사 절 앞에서 중화요리점에 들어가 손자장면으로 허기를 채운다. 자장면이 주는 포만감은 역시 좋다. 송림마을 들판 길을 따라 걷는다. 허허로운 벌판이다. 농로를 따라가니 충북선 철로가 있다. 어릴 적 철로에서 놀던 생각을 하며 걸어가니 철교 밑으로 달천이 유유히 흐른다. 중앙고속도로가 개통되기 전에는 충주를 지나는 도로를 이용해 안동을 다녔다. 그래서 충주는 언제나 편안하다. 십여 년 전 이곳을 지날 때 강풍이 불어 승용차가 심하게 흔들린 적이 있었다. 부모님을 모시고 안동으로 가는 길이었는데, 아버지는 위험하니 다리 밑에서 바람을 피했다가 가자고 말씀하셨다. 당시 부모님과 대피했던 다리 밑을 지나간다. 불현듯 아버지가 보고 싶다. 매여 있는 아버지와의 고리를 풀고 싶다. 아버지는 벌써 다 용서하시고 웃고 계시는데 나만 괴로운 것은 아닌지 모르겠다.

2007년 말 연말연시를 맞이하여 두 분은 함께 청산의 집에 계셨다. 두 분은 다정한 모습으로 새해를 맞이하셨다. 2008년 새해 첫날 새벽, 불 켜진 두 분의 방문을 열고 들어선 나는 다정하게 새해 인사를 드리고 아버지와 악수를 하고 어머니와 포옹했다. 아버지는 새벽에 벌써 면도하고 세수하셔서 한층 건강미가 넘쳐 보였다. 지난 해 추석 이후 3개월 동안 술을 안 드신 아버지는 걷기, 자전거 타기 등으로 건강관리를 하고 계셨다.

"아버지, 어머니 두 분 백세까지는 충분히 사시겠네요." 하고 새해 기분 좋은 덕담을 주고받았다. 두 분은 정겨웠다. 아버지는 술을 끊고 생의 애착을 느끼시며 어머니께 잘해드렸다. 두 분이 이런 모습으로 오래오래 사시면 얼마나 좋을까. TV에서는 아름다운 금강산의 사계절이 방영되고 있었다. 우리 함께 금강산 구경 가자고 제안했다. 아버지는 몹시 좋아하셨다. 모처럼 따뜻한 아버지, 건강하고 멋진 아버지의 모습을 보고 청산으로 올라갔다. 새해 일출을 보기 위해서였다.

희미한 별빛이 서서히 자취를 감출 때 마당바위에서 일출을 기다리는 마을 사람들과 새해인사를 나누었다. 안동에서 용인으로 도보여행을 하기 위해 함께 간 큰아들과 친구 충일이, 백두대간 총무 유경희의 아들 기웅이를 데려갔다. 잠시 후 숲속에서 반가운 얼굴이 보였다. 부모님 모시고 고향을 지키는 아우가 웃으며 나타났다. 이윽고 멀리 동쪽 산 위로 새 해가 조금씩 조금씩 붉은 얼굴을 내밀었다. 환성이 터져나왔다. 우리는 두 손을 모았다. 간절한 마음으로 기원했다. 특히 올 한 해도 부모님께서 건강하게 잘 지내시기를 기원했다. 아우가 웃으며 다가왔다.

"형, 새해 건강하고 하는 일마다 뜻하시는 소원대로 다 이루세요. 나도 잘할 테니까 너무 야단치지 말고…."

"그래, 우리 새해 좋은 일 많이 생기고 건강하게 잘 지내자."

우리는 굳은 악수를 하고 껴안았다. 아우는 키가 커서 내가 품에 안겼다. 우리는 가슴 가득히 새 희망을 안고 산에서 내려왔다. 아침식사 후 안동에서 용인으로 가는 8일 간의 도보여행을 시작하는 발걸음을 내디뎠다. 아버지, 어머니께 작별인사를 드리면서도 걱정하실까봐 도보여행은 비밀로 했다.

"형 참 대단해요." 하며 환하게 웃는 아우와 악수를 하고 청산을 떠나왔다. 손을 흔들며 서 있는 아우를 뒤돌아보며 잠시 작별의 미소를 보냈다. 그러나 그렇게 본 아우의 모습은 이 세상에서 만나는 마지막 모습이 되었다. 그리고 한달 후 아우는 홀연히 딴 세상으로 가버렸다. 이별의 말 한 마디 남기지 않고 가버렸다. 잠이 들었다가 그 길로 다시는 돌아오지 못할 아주 먼 영면(永眠)의 길을 떠나버렸다.

비통했다. 참으로 비통해서 눈물이 쏟아지고 가슴이 찢어졌다. 아침 일찍 잠에서 깨어날 무렵 전화를 받았다. 믿을 수가 없었다. 미친 듯이 고향으로 달려가 아우의 주검을 보았다. 아우는 잠들어 있었다. 사랑하는 이들과 모든 것을 남겨두고 홀연히 가버렸다. 그렇게 갑자기 가버릴 줄 어찌 상상이나 할 수 있었겠는가. 망연자실(茫然自失), 눈물이 앞섰다. 참담하고 슬픈 자책감으로 아우를 보냈다. 우리 가족 청산의 공동묘지 입구에 서열이 꼴찌인 막내가 제일 먼저 자리를 잡은 것이다. 아우의 가슴을 아프게 했던 일들이 스쳐갔다. 아우를 야단쳤던 일들이 후회스럽게 다가왔다. 아우는 평생을 곁에서 가깝게 지냈다. 경제적으로 자립을 못 해 항상 어려워했고 내 도움을 필요로 했다. 이렇게 가버릴 줄 알았다면 더 따스하게 잘해줄 걸 하는 회한이 밀려왔다. 언제까지나 함께 있을 줄 알았는데, 먼저 가버릴 줄 알았다면 더욱 정겹게 지낼 것을, 하는 후회가 가슴을 짓눌러 괴로웠다. 아우는 그렇게 청산의 무덤에 누워 있다. 아우가 못 견디게 보고 싶은 날, 청산에 묻혀 있는 아우에게 달려간다. 그러면 하염없이 눈물이 흘러내린다.

"아우야! 아우야! 미안하다. 미안하다. 정말 미안하다. 네 가족들 걱정하지 말고 편히 쉬어라. 언젠가 형이 그곳에 가면 우리 못 다한 정 나누고 잘 지내자. 아우야, 네가 보고 싶구나!"

'부모는 죽으면 땅에 묻고 자식은 죽으면 가슴에 묻는다' 는 속담이 있다. 부모님은 몹시 슬퍼하셨다. 자식을 가슴에 묻는 그 아픔이 얼마나 힘드실까. 어머니가 충격을 심하게 받아 혹시 건강을 해칠까 걱정되어 다시 병원으로 모셨다. 아버지는 아픔과 외로움을 이기시려 끊었던 술을 다시 조금씩 드시기 시작했다. 그러던 어느 날 아버지에게서 전화가 왔다. 아버지가 전화를 하시는 일은 극히 이례적이었다.

"애비야, 하는 일은 잘되지? 집에 언제 한번 안 오나? 요즘은 왠지 너희들한테 잘못 한 일들이 자꾸 생각난다."

술을 들지 않고 전화를 하시는 것도 그렇지만 아버지에게 처음 들어보는 가슴 뭉클한 말씀이었다.

"예, 곧 한 번 내려갈 게요."

그러나 그것 또한 아버지와의 마지막 대화였다. 술에 장사 없고 세월에 장사 없다. 며칠 후 아버지는 갑자기 중환자실로 입원하셨고, 그 다음날 파란만장한 이 세상을 떠나가셨다. 모든 것이 너무나 갑작스러웠다. 마치 돌아가실 것을 예감하고 하신 말씀이라 생각하니, 그때 당장 내려가서 뵙지 않은 것이 죄스럽고 후회스러웠다. 어린 시절부터 돌아가시기 얼마 전까지도 행해진 어머니를 향한 아버지의 폭거는 애증이 교차되는 고통이었다. 내 인생의 최고의 밑천은 빈곤과 눈물이었다. 가난에서, 어머니와 함께 흘린 눈물에서 탈출하고 싶었다. 하지만 아버지는 어머니를 슬프고 힘들게 하는 거대한 벽이었다. 때로는 그것이 당신들의 인연이고 삶이란 생각으로 초연해지려고도 했지만, 아버지에 대한 마음은 쉽게 사라질 수가 없었다. 하지만 이제는 아버지도 이 세상에 나를 낳으시고 기뻐했고 귀여워했으며, 성장하는 것을 보고 대견해하고 공부 잘할 때 기쁨과 희망을 보셨으리라 믿는다. 그리고 험한 세상으로부터 나보다 수십 배, 수백 배 더 큰 고통과 괴로움을 맛보셨을 거라는 생각을 한다. 아버지의 정신적 고통을 헤아리지 못하고, 헤아린다 하면서도 깊이 포용하지 못한 어리석음이 이제는 회한으로 다가온다. 지난 추석 때 어머니는 아버지에 대한 그리움을 담고 말씀하셨다.

"너 아부지는 그때 참 희한하게 잘 갔어. 더 사는 것도 힘든 일이야. 돌아가시기 한 열흘 전에 돌아가실 줄 알고 오셨는지, 며느리하고 병원에 오셔서는 병실 안으로 들어오지도 않고 문밖에 저기 서서 그냥 웃고만 계셔서 내가 자꾸 들어오라고 했는데, 그게 너 아부지하고 마지막이었다. 소주 사오시면 한 잔 먹어보라 말도 안 하고 밤새 혼자 드시고 혼자 취하시고, 깰라 하면 또 드시고, 그렇게 밤새 드시며 즐기셨다. 그래도 내가 심부름시키면 심부름 값 달라 하면서 참 잘하셨다. 돌아가시고 지갑에 보니 돈 50만 원을 남기셨드라."

돌아가신 지 몇 해, 어머니는 이제 아버지의 죽음을 자연의 순리로 받아들이셨다. 그 해 연초에는 아우를 보내고 뜨거운 7월의 여름날에는 아버지를 청산에 안장했다. 참으로 모든 것이 너무나 허무했다. 태어난 모든 존재가 사멸한다는 것은 자연의 법칙이고 인연의 법칙이다. 그러나 어머니를 위해 어머니를 괴롭히시는 아버지에게 잘못한 일들이 후회스럽게 다가왔다. 그것은 그분들의 인생의 몫이었고 인연이었는데, 내가 어머니를 위하고자 아버지에게 불손하게 대했던 일들이 과연 잘한 일인가 하는 의문이 일어났다. 그러나 다시 똑같은 상황이 온다 해도 어머니를 위할 것이라는 마음이 드는 것은 어쩔 수가 없다.

"아버지! 이 땅 위에 낳아주시고 길러주신 은혜 참으로 고맙습니다. 아버지에게 효성을 다하지 못한 불초 아들은 용서를 빕니다만, 용서하지 마세요. 다음 생에 만나면 그때 야단 많이 치시고, 그 대신 어머니는 많이 예뻐해주세요. 아버지와의 인연, 가슴 아프지만 또한 행복했습니다. 다음 세상에서는 더욱 잘 모시겠습니다."

나무는 가만히 있고자 하나 바람이 그치지 않는다. 구름은 머물러 쉬고자 하나 바람이 등을 밀어 푸른 하늘을 흘러 흘러간다. 세월은 덧없이 가고 지나간 일들은 돌이킬 수 없다. 세월이 가면 부모님을 다시 뵐 수 없다. 아버지께서는 약주를 드시면 늘 '황성옛터'를 부르고, 또 항상 송강 정철의 시조 '어버이 살아실 제'를 빠뜨리지 않으셨다. 아버지는 아버지의 아버지와 어머니를 그리워하고 가슴 아파하시며 폐허가 된 쓸쓸한 마음의 황성옛터를 거니셨다.

황성옛터에 밤이 되니 월색만 고요해
폐허에 설운 회포를 말하여주노라
아 가엾다 이 내 몸은 그 무엇 찾으려고
끝없는 꿈의 거리를 헤매어 왔노라

어버이 살아실 제 섬길 일란 다 하여라
지나간 후면 애닯다 어이 하리
평생에 고쳐 못 할 일이 이뿐인가 하노라

죽음은 인생의 종착역이다. 생자필멸(生者必滅)이다. 죽음의 신은 생명의 문을 두드리며 예외 없이, 예고 없이 찾아온다. 그 때는 알 수 없지만 문을 두드리면 그 순간 아름다운 인생을 마감해야 한다. 인간은 흙에서 나와서 흙에서 살다가 한줌의 흙으로 돌아간다. 흙은 존재의 고향이요, 어머니다. 흙 속에는 생명의 원천이 있다. 명산대천(名山大川)에는 조상들의 숨결과 향기가 스며 있다. 산은 조상이 바라보던 그 산이요, 강은 조상들이 건너던 그 강이다. 나무는 조상이 심은 그 나무다. 내가 선 흙은 조상들이 살며 일하던 그 흙이다. 창조주의 손은 그 흙으로 자신의 형상을 닮은 인간을 만들고, 그 인간들은 한 생을 마치고 다시 흙으로 돌아간다. 죽음은 이별이다. 사랑하는 사람과의 영원한 이별이기에 슬프다. 죽음은 돌아가는 것이다. 지수화풍(地水火風)으로, 공수래공수거(空手來空手去)로, 무(無)의 세계로 회귀(回歸)하는 것이다. 철학은 죽음의 연습이라 하던가. 죽는 연습을 하면서 산다. 죽음의 공포를 딛고 태연자약하게 죽을 수 있도록, 아름다운 이 세상 소풍 끝내고 하늘로 돌아가는 가벼운 마음으로 삶의 길을 간다. 죽음은 결코 끝이 아니며 삶의 본질에서 아주 다른 경험의 영역으로 옮겨가는 것이다. 겉으로 보이는 모양 말고는 어떤 것도 죽지 않는다. 소크라테스는 "간수를 매수했으니 도망을 가라."는 제자들에게 '악법도 법'이라 말한다. 그리고 "이제 떠날 때가 왔다. 우리는 우리의 길을 간다. 나는 죽으러 가고 여러분은 살러 간다. 누가 더 행복할 것이냐는 오직 신만이 안다."라고 하며 평소 좋아했던 술을 마시듯 죽음의 독배를 마신다.

생명(生命)은 생(生)은 명령(命令)이라는 말이다. 삶은 선택이 아니라 사명이다. 단지 안락지대에 살 것인지, 끝없는 도전의 불편지대에 살 것인지는 자신의 선택의 문제이다. 변화의 불편지대를 거치지 않고는 보다 나은 삶을 살 수 없다. 안락지대에서의 탈출은 살아 있다는 존재의 의미를 부여한다. 그리고 인생을 마치고 갈 때는 모든 것을 두고 가야 한다. 신은 인간에게 일할 수 있는 기회를 주고 저마다의 일터를 주었다. 그 무대 위에서 저마다의 생을 살고 유산을 남기고 간다. 남이 내 인생을 살아줄 수 없고, 내가 남의 인생을 살아줄 수 없다. 살아 있다는 것은 움직이는 것이다. 따뜻한 것, 부드러운 것이고, 죽음은 조용한 것, 차갑다는 것, 굳었다는 것이다. 살아 움직여야 한다. 따뜻한 마음을 지니고 남을 위하고, 언제나 부드럽고 유연한 모습과 마음을 가져야 한다. 인간은 본래무일물(本來無一物)의 존재다. 어머니 뱃속에서 가지고 나온 것도 없고 갈 때도 빈손으로 간다. 호사유피(虎死留皮) 인사유명(人死留名)이다. 이름만 남기고 내가 가진 모든 것을 두고 가야 한다.

다리 위로 올라오니 거친 바람이 깊은 상념을 깨뜨리며 몰아친다. 달천 제방 길을 따라 목계 나루터를 향한다. 달천 건너편 충주 시가지가 먹구름에 덮여 있다. 세차게 불어오는 바람을 맞으며 터덜터덜 걸어가는 외로운 방랑자다. 마치 영화 속의 주인공이 된 모습이다. 하기야 나는 내 인생의 주인공 아닌가. 소설 같고 영화 같은 인생을 살아오지 않았는가. 세상이 제 마음대로 어떻게 되겠는가마는 다음 생에는 내가 하고 싶은 일들만 하며 살고 싶다. 아니, 남은 생이라도 그렇게 살고 싶다. 수도승처럼 살고 싶다. 한적한 전원생활을 즐기며 자연과 책을 벗 삼아 살고 싶다. 용기가 없는 것일까. 애착이 많아서일까. 차마 끊을 수 없는 속세의 인연 때문인가.

방랑을 정당화시키는 방편의 국토종단, 어디론가 떠나고 싶은 욕망을 주체할 수 없어 떠나온 길. 떠나지 않고서는 무너져버릴 것 같아서 흘러온 길에 푸른 산이 저만치서 시커먼 먹구름을 토해낸다. 출렁이는 강물이 바람을 업고 노래한다. 보이지 않았던 사물이 보이고 들리지 않았던 소리가 들린다. 느끼지 못했던 오감이 전신을 자극한다. 자신을 객관적으로 관조하고 남은 삶을 지혜롭게 살아가기 위해 깊은 고뇌의 길을 나선 방랑, 떠나온 것은 정말 탁월한 선택이었다. 이제 나는 나의 길을 간다. 힘이 들고 고통스러워도 자신을 정제하고 절제하여 기쁨과 슬픔이 어우러지고 도전과 응전이 만나는 나그네의 길을 간다. 높은 곳에 오르는 이유는 자신을 좀더 잘볼 수 있기 위해서다. 멀리 가는 것도 자신을 떠나 현실과 분리시켜서 자신을 객관적으로 보기 위해서다. 골짜기에 있는 키가 큰 나무보다 봉우리에 있는 키 작은 나무가 더 멀리 더 넓게 볼 수 있다. 물속에 있는 물고기가 물밖으로 나오지 않고 어찌 자신의 모습을 제대로 볼 수 있겠는가. 반복되는 일상에서 자신을 돌아보기는 쉽지 않다. 매일매일 행복하기만 하다면 어찌 인생의 의미를 깨달을 수 있겠는가. 고통이 축복이 되어 다가온다.

달천의 물결이 세찬 바람에 일렁인다. 물새들이 유영을 즐기며 이따금 날아오른다. 날갯짓을 하며 나아가려 하지만 심술궂은 바람이 길을 막는다. 새들 또한 이를 즐기듯 정지된 날갯짓을 한다. 남한강과 달천이 합류하는 건너편에 탄금대가 보인다. 악성 우륵이 가야에서 귀화해오자 신라 진흥왕은 기뻐하여 충주에 거주토록 한다. 우륵은 기암절벽에 송림이 우거진 이곳 대문산에 우거지를 정했다. 이곳에서 우륵이 산상대석에 앉아 가야금을 타니 그 미묘한 소리에 사람들이 모여 마을을 이루었다고 하여 탄금대라 불렀다. 우륵이 제자들과 가야금을 타다가 피곤해지면 휴식을 취하던 금휴포에서 나그네도 쉬어가야지 하며 마음을 보내고 몸은 길을 간다.

탄금대는 임진왜란 때 신립장군이 배수진을 치고 왜적을 맞아 싸우다가 전사한 곳이다. 신립장군이 무수히 활을 쏘니 활이 열로 인하여 제 구실을 못 하자 열두 번이나 절벽을 오르내리며 활에 물을 적셔 열을 식혔다는 '열두대'가 있다. 선조임금으로부터 상방검 한 자루를 하사받은 신립은 바람 앞에 촛불 같은 국가의 운명을 지고 길을 나섰다. 정예 군사를 이끌고 충주에 다다르자 그의 명성을 듣고 새재를 지키면 왜적을 무찌를 수 있다는 생각에서 8천여 명의 군사들이 모여들었다. 그러나 신립은 충주 달래강

앞에 배수진을 치려 했다. 종사관 김여물은 안타까워 견딜 수가 없었다. "새재 높은 곳에서 적을 막아낸다면 한 사람이 능히 백 명을 당해낼 수 있으니 속히 문경으로 내려가 새재를 지킵시다." 했다. 그러나 신립은 옛날 중국 한나라 한신의 고사를 예로 들면서 끝내 달래강을 등지고 탄금대에 배수진을 쳤다. 뒤로 가자니 달래강이요, 앞에서는 조총을 쏘며 왜병이 밀려오니 군사들은 총에 맞고 강에 떨어져 죽어갔다. "종사관, 미안하이! 자네의 충고를 들었으면 이런 참패는 당하지 않았을 걸…." "하는 수 없지요. 이제 후회한들 무슨 소용이 있겠소." 두 사람의 대화가 탄금대에서부터 들려온다. 역사는 과거와 현재의 만남이요 도전과 응전의 기록이라고 한다. 달천에서 남한강으로 흐르는 강물 위에 우리네 선조들의 슬프고 고단한 역사가 표표히 떠내려간다.

어느 날 해질녘 공자는 강 언덕에 앉아서 흐르는 큰 강물을 바라본다. 제자 자공이 스승이 무슨 생각을 하는지 묻는다. "물이란 것은 군자에 비유할 수 있다. 물은 널리 베풀어 모든 사물을 살아나게 하니 덕을 갖추었다고 할 수 있다. 물은 언제나 높은 곳에서 낮은 곳으로 흐르니 의롭다고 할 수도 있다. 깊은 곳은 그 깊이를 모르니 지혜로운 모습이다. 절벽에 이르러서는 아무런 의심 없이 떨어지니 큰 용기를 지녔다고 할 수도 있고, 졸졸졸 흘러서 보이지 않는 먼 데까지 이르는 조심스러움도 갖추었고, 더러운 것도 사양하지 않고 다 받아들이니 마음이 넉넉하다고 할 수 있다. 지저분한 것들을 받아들여 깨끗하게 씻어서 내보내니 이것은 나쁜 사람을 착하게 만드는 것과 같다. 자! 물은 얼마나 훌륭한 스승이냐. 아아, 나도 저 흘러가는 강물을 닮고 싶구나." 하며 흘러가는 강물을 통해 인간의 길을 가르쳤다. 흐르는 달래강을 따라 2500여 년 전의 인류의 위대한 스승 공자의 가르침이 떠내려와서 내 가슴에 머무를 때 휴대폰이 울린다. 시골에 있는 제수씨다. 들뜬 큰 목소리가 들려온다.

"아주버님, 진철이가 전교 어린이회장 됐어요."

"우와! 우리 가문의 영광이다. 제수씨, 축하해!"

사랑하는 내 아우의 아들 6학년 진철이는 할머니 팔순 잔치에 마을 할머니들 앞에서 '닐리리야' 노래를 하여 모두를 기쁘게 했다.

닐리리야 닐리리야~

나나노 난~실~로 내가 돌아간다.

닐리리리~닐리리야

청사초롱 불 밝혀라~

잊었던 낭~군~이 다시 돌아온다.

널리리리~널리~리야

조선후기에 생긴 경기민요로 일제강점기에 피압박 민족의 비애와 분노를 담은 애절한 호소의 노래 '널리리야'에 할머니들은 감탄을 연발했다. 맑고 고운 진철이의 노래는 감동적이었다. 다니는 성당에서도 5백여 명의 전 교인들 앞에서 발표를 하는 등 말과 글과 예의를 갖춘 사려 깊은 어린이, 안동지역의 초등학교 어린이회장단 독도 방문을 다녀와서 한층 어른스러워진 진철이는 고향의 청산을 지키는 든든한 파수꾼이다. '진철아, 훗날 청산은 우리가 지키자. 멋있게 자라라.' 하며 걸어간다. 가끔 죽기 전에 하고 싶은 일을 정리해보고 있다. 그 중 하나가 청산에서 아우가 운영하던 식당을 개조하여 서재로 만들고, 청류정에 앉아 단소를 불고 글을 쓰고 책을 읽으면서 '진정한 즐거움은 한가한 삶에 있나니' 하며 술 한 잔에 시 한 수를 노래하며 생의 말년을 보내는 것이다. 꿈은 이루어지나니!

목계 나루터는 아직도 10km, 중앙탑이 보인다. '중앙탑충주사과감자떡' 간판이 호기심을 자극한다. 휴식을 취할 겸 따뜻한 차 한 잔에 '사과감자떡' 한 조각 먹어보자는 생각이 나서 가게로 들어갔다. 충주사과와 감자를 재료로 만든 떡이었다. 아주머니의 친절과 맛있는 떡 한 조각에 나그네의 발길이 멈추어버렸다. 택시를 타고 목계 나루터로 갔다. 지난 2008년 1월 1일 안동에서 용인으로 가는 도보여행 때 머물렀던 모텔에 숙소를 정하고, 남한강변의 매운탕 집으로 가서 한잔 술을 마시며 지난 여행을 돌아본다.

청산(靑山)에서 아우와 이별을 하고, 고등학교 3학년으로 수시 합격했던 큰아들과 친구 충일이, 중학교 1학년이었던 기웅이를 데리고 출발한 도보여행 발걸음은 이내 심한 겨울바람의 환영을 받았다. 일직초등학교를 지나고 암산

스케이트장 얼음 위를 지나서 안동의 영호루에 앉아 휴식을 취하며, 고려 공민 왕의 몽진, 퇴계 이황을 비롯한 수많은 시인묵객들이 이곳을 다녀간 이야기를 나누며 낙동강 건너편의 안동 시가지를 바라보았다. 아이들은 모두가 잘 걸었고 우리는 추위에 아랑곳없이 도보여행의 즐거움을 누렸다. 아이들에게는 처음 해보는 이색적인 한겨울의 극기 훈련이었다. 낙동강 다리를 건너 시가지를 걸으며 점심 먹을 음식점을 찾으니 새해 첫 날이라 모두 문이 닫혀 있었다. 이러다가 굶는 것이 아닌가 할 무렵, 시내를 벗어나기 직전 문 열린 식당이 있어 따뜻한 된장찌개로 얼린 속을 풀었다. 우리의 행색을 본 아주머니는 궁금해 했고, 용인까지 도보여행을 한다고 하자 자신의 친정집이 용인이라면서 반색을 한다. 아주머니의 푸짐한 후의를 맛본 후 오늘의 목적지인 옹천의 처갓집을 향해 다시 발걸음을 옮겼다. 전설이 있는 제비원을 지나 오후 3시가 넘어서자 아이들에게 변화가 왔다. 기웅이는 나와 함께 이야기를 나누며 걷는데, 함께 걷던 진혁이와 충일이가 점점 멀어져갔다. 큰 아이들은 불편한 듯 다리를 움직이는 것이 이상했다.

서후면을 지나면서 송어장이 있는 길가 작은 포장마차에서 따뜻한 음료를 마시며 휴식을 취했다. 큰 아이들은 다리의 고통을 호소하며 몹시 힘들어했다. 오후 5시 목적지인 처갓집 앞에 도착했다. 6시까지는 걸어야 하는데 어떻게 할 거냐며 반응을 물으니 큰 아이들은 고개를 흔들며 반대하고, 기웅이는 가야 한다면 가겠다고 한다. 그러자 큰 아이들이 웃으면서 우우 우우 야유를 보낸다. 우리는 큰 소리로 즐거워하며 34km의 하루 일정을 마치고 저녁식사를 위해 송어횟집에 둘러앉았다. 그리고 오늘 하루 도보여행에 대한 소감을 나누며 즐거운 식사를 했다.

진혁이, "열심히 책 읽고 특히 문학이나 역사에 대한 공부를 하도록 하겠습니다."

충일이, "수능성적이 마음에 들지 않아서 복잡한 마음을 비우러 왔는데 좋은 것으로 많이 채워갑니다. 고맙습니다."

기웅이, "첫째, 공부도 운동도 열심히 해서 문무를 겸한 강하고 멋있는 사나이가 되겠습니다. 둘째, 엄마의 도움보다는 홀로서기를 해서 스스로 알아서 열심히 공부하겠습니다. 셋째, 책을 많이 읽겠습니다."

걸으면서 기웅이와는 많은 이야기를 나누었다. 자신의 장단점을 이야기 해보라고 할 때는 "아빠하고는 이런 이야기를 해본 적이 없었어요." 하며 "단점은 손톱을 물어뜯고 다리를 흔드는 버릇이 있으며 장점은 모르겠어요." 한다. 그리고는 "내년에 다시 하게 되면 이틀에 도전할래요." 한다. 똘망똘망 멋있는 놈 중1 기웅이를 데려가기 위해 용인에서 아버지 유경희가 오고 처갓집 이층에서 정담을 나누며 시골의 밤이 깊어갔다.

그렇게 시작한 '용인으로 가는 길' 도보여행에서 이곳 목계 나루터에 하룻밤 머물렀는데, 오늘은 다시 '통일전망대로 가는 길' 도보여행에서 하룻밤을 묵으며 지난 그 날들을 회상한다. 인생을 살아가는 데 많은 길이 있지만, 가장 멋진 길은 참다운 인간으로 사는 길이다. 그 길을 찾아나선 이 나그네 발걸음이 바로 참다운 인간으로 사는 길이라는 생각이 스쳐간다. 평원은 모든 동물들의 고향이요, 바다와 강물은 모든 물고기들의 고향이다. 숲은 새들의 고향이요, 대지는 모든 인간들의 고향이다. 대지의 길을 바람 따라 구름 따라 자유 자재인이 되어 걸어가는 것, 그것은 인생의 지고선(至高善)이요, 참 인간의 길이었다.

15

하늘은 날더러
구름이 되라 하고

중앙선의 추억 원주로(40km)

원 주

하늘은 날더러 구름이 되라 하고
땅은 날더러 바람이 되라 하네
청룡 흑룡 흩어져 비 개인 나루
잡초나 일깨우는 잔바람이 되라네.
뱃길이라 서울 사흘 목계나루에
아흐레 나흘 찾아 박가분파는
가을볕도 서러운 방물장수 되라네.
산은 날더러 들꽃이 되라 하고
강은 날더러 잔돌이 되라 하네
산서리 맵차거든 풀 속에 얼굴 묻고
물여울 모질거든 바위 뒤에 붙으라네.
민물새우 끓어 넘는 토방 툇마루
석삼년에 한 이레쯤 천치로 변해
짐 부리고 앉아 쉬는 떠돌이가 되라네.
하늘은 날더러 바람이 되라 하고
산은 날더러 잔돌이 되라 하네
(신경림의 '목계장터')

맑은 하늘, 바람 한 점 없이 고요한 아침이다. 새떼들이 창천을 날아오르고 길가의 풀잎들은 대지를 뚫고 올라온다. 봄이 왔으나 봄 아닌 봄이었건만 모처럼 쾌청한 봄을 맛본다. 바람도 구름도 나그네도 모두가 여유롭다. 장승이 의기에 찬 목소리로 맹세문을 읽으며 웃으면서 반겨준다.

"나는 장승! 마을 또는 절 입구, 길가에 세운 사람 머리모양의 기둥이다. 서낭당, 산신당, 솟대와 동등한 것으로 감히 우리를 넘보고 우리가 사랑하는 이

2010/03/13 08:51 AM

들을 넘보는 무리들이 있다면 죄악이든 병마든 다 물리칠 것을 맹세하노라!'

중앙탑이 남한강가에 서서 통일신라의 옛 명성을 자랑한다. 고구려의 장수왕이 점령했던 곳을 신라의 진흥왕이 나제동맹으로 탈환했던 충주고을, 통일신라 시대 국토의 중앙에 있다 하여 세운 탑이다. "중원(中原) 문화를 대표하는 유산인 이 탑은 신라 탑 중 유일한 7층 석탑으로 통일 신라기에 우리나라의 중앙에 세워져 중앙탑이라고 한다."라는 안내판 글귀가 충주의 옛 영화(榮華)를 나타낸다. 중앙탑을 둘러보고 남한강을 따라 목계나루터를 향한다. 물새들이 물을 튀기며 아침 하늘을 오르내린다. 남한강이 유유히 흐른다.

남한강은 삼척의 대덕산(해발 1307m) 검룡소에서 발원하여 영월의 평창강을 합쳐서 단양을 지나고, 서쪽으로 흐름을 바꿔 제천을 거쳐 충주호로 흐른다. 그리고 다시 북서로 물길을 바꿔 달천을 합치고, 충주를 지난 후 경기도로 들면서 섬강을 지나고 청미천, 양화천, 복하천 등을 지나 양평으로 들어가, 서쪽으로 물길을 돌려 양서면 양수리에서 북한강을 만난다. 북한강은 한강의 제1지류로서 북한의 금강산 부근에서 발원하여 철원, 화천을 지나 춘천의 소양강과 합류하고 가평천, 홍천강이 이에 합류한다. 한강의 지류 가운데 가장 긴 강으로 화천댐, 춘천댐, 의암댐, 청평댐 등이 건설되었고, 이에 따라 주변에 소양호, 의암호 등 여러 호수가 생겨났다. 한강은 남한강과 북한강이 합쳐져서 하류부에 한반도 중앙부 평야지대를 이루고 신석기 시대로부터 우리 민족의 문화발달의 터전이 되어왔으며 삼국시대 이래 쟁패의 요지가 되어왔다. 특히 조선시대 태조가 이곳에 도읍을 정함으로써 정치, 경제, 문화의 중심을 이루게 되고, 오늘날에 이르러 한강의 기적을 이루고 있다.

강은 물이 흐르는 길이다. 하늘에서 내린 비가 바다로 흘러가는 길이다. 대지를 흐르면서 살아 있는 모든 것에 수분을 제공하고, 작은 시냇물길이

모여 큰 강을 이루기도 하면서 자신의 길을 간다. 옛 사람들은 강의 근원을 은하수라 했다. 별들에 의해 만들어진 옅은 띠의 빛인 은하수는 밤하늘에 흘러가는 물길로서 강의 시원으로 여겨졌다. 적막한 어둠속에서 밤하늘을 쳐다보면 한 줄기 빛이 내려오며 말한다. "너희들은 물길의 근원을 아느냐? 바로 나, 밤이면 은은하게 다른 모습으로 나타나는 미리내, 그것이 나다." 라며 자신의 모습을 나타낸다. 세계 4대 문명의 발상지는 모두 강 유역이다. 메소포타미아 문명은 유프라테스 강, 티그리스 강에서, 이집트 문명은 나일 강, 황하 문명은 황하 강, 인도 문명은 인더스 갠지스 강이다. 인류의 문명은 강변에서 발달해 왔다. 우리 민족이 살아온 한반도 문명 또한 강 유역에서 발달해왔다. 우리나라의 길이로 본 10대 강은 압록강 808km, 두만강 521km, 낙동강 510km, 한강 494km, 대동강 439km, 금강 394km, 임진강 254km, 섬진강 224km, 청천강 199km, 예성강 174km이다.

남한강을 끼고 난 2차선 도로를 따라 걸으며 한가한 멋을 즐긴다. 남한강

에 비취는 아침 햇살이 눈부시다. 3년 전 도보여행을 할 때 신기한 듯이 마주 앉아 질문 공세를 하던 아주머니가 생각나서 조정지 댐 휴게소에 들러보지만 자리에 없다. 용인에서 안동으로 걸어가던 나그네가 이제는 무대를 넓혀 국토종단을 하고 있는 업그레이드 된 모습을 보여주고 싶었는데 아쉬웠다. 휴게소 광장에 자전거 여행을 하는 사람들이 모여 휴식을 취하고 있다. "안녕하세요?" 하고 인사를 건네니 "예, 도보여행하세요?" 하고 묻는다. "고성 통일 전망대까지 도보로 갑니다." 하고 대답하니 대단하다며 격려해준다. 다시 길을 나선다. 한적한 도로를 걷는데 어디선가 풍경소리가 들려온다. 둘러보니 절집도 아닌 일반 주택의 처마 밑에서 바람에 풍경소리를 내며 목어(木魚) 한 마리가 나그네를 향해 딸랑딸랑 미소 짓는다.

공부는 하지 않고 장난과 놀이만을 좋아하던 동자승이 어느 날 갑자기 죽어서 물고기로 다시 태어났다. 그런데 물고기의 등에는 한 그루의 나무가 자라 여간 고통스럽지 않았다. 어느 날 물고기는 아파서 물가에서 슬피 울었다. 그때 지나가는 노승이 그 모습을 보고 측은히 여겼다. 물고기는 노승에게 애원했다. "스님, 제발 제 등의 나무를 제거해주세요. 저는 전생에 동자승이었는데 공부를 하지 않았다 해서 벌을 받고 있습니다. 너무 아파 견딜 수가 없습니다. 이제 열심히 정진할 테니 제발 등에 있는 이 나무를 없애주세요." 이를 가엾이 여긴 노승, "이제 착한 일 하고 열심히 정진하여라." 하고는 나무를 뿌리째 뽑아 그 일을 후세에 기억하게 하기 위하여 나무로 물고기를 만들었다. 이것이 바로 목어라고 하는 전설이 전한다.

남한강을 따라 올라가다가 장천리에 이르러 국도에서 내려와 농로로 걸어간다. 한적한 시골길을 가로질러 가면 목계 나루터로 가는 지름길이 있을 것이라 생각했다. 평화로운 시골마을, 20여 명이나 되는 아주머니들이 모여 밭일을 하는 광경이 보인다. 이른 봄에 한꺼번에 모여 무엇을 심을까.

바라보는 농촌의 풍경에 가난했던 어린 시절의 농촌생활이 뇌리를 스쳐간다. 어릴 적 농토가 없어서 집에 농사일도 없었지만, 부모님은 공부한다고 하면 밭에 데려가지 않으셨다. 당시 가장 힘든 농사일은 오리걸음으로 고추밭을 매는 것과 뜨거운 여름날 고추 따는 일이었다. 겨울을 나기 위한 땔나무를 하기 위해 부모님을 도와 지게를 지고 먼 산길을 헤매던 일은 이제 먼 옛날의 추억이다. 처음에는 힘든 농사일을 하기 싫어서 공부한다고 꾀를 부리곤 했는데, 중학생이 되면서부터는 가난이 싫어서 공부를 했다. 어머니는 시골의 5일 장날이면 막걸리와 국밥을 파셨지만 평일에는 이웃집에 품을 팔러 다니셨다. 그래야만 우리 가족의 먹거리가 해결되었다. 장날 저녁이면 빚 받으러 오는 사람들, 머리 숙이고 사정하는 어머니의 모습, 돈을 벌어 가난에서 탈출하는 길은 오직 공부라고 결심하게 되었다.

중학교 3학년 때 장학생, 시험만 보면 1등, 공부에 신이 났고 부모님은 기뻐하셨다. 내가 받아온 상장으로 방의 벽을 도배하다시피 하셨다. 장날이면 찾아오는 손님들이 이를 보고, "이 집 아들은 공부를 잘하네." 하면 어머니는 매우 기분 좋아하셨고 "힘든 중에서도 너희들 때문에 산다."며 희망을 가지셨다. 어머니의 희망, 어머니의 칭찬은 나로 하여금 더욱 분발하게 했다. 어머니에게 칭찬을 받고 싶었고 희망을 드리고 싶었다. 칭찬은 고래도 춤추게 한다고 하는데, 하물며 어머니의 칭찬이랴. 어머니 앞에서는 무엇이든 할 수 있었다.

시골에서 입학하기 힘든 경북 북부지방의 명문 안동고등학교에 합격했을 때, "촌에서 한두 번 일등 안 해본 사람은 못 오는 학교니 예전에 공부 잘했다고 빼기지 말라."는 선생님의 말씀이 실감나듯 첫 시험 성적은 중간이었다. 자존심도 상했고 부모님께 성적표를 보여드릴 수가 없었다. 하지만 열심히 공부했다. 2학년이 되면서 초등학생 형제를 가르치는 가정교사를 했다. 3학년이 되면서 장학금을 받았다. 그해 여름 가장 친한 친구가 수영을 하다 익사했다. 친구는 내게 수영을 배웠고, 그 날도 함께 수영 가자고 내 자취방을 찾아왔다가 갔다. 우리는 함께 공부하고, 함께 교회 활동을 하며 미래의 꿈을 나누었다. 친구는 신학교에 가서 목사가 되는 꿈을 가졌었다. 친구의 죽음은 내게 큰 충격이었고, 나로 하여금 신학교를 가도록 간증하게 했다. 방향의 전환이자 방황의 시작이었다. 경제적이고 현실적인 벽이 가로막고 있었고 결국 모든 꿈은 사라졌다. 길 잃은 외톨이가 되어 어두운 산길을 헤매며 울부짖었다. 그리고 나의 가는 길을 알고 있는 신의 섭리에 따라 예정된 험난한 인생길을 지나서 여기까지 이르렀다.

모처럼 봄을 느낄 수 있는 따뜻한 날씨에 바쁜 농촌의 모습을 본다. 그 위로 주마등같이 옛일들이 스쳐가고 발걸음은 이윽고 목계교에 도착한다. 목계교에 서서 유유히 흘러가는 강물을 바라보고 아득히 흘러가버린 세월을 바라본다. 시끄러움을 멀리하면 마음이 고요해지고, 마음이 고요해지면 어디서나 자유롭다. 푸른 하늘을 바라보고 푸른 남한강의 물결을 바라본다. 하늘이 강물처럼 푸르다. 푸른 하늘이 따사로운 햇살을 머금고 내게로 다가온다. 온몸이 하늘에 안긴다. 가슴으로, 가슴으로 향기로운 하늘의 호흡을 들이마신다. 흐르는 강물에는 아직도 물안개가 자욱이 끼어 있다. 피안으로 흘러가듯 소리 없이 강물이 흘러간다. 물밑의 자갈들이 여인네의 속살처럼 맑은 모습을 보이고, 그 위로 황금햇살이 쏟아진다. 선정(禪定)에 든 강가에서 내 마음도 환해지고 평안을 얻는다. 바람도 없는 강이 몹시도 설렌다. 무상(無常)한 인생이 나를 울린다. 고요한 아침의 시간, 마음의 밑뿌리가 흔들려온다. 삶이란 무엇인가 하는 파문이 온몸을 뒤흔든다. 다시는 돌아갈 수 없는 아련한 옛 추억들이 밀려오고 가슴이 저리다.

다리를 건너 목계 나루터에 이르렀다. 지난 도보여행 당시 영주, 풍기, 소백산 죽령고개를 넘어 단양, 제천을 거쳐, 박달재를 넘어 목계 나루터로 왔었다.

밤에 도착한 목계 나루터는 아름다웠다. 마치 보부상이나 장돌뱅이 신세 같은
내 모습과 어울려 깊은 감흥을 주었다. 목계 나루터에서 남한강변을 따라 여
주로 가는 한산한 길은 아름다웠다. 철새 도래지를 지날 때는 발길이 떨어지
지 않았다. 아직도 사람의 발길이 닿지 않은 순수한 자연의 멋을 그대로 느낄
수 있는 남한강의 정취, 흐르는 강물 위에 철새들이 노닐고 시골마을의 풍광은
나그네의 발길을 잡는다. 산 그림자 물속에 잠기고 흰 구름 그림자 남기지 않
고 물속을 춤추듯 날아간다. 충주가 고향인 신경림 시인의 '목계장터' 시비 옆
에 선다. '하늘은 날더러 구름이 되라 하고.' 내 마음을 대신 노래한다. 구름이
되고 바람이 되어 다니고 싶은 유랑자, 들꽃이 되고 잔돌이 되고 싶은 나그네
의 가슴에 시대를 뛰어넘어 민초들의 애환이 스며든다. 장돌뱅이같이, 부평초
같이 떠다니는 일이 즐거움은 왜일까. '사람이 나인가, 꿈속의 나비가 나인
가?' 하듯 유랑자가 나인가, 일상의 삶이 나인가 의문이 든다. 머물러 정체되

지 않고 흘러 흘러가고 싶은 방랑벽이 마음 저 깊은 곳에 느껴지는 것은 본능인가, 자학인가. 옛사람이 말한다. "당장 쉬면 쉴 수 있지만, 끝날 때를 찾는다면 끝날 때가 없으리라."

참으로 지당한 말이다. 당장 길을 나서면 갈 수 있지만, 이것저것 일을 마치고 나서자면 나설 수가 없다. 성공을 거두었을 때도 잠시 쉬고, 실패했을 때도 잠시 쉬어가는 것이 좋으리라. 잠시 포기하고 물러서는 것은 이보 전진을 위한 일보 후퇴다. 급속히 발전하고 끊임없이 변화하는 사회의 흐름 속에서 과감히 발을 빼고 휴식을 취하는 것은 스스로 안정을 찾고 자신을 돌아보며 재충전하는 소중한 기회가 된다. 길을 걸으며 마음을 비우고, 강을 건너며 잡다한 상념들을 버린다. 배를 타고 강을 건너면 배를 두고 가야 한다. 배가 고맙다고 배를 등에 지고 갈 수는 없다. 때로는 고맙고 소중한 인연이라도 잠시 헤어져 그리워하는 시간을 갖는다면 그 소중함은 더욱 깊어지는 이치다. 배를 두고 간다. 가볍게, 가볍게 흘러간다.

고단한 공자의 주유천하 여행길, 도덕과 예의로 다스려야 한다고 하지만 부국강병의 논리가 아니라고 어느 임금도 반겨 맞아주지 않는다. 어느 날 큰 강을 만나고 나루터가 어디에 있는지를 아는 사람이 아무도 없다. 마침 저만치에 밭 가는 사람이 있어 나루터가 어디 있는지 물으니 상대가 되묻는다.

"저기 저 점잖은 양반은 누구요?"

"공구이십니다."

"노나라 공구 말이오?"

"그렇습니다."

"그러면 나루터 가는 길쯤은 알 수 있을 텐데?"

그것도 모르냐는 비아냥거리는 이야기에 공자는 탄식하며 말한다.

"온 세상에 질서가 잡혀 있다면 내가 구태여 바꾸려 애쓰지도 않을 것이다.

아침에 온 세상에 질서가 잡혔다는 소리를 듣는다면 저녁에 죽어도 좋겠다."

공자의 유랑은 소풍이 아니라 좌절과 슬픔의 길이었다. 그래서 공자는 말한다. "인간의 최대의 영광은 한번도 실패하지 않는 것이 아니라, 실패할 때마다 일어서는 데 있다. 고통은 인간의 넋을 슬기롭게 하는 위대한 스승이다."

나루터가 어디인지 몰라도 좋다. 인과 의의 길을 몰라도 좋다. 하늘은 날더러 구름이 되라 하고, 땅은 날더러 바람이 되라 한다. 단지 구름이 되고 바람이 되어 훨훨 날아가고 싶다. 고단한 인생길, 단순하고 가벼운 행장으로 길을 가고 싶다. 부딪히고 스쳐가는 낯선 인연들에게 따스한 눈빛으로 미소를 주고받으며 방랑의 길을 가고 싶다. 산길을 따라 원주로 향한다. 이름 모를 산새들의 울음소리가 구슬프게 들려온다. 굽이굽이 올라가는 비탈길 위로 파란 하늘이 아름답다. 꾀꼬리봉을 지난다. 숲속에서 새 한 마리가 하늘로 높이 솟아오르자 또 한 마리가 따라 비상한다. 둘은 사랑을 속삭이듯 다정한 모습을 연출한다.

훨훨 나는 저 꾀꼬리
암수 정답게 노니는데
외로울사 이 내 몸은
뉘와 함께 돌아갈고.

쌍을 지어 속삭이는 꾀꼬리들이 사랑하는 여인 치희를 보내고 쓸쓸히 돌아오는 유리왕의 모습을 연상케 한다. 이를 아는지 모르는지 꾀꼬리들은 무심히 자기들만의 사랑을 속삭인다. 부패한 시대를 풍자하는 꾀꼬리와 왜가리 이야기가 떠오른다.

옛날 옛적에 산중의 꾀꼬리와 왜가리가 서로 자기가 노래를 더 잘하노라 시비가 붙었다. 둘은 하늘을 나는 솔개에게 공정한 심판을 부탁하고 결전의 날을 위해 맹연습에 들어갔다. 날이 다가올수록 왜가리의 마음에는 불안의 그림자가 밀려왔다. 할 수 없이 왜가리는 냇가에서 물고기를 한 꾸러미 잡아 솔개를 찾아갔다.

"솔개 아저씨, 솔개 아저씨. 저 뒷골목에 사는 왜가리인데요."

"아! 왜 선생, 그런데 어쩐 일이시오?"

"아, 예. 저 냇가를 지나다가 붕어들이 있어 잡 왔는데 혹시 솔개 아저씨가 이런것도 잡수시려나 싶어 드리러 왔지요."

"고마우이. 고마우이. 뭐 이런 걸 다 가지고 오시오. 내 그 마음 기억해 두겠소!"

며칠 후 왜가리는 또 붕어 몇 마리를 잡아 솔개를 찾아갔다.

"지난번 붕어를 좋아하시는 걸 보고 마음이 흔쾌하여 또 몇 마리 잡아왔지요."

"허허허, 이런 고마울 데가 있나. 하여튼 내 그 마음 잘 간직하리다."

그리고 드디어 심판의 그 날이 왔다. 먼저 꾀꼬리가 정중히 인사를 하고 아리따운 목소리, 곧 꾀꼬리 목소리로 노래를 한 곡조 멋들어지게 불렀다.

"아니, 그것도 노래라고 부르는가? 그 솜씨로 무슨 시합을 하나?"

솔개는 꾀꼬리에게 무안을 주고 왜가리에게 노래를 시킨다. 왜가리가 노래를 한다.

"왝! 왝! 왝!"

할 수 있는 소리는 왝왝거리는 것밖에 없는지라 소음을 내는 왜가리의 소리를 들은 솔개가 무릎을 탁! 치며 감탄하여 말한다.

"허허허, 과연 대장부다운 목소리로다. 아, 이리 듣기 좋을 수가. 왜가리 승리!"

시합에 져서 울며 돌아온 꾀꼬리는 그 연유를 알 리가 없다. 오늘도 그날을 생각하며 꾀꼬리는 가끔 잠 못 드는 밤이면 슬픈 목소리로 노래를 부른다. 공정한 사회는 공평한 사회다. 20세기 초만 하더라도 세계적으로 만연했던 부패가 선진국에서는 어느 정도 통제가 가능해져가는 분위기다. 위로부터의 깨끗한 분위기가 공정한 사회, 정의로운 사회를 가속화시킨다. 물고기는 머리부터 부패한다고 하지 않는가. '아버지는 옹기 깨뜨려도 괜찮고, 아이는 접시 깨뜨려도 혼난다.'는 옛말이 꾀꼬리의 구성진 목소리를 타고 들려온다.

구룡 저수지에 앉아서 땀을 식힌다. 잦은 비와 눈으로 저수지에는 물이 많다. 이렇게 한가로울 수가. 새삼 여유를 즐긴다. 소태재에 이르러 터널 위 고개를 넘어간다. 인적 없는 산길을 따라 고갯마루에 오르니 폐허가 된 휴게소가 쓸쓸하다. 4차선 도로가 개통되면서 터널이 뚫리자 휴게소에는 자연스럽게 사람의 발길이 끊어져 문을 닫게 되었다. 자신의 의지와 상관없이 주변환경의 변화로 삶의 모습이 달라지는 것은 피할 수 없다. 자신도 모르는 사이에 예측하지 못한 운명의 그림자가 다가올 수도 있다. 단지 항상 깨어 있어 준비할 따름이다. 아직도 녹지 않고 길 위를 뒹구는 눈덩어리를 보며 산길을 내려온다. 애창곡 '산길'을 흥얼거리며 산길을 간다.

산길을 간다, 말없이
밤에 홀로 산길을
해는 져서 새소리 새소리 그치고
짐승의 발자취 그윽히 들리는
산길을 간다, 말없이
밤에 홀로 산길을
홀로 산길을 간다.

산길을 걸어간다. 산길 걷는 것을 좋아하는 내가 산길을 걷는 것은 커다란 즐거움이다. 걷는다는 것은 두 발로 두 다리로 움직이는 것이다. 이는 자신을 세계의 공간으로 나아가게 하는 존재의 확인이다. 걷기를 통해서 스스로 몸의 주인임을 자각할 수 있고, 강인한 의지력을 확인할 수 있고, 주변의 존재들을 인식할 수 있는 여유가 생긴다. 바쁜 일상에서 남들보다 일찍 일어나고 부지런해야 걸을 수 있다. 나이가 들면 하체의 근육이 감소되므로 더욱 많이 걸어야 한다. 걸을 수 있는 힘이 있고 마음의 여유가 있어 행복하다. 길가에는 나무들이 저마다의 고독을 이겨내려고 무리를 지어 기대면서 서로를 위로하고 위로받는다. 구름이 쉬어가고 부는 바람의 애무에 몸을 맡기고 새들에게 몸을 허락하면서 인내와 믿음으로 말없이 살아간다. 하늘을 지향하고 땅 속에 뿌리를 내리며 인간이 지향하는 사단(四端), 즉 측은지심(惻隱之心), 수오지심(羞惡之心), 사양지심(辭讓之心), 시비지심(是非之心)을 온몸으로 머금고 묵중하게 서 있다.

'잘사는 충북 행복한 도민' 표지판이 이별을 고한다. 그런가 하면 큰 사과 조각품이 '안녕히 가세요.' 하고 인사한다. 그 뒤를 이어 '하늘이 내린

살아 숨쉬는 땅! 강원도' 라는 거대한 표석, 그리고 '영원한 마음의 고향 강원도' 라 하는 표지판이 자랑스레 반긴다. 드디어 강원도에 왔다. 전라남도 해남을 시작으로 전라북도, 충청북도를 지나 이제 '신이 내려준 땅' 강원도를 걷는다.

귀래면에 들어서니 마을 입구에 '시골막국수' 란 허름한 간판이 유혹한다. 반겨주는 할머니의 정성스런 막국수로 점심식사를 마치고 길을 나선다. 바람이 변덕을 부린다. 들판에 뿌려진 퇴비가 바람에 날리며 구수한 농촌의 맛을 전해준다. '산불조심은 산과의 약속' 이란 깃발이 바람에 날린다. 먼 산에는 아직도 하얀 눈이 덮여 있다. 구룡(九龍) 마을 자랑비가 잔뜩 뽐내며 자신의 업적을 가슴 내밀고 자랑한다. 느릅재 길을 따라 올라가고 다시 양안치 고개를 올라간다. 작은 양안치, 큰 양안치란 이름이 특이해서 물어보니 원래 이름은 '양아치' 인데 양아치란 말이 좋지 않은 의미로 쓰여

주민들이 개명했다고 한다.

천은사 입구 도로변에 해우소가 보인다. 사찰과는 거리가 떨어진 곳에 해우소를 만든 이유가 궁금했지만 우선 근심부터 해결했다. 해우소(解憂所), 근심걱정을 해결해주는 곳이다. 해우소가 얼마나 깊은가에 따라 사찰의 위세를 가늠한다고도 한다.

어느 날 떨어져서 지내다가 오랜 만에 만난 동자승 셋이 서로 자기 절간의 해우소 깊이를 자랑한다. "내가 있는 도량의 해우소는 얼마나 깊은지, 볼일을 마치고 허리띠를 추스르면 그때서야 똥이 바닥에 떨어지는 소리가 난다." 그러자 또 다른 동자승이 말한다. "겨우 그 정도냐, 우리 절은 아침에 본 것이 저녁에야 떨어지는 소리가 들리는데." 또 다른 동자승, "우리 절은 정월 초하루에 똥을 누면 섣달그믐에 가야 떨어지는 소리가 들린다." 하고 자랑하니 다른 동자승들이 눈이 휘둥그레지며 할 말을 잃어버리고 놀란다.

똥, 오줌을 미련 없이 버리듯 온갖 번뇌, 망상을 미련 없이 버릴 수만 있다면 얼마나 좋을까. 마음속에 깃든 세상의 온갖 헛된 욕망을 몸 밖으로 내던질 수만 있다면 얼마나 좋을까. 그러한 배설의 낙원은 어디에 있는가. 그것은 아마 무덤 속에 가서나 가능한 일일 것이다. 흐르는 세월은 그러한 자유의 낙원으로 가는 길이다. 낙원을 증명하려 하면 오히려 낙원이 존재하지 않는다는 것을 확인하게 된다. 낙원은 이상향이다. 부처의 이상향은 극락이요, 노자의 극락은 무위자연의 세계이며 토마스 모어의 이상향은 유토피아다. 유토피아란 말은 '어디에도 없는 나라' 라는 뜻이다. 토머스 모어가 쓴 『유토피아』는 대서양 한복판에 있는 '평화로운 이상향' 의 섬이다. 신분과 계급이 없이 모두가 똑같이 노동하여 그 생산물을 분배받고 또 금화나 보석에도 욕심이 없다. 그러한 욕심 없는 낙원을 꿈꾸던 토마스 모어는 자신의 왕 헨리 8세에 의해 목이 잘려 형장의 이슬로 사라진다. 이 땅 위

의 낙원을 꿈꾸고 왕을 거역한 죄였다. 즐거운 세월을 보내든 쓸쓸한 세월
을 보내든 모든 사람은 번뇌 망상이 없는 영원한 낙원을 향해 간다. 이 땅
에서의 근심걱정을 덜어주는 해우소, 삶의 시름을 덜어주는 그곳은 어디일
까. 진리의 나침반, 지혜의 햇불은 어디에 있는가. 있어도 보지 못하고 들
어도 듣지 못하고 있는 것인가. 정처없는 방랑 속에 행여 만날 행운이라도
있는 것인가. 어디에서 만날까. 알 수 없기에 발걸음은 무겁고 찾아가는 고
행의 길은 더욱 의미가 있다.

'여기는 양안치재 정상입니다. 해발 380m' 라는 표지판이 반겨준다. 큰
양안치 휴게소에서 잠시 발걸음을 멈추고 커피 한 잔 마시며 쉼을 즐긴다.
파란 하늘이 마음을 맑게 한다. 흰 구름이 바람을 벗 삼아 천변만화의 기교
를 자랑한다. 한가로운 쉼이 있어 방랑은 더욱 즐겁다. 10여kg이 넘는 배
낭을 메고 먼 길을 씩씩하게 걸을 수 있음은 그 뒤에 찾아오는 안식이 있기
때문이다. 먼 길을 가자면 쉬어가야 한다. 먼 길을 가자면 함께 가야 한다.
내 마음의 소리를 붙잡고 그림자 더불어 하늘을 벗 삼아 함께 길을 간다.
고개를 내려오며 공사 중인 4차선 도로를 따라 걷는다. 아무도 없는 나만
의 길을 가며 즐거워한다. 못 가본 길이 아름답다고 하며 공사판 흙길을 간
다. 2차선을 달리는 차들을 바라보며 느릿느릿 걸어가는 내 모습이 물 흐
르듯이 흘러가는 여유로운 방랑자다. '사랑이여, 고단한 인생이여! 저 하
늘의 태양이 뜨겁게 빛을 발하고 있으니 마음속의 어둠을 몰아내고 빛의
길로 발걸음을 옮기자꾸나.' 한다.
　연세대학교 원주 캠퍼스 앞을 지난다. 원주 라이온스 클럽에서 세워 놓은
무궁화공원 비석을 보며 그들의 나라사랑과 봉사정신을 느낀다. 라이온스
(LIONS) 클럽은 세계 최대의 봉사단체로 그 슬로건은 '자유(Liberty), 지성
(Intelligence), 우리(Our) 국가의(Nation's) 안전(Safety)' 이며 모토는 'WE

무궁화공원 조성취지문

무궁화는 상고시대로부터 우리민족을 상징하는 가장 대표적인 꽃으로
사랑을 받아 왔으나 일제 강점기에는 전국 각지에서 수많은 수난을 겪는
등 우리민족과 애환을 같이하며 겨레의 얼로 민족정신을 상징하여 왔다.
나라꽃 무궁화가 민족과 더불어 영원히 번창하기를 기원하는 뜻에서
이곳에 "무궁화 공원"을 조성 원주시민에게 휴식공간을 제공함은
물론 무궁화의 우수성과 아름다움을 알리고 나라꽃 사랑과 애국심을
길러주는 장으로 활용하고자하는 그 숭고한 뜻을 길이 보전하고, 원주
중앙라이온스 클럽의 창립 20주년을 기념하기 위하여 전회원의 정성
어린 애정을 담아 이곳에 무궁화 표지석을 건립하였음.

2001년 10월 13일

국제라이온스협회354-F(강원)지구
원주중앙라이온스클럽 회원일동

2010/03/13 04:59 PM

SERVE'다. 창시자 미국의 멜빈 존스는 '다른 사람에게 도움을 주지 않으면 나 자신도 발전할 수 없다.' 라는 좌우명을 가지고 1917년 라이온스 클럽을 조직하고 평생 봉사활동에 전념했다. 1959년에 처음으로 클럽이 탄생한 대한민국에는 2010년 12월 말일 현재 2078개의 클럽과 84828명의 회원이 활동하고 있다. 재미있는 현상은 세계적인 봉사단체인 라이온스 클럽이나 로타리 클럽 중 사단법인 한양 로타리 클럽을 제외하고는 대한민국 정부가 지정 기부금 공제대상 단체로 지정하고 있지 않다는 사실이다. 나 자신 라이온스 클럽 회원으로 입회하여 봉사한 지 14년이 되는 2011년이면 40여 년의 전통을 지닌 용인 라이온스 클럽 회장이 된다는 사실에 책임감과 사명감을 느낀다.

어느 조직이든 그 조직이 추구하는 정체성, 가치관은 중요하다. 조직의 수장(首將)이 되면 '조직을 이용해서 내가 무슨 유익을 얻을까?' 하는 생각보다 '내가 조직을 위해 무엇을 할까?' 하는 사명감과 책임감이 우선되어야 하며, 지도자로서 구성원들이 참다운 길로 갈 수 있도록 협력을 이끌

어내야 한다. 봉사단체로서의 정체성이나 가치관은 간 데 없고, 개인이나 단체의 공명심, 일회성이고 소멸성인 인기영합의 모임으로 전락하면 주위로부터 '저희들만의 놀이판' 등 갖가지 비난을 면치 못한다.

인간은 사회적 동물이다. 사회의 구성원으로서 봉사단체에 가입하여 어떤 역할을 담당하면서 보람이나 소속감, 안정감을 얻을 수도 있지만, 때로는 역으로 자신의 생활을 옭아매기도 한다. 많은 모임에 적을 두고 활발한 활동을 벌이는 사람이 의외로 자신의 일을 돌보지 못하는 경우가 많다. 하늘의 별을 바라보면서 발밑의 꽃을 뭉개는 격이다. 하나의 대상에 집착하면 전체를 온전히 알 수가 없다. 숲속을 거닐며 나무만 보지 말고 숲을 생각해야 하는 이치다. 새로운 삶을 찾으려면 수박 껍질을 벗겨야 맛있는 수박을 먹듯이, 자신을 감싸고 한정짓고 있는 허물을 벗어야 진정한 자유를 얻고 새 삶을 살아갈 수 있다.

4차선 도로를 따라 걸어가며 하얀 선으로 표시한 보행자를 위한 배려를 본다. 아마도 학생들이 많이 다니는 곳이라 보행자 도로를 만들어놓은 것 같다. 깨끗하고 푸른 도시 원주의 첫 인상이 정겹게 다가온다. 서쪽하늘 저녁노을이 아름답다. 머리 위 하늘에는 엄마구름 애기구름이 두둥실 떠간다. 멀리 동쪽으로 영서지방의 명산이며 원주의 진산인 치악산이 하얗게 잔설을 업고 위용을 자랑한다.

치악산(雉岳山, 해발 1288m)은 원래 적악산이었다. '꿩과 구렁이의 전설'로 이름이 바뀌었다. 까치와 구렁이의 보은의 전설에서 까치가 꿩으로 바뀌면서 꿩 치(雉)를 써서 치악산으로 이름이 바뀐 것이다. 은혜를 갚기 위한 까치나 꿩의 행위는 인간이 본받아야 할 가치임에는 분명하지만, 과연 인간이 그를 구하기 위해 구렁이를 죽인 것이 잘한 일인가 하는 것은 다시 생각해볼 여지가 있다. 연약한 꿩을 잡아먹으려는 뱀을 응징한 의로운 선비가 아니라, 자연의 섭리를 거스르는 무지하고 만용을 부린 선비라 할 수도 있다. 뱀이 꿩을 잡아먹는 것은 사악해서가 아니라 생존본능이다. 또한 먹고 먹히는 먹이사슬을 인간의 판단에서 선악으로 헤아리는 것은 인간의 교만이기도 하다. 사람의 관점에서 까치를 보호하기 위해 구렁이를 죽이는 것은 자연의 섭리를 거스르는 행위요 인간의 월권이다. 갑자기 까치와 꿩들이 나를 원망하는 소리가 들려오는 듯하다.

호주의 대표적인 관광지인 국립공원 블루 마운틴(Blue Mountain)에는 키가 130m까지 자라는 나무가 있다. 나무에서 내뿜는 기운이 햇살에 비치면서 푸른빛이 나온다고 해서 블루 마운틴이다. 이 나무가 생명을 다하는 데는 주요한 두 가지 이유가 있다. 하나는 키가 너무 커서 강풍이 불면 뿌리가 견디지 못해 넘어지는 것이요, 또 하나는 나무의 속을 개미들이 파먹고 들어가서 굴을 만드는 것이다. 자연을 보호하고 지키는 데는 과히 세계적인 명성을 자랑하는 호주 정부는 개미들에 대한 대책을 연구하다가 결국 그냥 자연의 법칙에 맡기는 것으로 결론 내렸다. 뿐만 아니라 그렇게 쓰러지는 모든 나무들을 현상 그대로 둠으로써 모두 자연에게 맡겼다. 소중한 나무를 보호하는 것도 중요하지만 자연을 있는 그대로 보존하는 것이 자연을 위해서도 더욱 소중하다고 판단한 것이다. 자연에는 자연의 섭리가 있다. 나무에도, 꽃에도, 이름 없는 들풀 하나에도 살아남기 위한 그들대로의 지혜가 있고 끈질긴 생명력이 있다.

남태평양의 솔로몬군도 원주민들은 큰 나무를 쓰러뜨릴 때 그들 나름의 독특한 방법을 사용한다고 한다. 원시적인 도끼로 넘어뜨릴 수 없는 큰 나무를 벨 때면 그 나무 밑에 빙 둘러 앉아서 나무를 향해 목청껏 소리를 지른다. "쓰러져라, 쓰러져라." 그렇게 한달 정도 소리를 지르면 그 나무가 쓰러지고 만다는 것이다. 나무에게도 영혼이 있기 때문에 그 영혼에 대고 힘껏 소리를 지르면 결국 죽는다는 것이다.

정치권과 환경단체 등에서는 4대강 유역 개발에 대해 끊임없이 부딪히고 있다. 자연은 우리의 것이 아닌 후손들에게 물려주어야 할 소중한 유산이라는 것은 누구나 알고 있다. 중국 하나라를 세운 우 임금은 태평성대를 의미하는 요순시절의 순 임금으로부터 왕위를 이어받았다. 순 임금은 자신에게 자녀들이 있었지만 요 임금이 그러했듯이 '치산치수(治山治水)'로 백성들을 고통에서 구할 우 임금에게 왕위를 선양한 것이다. 고속도로를 건설하고 4대강을 준설하는 일 등을 문명이란 이름으로 자연을 파괴한다고 규탄하고 반대만 할 것이 아니라, 그것이 오히려 자연과 인간의 상생이라는 관점에서 생각해보아야 할 필요도 있다.

우리 국토, 우리 산을 사랑해서 온갖 어려움과 역경을 딛고 백두대간을 종주하는 사람들에게 자연을 훼손하고 산을 망친다는 죄명(?)으로 종주를 못 하게 하는 일 또한 국립공원을 관리하는 자들의 자기편의주의적인 발상이다. 백두대간이 지나는 지방자치 단체에서 백두대간을 알리는 지도와 안내판을 부착하고 등산객들을 도와주는 것과 비교하면 이는 정면으로 배치되는 행정이다.

공맹사상이나 노장사상의 전통 동양사상에서는 자연과의 조화를 가르친다면, 서양의 기독교 사상은 자연은 인간의 생육, 번성을 위한 정복 대상이었다. 아메리카 인디언들은 문명이란 이름으로 자연을 파괴하는 얼굴 흰 사람들에게 자연의 보복을 경고했다.

인디언들은 대지와 나무와 자연에 깃든 정령들과 소통하고 정령들이 자신들을 지켜보는 증인이라고 받아들였다. 그들은 부자가 되기 위해서가 아니라 생존하기 위해서 동물을 사냥했고, 언제나 꼭 필요한 만큼만 가졌다. 자연에 대한 무모한 폭력은 결국 인간이 그 재앙으로 보복을 당한다. 인간 또한 자연의 한 조각이다. 문명 개발이라는 이름으로 자연 생태계를 파괴하는 행위가 아닌, 자연을 위하고 인간을 위하는 공존의 동행을 해야 한다. 자연은 개발의 대상이 아니다. 기후의 변화로 섬들이 사라지고 이상 난동의 자연재해로 고통을 겪는 것은 뿌린 대로 거두는 자연의 법칙이다.

모든 피조물에는 신의 창조 섭리가 있다. 자연에는 자연의 섭리가 있고 자연과 인간에게 있어서도 공존의 섭리가 있다.

어느 날 장자가 밤나무 숲에서 놀다가 까치가 나무 위에 앉는 것을 보고 빠른 걸음으로 달려가 화살로 새를 겨누었다. 그런데 그때 문득 바라보니 매미 한 마리가 나뭇잎 아래에 앉아 제 몸도 잊어버린 채 아름다운 그늘을 즐기고 있었다. 그리고 그 곁에는 사마귀 한 마리가 나뭇잎 뒤에 숨어 매미를 잡는 데 정신이 팔려 제 몸을 잊고 있었다. 까치 역시 그 기회를 타서 사마귀를 잡느라고 정신을 잃어버리고 있었다. 이를 본 장자는 "아, 슬픈 일이로다. 만물은 원래 서로 해치고, 이해는 서로 얽혀 있구나!' 하며 쏘려던 화살을 거두고 발걸음을 돌렸다. 이때 밤나무 밭 관리인은 장자의 모습을 보고 밤을 훔치러 온 도둑이라 생각하고 뒤쫓으며 나무랐다. 장자는 집에 온 후 사흘 동안 뜰 앞에도 나가지 않았다. 눈앞의 현실적인 욕망 속에 진정한 자신을 잊어버렸다. 이는 흐린 물을 보느라 맑은 물을 잊어버린 것과 같았다. '당랑포선(螳螂捕蟬)'이라, 후환을 생각지 않고 눈앞의 이익만 따지는 춘추시대 오나라의 고사성어이기도 하다. 자신을 감싸고 스쳐가는 보이지 않는 운명의 그림자를 의식하며 삶을 더욱 겸허히 살아야 한다는 장자의 메시지다.

모든 사람들은 자기본위로 생각한다. 자신이 보고 듣고 생각한 것을 마치 진실인 것처럼 확신한다. 내가 눈으로 볼 수 있는 것은 가시광선뿐이다. 내가 들을 수 있는 소리도 한정적이기에 초음파는 들을 수가 없다. 내가 아는 지식 또한 '구우일모(九牛一毛)'라, '아홉 마리 소의 터럭 하나'에 불과하다. 아인슈타인의 지식인들 얼마나 알겠는가. 지금 내가 보고 있는 서쪽하늘의 태양도 내가 보는 순간 이미 8분 전에 지구 저편으로 넘어갔으며, 지금 보고 있는 반짝이는 저 별빛도 그 빛을 보낸 후 몇 광년이 지나 이제 내가 보고 있다고 한다면, 어찌 내가 보고 있는 것이 사실이라고 단정할 수 있겠는가.

'너 자신을 알라!' 는 자신의 무지를 자각하고 반성하라는 의미로 소크라테스가 인용하여 유명해진 말이다. 소크라테스는 "남들은 자신이 아무것도 모른다는 사실을 모르고 있는 데 반해, 나는 내가 아무것도 모른다는 사실을 알고 있다." 라고 했다. 또한 공자는 "내가 아는 것이 있는가. 나는 아무것도 아는 것이 없다." 라고 했다. 광대한 우주 안에 인간이 가지고 있는 지식이란 한낱 티끌에 불과하다. 그렇기에 인류 최고의 스승들도 지식 앞에 겸손한 태도로 임한다. 서푼어치도 안 되는 지식으로 자만하지 않았는지 겸허히 되돌아볼 일이다.

인간의 눈은 세상을 향해 있다. 외부환경을 인식하고 적응하는 것이 생존에 중요하기 때문이다. 그래서 자신의 내면보다는 외부세계에 더 많은 관심을 갖는다. 아이들은 외부세계에 더 열광하고 관심을 갖는다. 성숙하지 못한 어른들 또한 내면보다는 외부에 더 치중한다. 자기존재에 대한 관심을 가지고 내면세계에 깊이 열중하는 것은 성숙한 인생의 모습이다. 외부환경을 잘 이해하는 것뿐만 아니라 자신을 잘 이해하는 것도 중요하다. 그래서 춘추시대 오나라 손무는 '지피지기 백전불태(知彼知己 百戰不殆)' 라고 했다. '상대를 알고 나를 알면 백 번을 싸워도 위태롭지 않다.' 는 것이다. '바람을 노래하고 달빛을 희롱하며 술잔을 들고 자연에 묻히면 추위도 능히 견디고 근심걱정도 잊는다.' 고 옛 시인은 말한다. 하늘과 땅이 조화를 이루듯 내외부의 현상과 더불어 동행하는 지혜가 무엇인지 배우는 것이 소중하다.

땅거미가 찾아오고 퇴근길 사람들이 분주하게 움직인다. 남원주 IC가 보이고 지친 나그네의 발걸음도 멈춰진다. 원주의 신시가지에서 한 잔의 술을 마시며 외로운 나그네의 객고(客苦)를 달랜다. "여호와께서 그 사랑하시는 자에게는 잠을 주시는 도다." 하는 시편 솔로몬의 노래를 들으며 깊은 평안의 나락으로 떨어진다.

16

"형님, 가입시더!"

 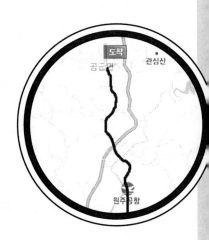

명품 한우 횡성으로(33km)

횡 성

내가 사람의 방언과 천사의 말을 할지라도 사랑이 없으면 소리 나는 구리와 울리는 꽹과리가 되고, 내가 예언하는 능이 있어 모든 비밀과 모든 지식을 알고 또 산을 옮길 만한 믿음이 있을지라도 사랑이 없으면 내가 아무것도 아니요, 내가 내게 있는 모든 것으로 구제하고 또 내 몸을 불사르게 내어줄지라도 사랑이 없으면 내게 아무 유익이 없느니라. 사랑은 오래 참고 사랑은 온유하며 투기하는 자가 되지 아니하며, 사랑은 자랑하지 아니하며 교만하지 아니하며 무례히 행치 아니하며 자기의 유익을 구치 아니하며, 성내지 아니하며 악한 것을 생각지 아니하며 불의를 기뻐하지 아니하며 진리와 함께 기뻐하고, 모든 것을 참으며 모든 것을 믿으며 모든 것을 바라며 모든 것을 견디느니라. 사랑은 언제까지든지 떨어지지 아니하나 예언도 폐하고 방언도 그치고 지식도 폐하리라. 우리가 부분적으로 알고 부분적으로 예언하니 온전한 것이 올 때는 부분적으로 하던 것이 폐하리라. 내가 어렸을 때에는 말하는 것이 어린아이와 같고 깨닫는 것이 어린아이와 같고 생각하는 것이 어린아이와 같다가 장성한 사람이 되어서는 어린아이의 일을 버렸노라. 우리가 이제는 거울로 보는 것같이 희미하나 그때에는 얼굴과 얼굴을 대하여 볼 것이요, 이제는 내가 부분적으로 아나 그때에는 주께서 나를 아신것 같이 내가 온전히 알리라. 그런즉 믿음, 소망, 사랑, 이 세 가지는 항상 있을 것인데 그 중에 제일은 사랑이라. (고린도전서 13장 1~13절)

다이아몬드가 물질계 최고의 보석이라면 정신계 최고의 보석은 사랑이다. 그래서 결혼식 때 사랑의 증표로 다이아몬드 반지를 신부에게 바치기도 한다. 다이아몬드는 자연이 수천만 년 시간을 들여 만든 예술품이다. 고대 그리스인들은 다이아몬드를 자연의 기적이며 신의 눈물이라고 했다. 다이아몬드는 다이아몬드로 깎아내듯, 사랑은 사랑으로 다듬고 깎아낸다. 한낮은 태양이 밝히고 마음은 사랑이 밝힌다. 태양이 서산으로 넘어가면 세상에는 어둠이 오고, 사랑이 식으면 인생의 밤이 온다. 지고지순한 마음으로 내면의 모든 것을 바치는 진정한 사랑은 어디로 가고, 쉽게 버리는 모조품 다이아몬드가 판을 치는 세상이다.

맑고 쌀쌀한 아침이 시작된다. 전날의 피로를 뒤로 하고 몸속 깊은 데서부터 힘차게 새 날을 시작한다. 일요일이라 거리는 조용하다. '중부내륙 성장거점도시 원주' 라는 표지판이 공손히 인사한다. 원주는 병풍처럼 펼쳐져 있는 치악산과 지역을 휘감아 흐르는 섬강, 조선조 500년간 강원의 수부로서 유구한 전통과 문화유적을 자랑하는 고장이다. 중앙선 열차가 지나는 원주역과 치악산으로 가는 길 이정표가 거리에서 자주 마주친다. 원주역은 중앙선 열차가 다닌다. 중앙선은 원주, 제천, 영주, 안동 사람들의 향수가 물씬 느껴지는 철도선으로 청량리역과 경주역을 지나 부산역을 잇는다. 1911년에 시작한 경부선에 이은 우리나라 제2의 종관철도로 영서 내륙지방의 개발에 크게 이바지했다.

먹고 사는 문제가 힘들었던 어린 시절, 안동 사람들은 도회지로 나가기 위해 중앙선 열차를 타고 청량리역에 내리거나, 아니면 부산역에 내려야 했다. 우리 집에서도 중앙선 열차를 타고 큰형은 부산으로, 둘째형은 서울로 돈 벌러 갔다. 명절 때가 되면 고향을 찾는 수많은 사람들이 중앙선을 타고, 열차는 말 그대로 콩나물 시루였다. 당시 고향 역인 운산역에는 완행열차인 비둘기호만 정차했고 특급열차라 불리는 통일호는 정차하지 않았다. 초등학교 다닐 때 맏형이 돈을 벌기 위해 고향 역에서 부산 해운대로 가는 열차를 탔다. 플랫폼에서 동생과 함께 손을 흔들며 형과 이별하고, 멀어지는 열차를 바라보며 헤어지는 슬픔의 눈물을 흘렸다. 어린 동생은 눈물짓는 나를 보고는 집에 와서, "엄마, 시야가 기차가 갈 때 막 울었다!" 하며 놀리면서 철없이 흉을 봤다. 네 살이 적은 동생에게는 이해되지 않는 이별의 슬픔이었다.

나보다 네 살이 많은 둘째형은 어린 나이에 돈을 벌기 위해 중앙선 열차를 타고 서울로 갔다. 그래서 명절 때면 형들을 마중하러 고향 역으로 나가곤 했다. 어느 날 둘째형은 몸이 아프다며 집으로 돌아왔고, 병원에도 제대로 가보지 못하고 이 세상을 떠났다. 중학교 2학년이었던 그때 담벼락을 붙들고 하나님께 형을 살려달라고 눈물로 호소했다. 하지만 형은 다시 못올 먼 길을 떠나갔다. 나중에야 깨달았지만 형을 데려간 원수는 바로 가난이었다. 병원에 한 번 데려가 보지 못한 아버지는 눈물을 삼키셨고, 어머니는 명절 때만 되면 기차역에 내려 "엄마, 나 왔어!" 하고 찾아올 것만 같은 아들 생각에 슬픔을 견디기 힘들어했다. 그리고 나훈아의 '고향역'은 나의 슬픈 애창곡이 되었다.

어린 시절 들판을 달리는 밤 열차를 보면서, 나이가 들면 언젠가는 저 열차를 타고 그 끝이 어디인지 끝까지 가봐야지 하는 생각을 했다. 별빛만이 세상을 밝히는 고향의 밤을 달려가는 저 열차 안에는 어떤 사람들이 있을까 하는 의문도 가졌다. 그리고 세월이 지나 열차 안에 타고 있는 나는 이리저리 그 끝을 가보았다. 지금도 열차를 타면 옛 생각이 많이 난다.

원주역을 지나며 애환이 깃든 중앙선의 추억을 회상한다. 2018년이면 청량리에서 안동까지 1시간 30분에 주파하는 열차가 달린다니, 바다가 뽕나무밭이 되는 상전벽해(桑田碧海)요 격세지감(隔世之感)이다. 세월이 흘러 이동 수단으로 자동차가 급증하고 도로가 발달되었다. 분당에서 살고 있는 지금 중앙고속도로가 개통되면서 원주는 안동의 중간지대다. 어머니가 보고 싶을 때면 용인에서 점심을 먹고 출발해서 시골집에 도착해 저녁 먹고 난 후 "엄마, 올라갈게요." 하고 길을 나섰다. 길은 과히 속도의 혁명을 가져왔다. 치악산 휴게소는 고향을 오가는 길목의 휴식처요, 막내 진교가 "맛있는 거 사주세요." 하는 단골가게다. 국립공원인 치악산은 조선시대 5악 중의 한 곳으로 동쪽에 동악단을 쌓아 원주, 횡성, 영월, 평창, 정선 등 주변 고을의 평안을 기원하던 매우 신령스런 산이기도 하다. 이중환은 『택리지』에서 "원주의 적악산은 비록 흙산이나 안에는 골짜기 마을과 천

석이 많고 동서에 이름난 고을이 많다. 한편 산에는 신의 영감이 많아서 사냥꾼이 감히 이 산에서 짐승을 잡지 않는다."라고 기록한 바 있다.

영서지방의 명산이며 원주의 진산인 치악산을 뒤로 하고 원주 시가지를 벗어난다. 4차선 도로를 달리는 차량들의 소음과 매연이 극심하다. 산 넘고 물 건너 구름과 바람을 벗 삼아 전날까지 순화시켜온 내면의 피와 혼이 어지러워지는 듯하다. 오늘은 일요일, 기독교인들에게는 주일이다. 횡성으로 가는 짧은 여정이라 마음이 여유롭다. 교회가 있으면 예배를 드려야지 하며 둘러보아도 그렇게 많고 많은 예배당의 십자가가 오늘따라 보이지 않는다. 군부대 담 옆을 지나갈 때 부대 안의 십자가가 미소 짓는다.

기독교는 십자가의 종교다. 십자가는 사형 도구에서 구원의 도구로 바뀌었다. 예수는 십자가를 바라보며 걸었다. 예수의 마지막 길은 갈릴리를 지나고 사마리아를 지나 유대지방 예루살렘으로 가는 길이었다. 해발 800m에 있는 산성 도시 예루살렘은 예수가 자신의 온몸을 던져 구속사역을 이루는 곳이기에 예수의 길은 십자가로 가는 길이었고 십자가를 지고 가는 길이었다. 십자가는 생명의 길이다. 유대교의 상징이 별이고 공산주의의 상징이 망치와 낫인 것처럼 십자가는 기독교의 상징이다. "나를 사랑하사 나를 위하여 자기 몸을 버리신(갈라디아서 2장 20절)" 십자가를 이해하고 믿어져야 참 그리스도인이다. 사형 도구인 십자가가 믿음의 도리로 다가올 때 영성의 길을 간다고 할 것이다. 사람은 저마다 자기 십자가를 지고 길을 간다. 어깨에 십자가를 지고 고난의 바다를 헤치고 시련의 언덕을 넘었을 때 승리의 영광이 있고 성공의 행복이 있다. 세상 죄를 지고 가는 어린 양이 있었기에 기독교인들은 여호와를 아버지라 부를 수 있게 되었고, 십자가의 역사적 의미를 아는 사람들만이 천국에 갈 수 있게 되었다. 신성(神性)의 성자(聖子)가 인성(人性)을 지니고 이 땅에 내려와 흉악범이나 지는 십자가에 못 박히고 부활함으로 인류 역사는 획기적인 전환점을 맞이하게 되었다.

베드로는 어부였으나 예수의 수제자가 되었고 로마교회 초대 교황이 되었다. 예수가 제자들에게 "사람들이 나를 누구라고 하느냐?"고 물었을 때 "더러는 세례 요한, 더러는 엘리야, 어떤 이는 선지자 중의 하나"라고 답하자 예수는 "그러면 너희는 나를 누구라 하느냐?"고 묻는다. 이때 베드로는, "주는 그리스도시요 살아 계신 하나님의 아들이시니이다." 했다. 그러자 예수는 "시몬아 네가 복이 있도다. … 너는 베드로라 내가 이 반석 위에 내 교회를 세우리니 음부의 권세가 이기지 못하리라." 하고는 베드로에게 천국의 열쇠를 준다. 하지만 예수는 최후의 만찬을 마친 후 잡혀가기 전에 그날 밤 제자들이 자신을 다 버리고 도망갈 것을 예언한다. 그러자 베드로는 "모두가 주를 버릴지라도 나는 결코 버리지 않겠나이다." 한다. 그러나 예수는 "오늘 밤 닭 울기 전에 네가 세 번 나를 부인하리라." 하고, 베드로는 "주와 함께 죽을지언정 주를 부인하지 않겠나이다." 라고 한다. 가룟 유다의 배반으로 예수가 잡혀가자 베드로는 멀찍이 뒤따라가 대제사장의 뜰에 하인들과 앉아서 그 결말을 보려고 했다. 그때 한 여종이 베드로를 보고 "너도 갈릴리 사람 예수와 함께 있었도다." 하자 베드로는 맹세하고 저주하며 예수를 모른다고 세 번 부인한다. 그러자 곧 닭이 울었다. 이에 베드로는 '닭 울기 전에 세 번 나를 부인하리라.' 한 말이 생각나서 밖에 나가 심히 통곡을 했다.

그 후 십자가에 못 박힌 예수가 부활하여 갈릴리 호수에 나타나서 자신을 세 번 부인하고 다시 어부로 돌아간 베드로에게 묻는다.

"요한의 아들 시몬아 네가 이 사람들보다 나를 더 사랑하느냐?"

"주님, 그러하나이다. 내가 주님을 사랑하는 줄 주님께서 아시나이다."

"내 어린양을 먹이라."

그리고 예수는 베드로에게 두 번째 묻는다.

"요한의 아들 시몬아 네가 나를 사랑하느냐?"

"주님 그러하나이다. 내가 주님을 사랑하는 줄 주님께서 아시나이다."

"내 양을 치라."

예수는 세 번째로 다시 묻는다.

"요한의 아들 시몬아 네가 나를 사랑하느냐?"

세 번이나 물으니 베드로가 근심하여 말한다.

"주님이 모든 것을 아시오매 내가 주님을 사랑하는 줄을 주님께서 아시나이다."

"내 양을 먹이라."

그리고 예수는 베드로가 원하지 아니하는 곳으로 가서 어떠한 죽음을 죽을지 예언한다. 영화 '쿼바디스'는 베드로가 감히 주님과 같은 모습으로 죽지 않고 십자가에 거꾸로 매달려서 처형을 당하는 모습이 나온다. 십자가에서 인류를 위해 대신 죽고, 배신자 베드로를 사랑으로 감싸 안아 교회의 반석으로 삼은 예수의 십자가의 도를 이 시대의 기독교인들은 어떻게 알고 있을까. '자기 십자가를 지고 따르라'고 한 예수의 가르침이 예배당의 십자가에서 빛난다.

오늘날 우리나라는 세계에서 유래를 찾을 수 없을 정도로 다양한 종교들이 혼재되어 있다. 단일 민족이면서 다종교가 상호 공존하는 독특한 국가다. 우리나라 사람들은 53%가 스스로 종교인으로 생각하고 있고, 불교신자가 22.8%, 개신교 18.3%, 가톨릭이 10.9%로 그 뒤를 잇고 있다. 이외에도 소수종교들이 있어 우리나라는 '종교백화점', '종교시장'이라고도 한다. 한국 종교사는 두 번의 문화적 충격을 경험했다. 첫 번째는 삼국시대로서 유교, 불교, 도교 등 동양 고전종교의 수용이다. 두 번째는 서양종교의 유입으로서 이는 근대 한국 종교지형에 일대 지각변동을 가져다주었다. 한국의 종교는 국민적 통합 이데올로기를 형성하는 데 중요한 역할을 한 것은 물론 정신적인 이념으로 기존사회의 질서를 의미 있게 정당화하는 공헌을 했다. 또 고단하고 힘든 삶을 살아가는 민중들에게 마음의 기쁨과 평안, 소망을 주었다. 그러는 한편 사회의 성소이자 목탁기관이라는 역할에서 부정과 불의의 따가운 시선을 받는 것이 작금의 우리나라, 나아가 세계의 종교 현실이다.

세계에는 수많은 종교가 있고 그에 따른 문화적 충돌이 있다. 2010년 출간된 『세계기도정보』에 따르면 전 세계 69억 인구 중 기독교인(가톨릭 포함)은 32.2%인 22억 2995만 명, 그 중 개신교는 11억 4022만 명, 가톨릭은 10억 8973만 명이다. 무슬림은 22.9%인 15억 8176만 명, 힌두교인은 9억 5869만 명, 불교도 4억 7816만 명 순이고 무종교인은 9억 3790만 명이다.

11세기에 시작된 십자군 원정은 8차례에 걸친 대표적인 종교전쟁으로 21세기인 아직까지 진행되고 있다. '베드로의 군대여, 그리스도의 땅을 회복하라!' 는 성지회복으로 1099 시작한 십자군 원정은 200년에 걸쳐 감행되었다. 하지만 이는 '신을 위한 전쟁' 이 아닌 로마 교황청의 정치적 판단과 당시 권력자들이 자신의 이익을 위해 종교를 이용하여 이루어진 전쟁이었다. 이슬람 경전인 코란의 한 구절이다.

"우리(무슬림, 이슬람교도다)의 신과 너(기독교도)의 신은 같은 한 분의 신이시니, 우리는 그분께 순종함이라."

두 종교는 구약성서의 상당 부분을 공유하고, 당시 무슬림은 기독교도를 '성서의 백성' 이라 부르며 존중했다. 두 종교는 모두 평화와 사랑을 강조하는 종교이지만 십자군 전쟁은 1000년 가까이 지난 지금까지 처절한 싸움을 계속하고 있는 것이다. 전 교황 요한 바오로 2세는 2003년, 십자군 전쟁은 교회가 저지른 죄악의 하나라며 정식으로 참회하기까지 했다. '선과 악' 이라는 이분법을 버리면 화해가 이루어진다. '20세기 개혁교회 신앙고백' 중 '1967년 신앙고백' 은 1967년 미국의 연합 장로교회가 채택한 신앙고백으로 '화해의 정신' 을 근간으로 하고 있다. 본 신앙고백의 '교회의 화해사역'에는 다음과 같은 내용이 있다.

"교회는 자기 사명을 수행하면서 사람들의 여러 종교를 만나며, 이 만남을 통하여 교회도 종교로서의 자신의 인간적 성격을 의식하게 된다. … 그리스도인은 타종교들과 자신의 종교 사이에 유사점들을 발견하고 모든 타종교들을 열린 마음과 존경심을 가지고 접근해야 한다. 하나님께서는 교회의 갱신을 촉구하기 위하여 비 기독교인들의 통찰력을 거듭 사용해왔다."

종교학의 창시자 막스 뮐러(1823~1900)는 "하나의 종교만 아는 사람은 아무 종교도 모른다."고 했다. 내 이웃의 종교를 알면 내 종교를 더욱 깊이 이해할 수 있게 된다는 말이다. 또한 신학자 한스 큉은 "종교 간의 대화 없이는 종교 간의 평화가 없고, 종교 간의 평화가 없이는 세계평화가 있을 수 없다."라고 말한다.

살아 있는 인간의 마음과 행위는 매우 복잡하다. 기독교 세력이 미미하고 박해를 받던 고대 교회 초기의 신자들의 신앙은 순수했다. 하지만 로마 가톨릭 교회가 확립된 이후 기독교의 역사는 그렇지 않았다. 순수성을 잃은 종교의 이름으로 수많은 죄를 저질렀고 급기야 1517년 마르틴 루터에 의해 '95개조 반박문 사건'으로 종교개혁이 시작되었다. 가톨릭교회가 수많은 죄를 저지른 결과였다. 그때까지 가톨릭교회는 죄에 대하여 용서받을 수 있는 가벼운 죄와 죽음에 이르는 대죄로 구분했다. 대죄에 대한 명확한 정의는 없지만 사망하기 전에 회개하지 않으면 영원한 멸망으로 이르는 7대 죄악으로 교만, 탐욕, 음란, 탐식, 노여움, 질투, 나태를 들었다. 로마 시대인 6세기에 그레고리 교황이 7대 죄악을 정리한 지 1500년 만에 교황청이 시대적 변화에 따라 7대 죄악을 추가했다. 교황 베네딕토 16세가 "세속화된 오늘날의 세상에서 죄의식이 사라지고 고해성사(告解聖事)를 하지 않는 가톨릭 신자들이 늘고 있다."고 통탄한 데 이어 나온 '신 7대 죄악'은 환경파괴, 윤리적 논란을 부르는 과학실험, 유전자(DNA)를 조작하는 유전

실험과 배아줄기세포 연구, 마약거래, 소수에 의한 과도한 부의 축재로 인한 사회적 불공정, 낙태, 소아 성애(性愛)다.

어린 시절 내가 살던 장터의 집은 교회에서 불과 50여 미터 떨어진 가까운 곳에 있었다. 먹을것이 없던 그 시절 크리스마스가 오면 교회에 가서 맛있는 것들을 얻어먹었다. 그리고는 "예배당에 오라 하더니 눈 감으라 해놓고 신발 훔쳐가더라." 하며 교회 다니는 아이들을 놀렸다. 시골의 중학교는 미션 스쿨이었다. 성경을 배우며 그때부터 교회에 제대로 다니기 시작했다. 괴롭고 힘든 일이 있으면 캄캄한 밤에 혼자 교회 마룻바닥에 무릎 꿇고 눈물 흘리며 간절히 기도했다. 어린 나이였지만 교회는 마음의 위로와 평화를 주었고 성경에서 만나는 예수의 고난과 십자가, 눈물로 구하는 기도를 통해서 나 자신 성숙해갔다. 중학교를 졸업하면서 많은 상을 받았지만 '가장 믿음이 좋은' 학생에게 주는 상을 받게 되어 기뻤고, 그때 부상(副賞)으로 받은 책『한국기독교 100년 순교자 열전』은 읽고 또 읽었다. 이후 고등학교에 들어가서도 신앙생활을 하면서 세례를 받고, 3학년 때는 교회 학생회장으로도 활동했다. 그리고 그 해 가까운 친구의 죽음은 "친구를 대신해서 신학교에 가서 목사가 되겠다." 라고 서원(誓願)하게 되고, 이후 내 삶에 큰 변화가 왔다. 결국 신학교를 못 간 채 방황하고 괴로워하는 청산의 외롭고 가여운 한 마리 작은 새가 되었다. 그리고 교회 대신 청산이 더욱 좋은 친구요 안식처가 되었다.

공무원 생활을 시작한 스물한 살, 술과 담배를 배우면서 교회와는 차츰 멀어지기 시작했다. 만사가 허무했고 술은 기쁨이며 피난처였다. 술은 망각의 효과를 지닌 명약(名藥)이고 광약(光藥)이자 광약(狂藥)이었다. 1980년 안동 세무서에 근무하던 어느 날, 고등학교 선배와 한 주물공장에 세무조사를 나갔다. 공장에 가서 보니 그 공장은 고등학교 3학년 때 나에게 장학금을 준 회사였다. 당시 그 회사는 매년 두 명의 학생을 선발해서 장학금을 주었다. 상무인 아들이 "사장님은 연로하셔서 병환으로 서울에 입원해 있다."고 했다. 세무조사를 시작하면서 차마 몇 해 전 장학금을 받은 학생이라고 밝히지 못했다. 고맙다고 인사도 못 드렸다. 훌륭한 사람이 되어 보은하기는커녕 세무 공무원이 되어 세무조사를 하러 나왔다는 사실이 죄스럽고 슬펐다. 술을 마시며 며칠을 고민하다가 선배님께 사실대로 이야기하고 선처를 부탁했다. 선배님은 충분히 이해해주었다. 사람으로서의 도리를 했다는 위안으로 마음을 달랬지만 소설 같은 인연이 슬펐다. 그 후 그분에게 직접 은혜를 갚지는 못했지만 세월이 흘러 모교인 안동고등학교에 복리이자(?) 이상의 장학금을 내어 '청산학습실'을 개소하는 등, 학교 발전에 조금이나마 기여하면서 그 시절의 고마움에 답했다.

술은 점차 마음의 위안을 주었고 나는 점점 세상 속으로 들어갔다. 반대로 교회와는 점점 멀어져갔다. 모든 것이 변해가고 있었다. 경제적으로 부모님을 도와드릴 수 있었고, 빚 없이 살아보는 어머니의 한 맺힌 소원을 이루어 드릴 수도 있었다. 하지만 초라한 나의 삶이 싫어서 방황했다. 결국 교회는 나가지 않게 되었다. 그러다 가끔씩 밤새 잠 못 이뤄 뒤척이다가 새벽 종소리에 이끌려 교회에 나가 무릎 꿇고 울고 또 울었다. 세상이 왜 이렇게 슬프냐고, 당신이 살아 계시다면 이제 이 슬픔을 가져가라고 떼를 썼다. 그러나 아무것도 나아지지 않았다. 오히려 삶은 더욱 힘들고 캄캄한 어둠 속으로 밀려들어갔다. 아버지와 어머니의 한과 눈물을 맛보며 그럭저럭 살아가는 의미 없는 날들이 지나갔다.

그러다 결혼을 계기로 다시 교회를 다니게 되었다. 신앙이 없는 여성과 결혼을 하면 영원히 떠날 것 같은 두려움이 들었다. 의정부에 신혼살림을 차리고 아내를 따라 교회에 갔다. 그러나 신앙생활의 열심이 사라진 지는 이미 오래되었다. 내 인생의 가장 추운 겨울 30대 중반, 성경통신대학을 공부하고 신구약성경을 십여 번 읽으면서 다시 신앙생활로 돌아갔다. '으뜸

가는 가르침' 인 종교(宗敎)와 다시 만났다. 신앙생활은 힘들고 어려울 때 위로와 평안을 주었고, 절망적인 상황에서 희망의 빛을 주었다. 어디로 가야 할지, 어떻게 살아야 할지 막막한 그때 보이지 않는 따스한 손길이 함께했다. 때로는 열심히, 때로는 나태한 신앙생활을 해온 지난 세월이었다. 모든 것이 합력하여 선을 이룬다. 오늘의 나 된 것은 사랑과 기쁨, 미움과 원망, 도전과 성취, 좌절과 방황 모든 것이 어우러져 만들어진 소박한 작품이다. '나의 가는 길을 그가 아시나니,' 정금같이 단련하는 신의 예정된 섭리는 무엇일까. 천기는 읽어도 오묘한 신의 섭리는 알 수 없는 것이 인간의 한계다.

차량의 매연과 먼지를 마시면서 빠른 걸음으로 걸어서인지 원주공항과 먹거리 단지 표지판이 반갑게 다가온다. '愛國의 고장 橫城郡' 이 반가이 맞아준다. 점심시간이라 횡성한우 맛을 즐길까 말까 하다가 저녁으로 미루고 읍내로 발길을 향한다. '추억의 횡성 미래의 고향' 이란 표지판이 정

겹게 다가온다. 차를 타고 스쳐지나가기만 했던 횡성 읍내를 걸어서 천천히 즐긴다. 소박한 거리에는 온통 횡성한우 광고다. '그래, 오늘 저녁에는 횡성한우에 소주 한 잔 하며 나그네 심사를 달래보자.' 하니 발걸음이 한층 가벼워진다. 도로변 허름한 식당에 들어가 된장찌개를 주문했다. 젊은 부부는 분주한 가운데도 매우 친절했다. '부처의 자비, 공자의 인, 예수의 사랑을 합한 것이 친절'이라 하던가. 친절한 젊은 부부는 음식과 정성을 통해 큰 베풂을 하고 있었다. 된장찌개는 맛이 일품이었다. 국물 한 방울 남기지 않고 다 먹고 나니 뿌듯했다. 고등학교 자취생활을 하던 시절 두부와 어묵을 넣은 된장찌개는 밥상의 단골메뉴였다. 그럼에도 여전히 제일 좋아하는 음식 가운데 하나라는 것은 된장이 지닌 마력 때문이다.

사람이 음식을 먹는 방법에는 크게 나누어 날로 먹기와 익혀서 먹기가 있고, 거기다 발효시켜서 먹기를 더할 수 있다. 그 가운데 발효음식이 가장 선진적인 식문화라고 한다. 발효음식은 된장, 간장, 고추장, 김치, 젓갈 등이다. 발효음식 중에서도 가장 으뜸이 된장이라 할 것이니 어찌 된장을 아니 좋아하랴. '친구와 장과 술은 오래 묵을수록 좋다.' 하고, '광 속에서 인심 나고 장독에서 맛난다.' '고을 정치는 술맛으로 알고, 집안일은 장맛으로 한다.' '되는 집안은 장맛도 달다.' 하며 장을 예찬하는 옛말들이 있지 않던가. 된장이 할아버지면 간장은 아들, 고추장은 손자라고 한다. 된장 할아버지가 소금물과 만나면서 간장이 탄생한다. 간장은 '아름다운 꽃'이라 불리는 하얀 곰팡이꽃이 핀 메주와 소금물이 만들어낸 작품이다. 조선 후기에 고추가 들어오자 사람들은 된장을 담그듯이 고추장을 담그기 시작했다. 또한 메주를 쑬 때 아랫목에 덤으로 불린 콩을 짚에 싸두었다가 청국장을 만들어 먹었다. 그래서 청국장은 동생이다. 간장 맛을 잃어버린 작금의 식생활은 설탕 문화에 압사 당했다. 설탕은 단맛이 너무 강해 입맛을 죽인다. 우리 음식문화의 특징을 국물음식이라 한다면, 된장·간장·고추장

삼총사의 역할은 국물 속을 종횡무진하면서 맛을 자아내는 것이다. '된장, 간장, 고추장이여! 우리 식단에서 영원하라!' 꿩 대신 닭이라던가. 횡성에서 유명한 한우 대신 된장찌개를 먹고는 된장 예찬을 늘어놓는다.

　횡성은 한우의 고장이다. 우리 소 한우(韓牛), 한우는 농경사회인 우리민족에게 절친하고 소중한 동반자였다. 옛날부터 농경, 운반, 퇴비 등을 위해 사육되었다. 농가의 귀중한 재산이었고, 죽어서는 고기와 가죽을 남겼다. 일소로 번식되었지만 지금은 기계화가 되어 대부분 고기소로 사육된다. 호안우보(虎眼牛步), 호시우행(虎視牛行)은 두 발로 걷는 나그네에게 특별한 감흥을 준다. 호랑이처럼 예리한 눈으로 앞을 살피고 소의 발걸음처럼 쉬지 않고 힘차게 걸어간다. 소의 걸음은 느리지만 쉬지 않고 걷기 때문에 천리 길도 능히 갈 수 있다. 노자는 『도덕경』에서 '천리지행(千里之行), 시어족하(始於足下)'라고 말한다. 천 리 먼 길도 발밑의 한 발짝에서 시작된다는 것이다. 천 리 길도 한 걸음부터라고, 나는 이미 천 리가 훨씬 넘는 머나먼 길을 소처럼 우직하게 걸어가고 있다.

　옛날 옛날에 형제가 소를 몰고 농사일을 하고 있었다. 형은 뒤에서 쟁기를 잡고 아우는 앞에서 고삐를 잡았다. 마음씨 착한 아우는 소를 끌면서 뒤에 있는 형 생각에 항상 "이랴!" 하고 소를 재촉하는 대신, "형님, 가입시더."라고 했다. 그렇게 일을 하던 어느 날, 형이 없어서 아우는 혼자서 고삐와 쟁기를 잡았다. "이랴!" 하고 아무리 소리쳐도 소는 꼼짝도 하지 않았다. 이유를 알 수 없었던 아우의 뇌리에 순간 스쳐가는 생각이 있었다. 다시 고삐와 쟁기를 잡은 아우가 "형님, 가입시더!"라고 하자 소가 천천히 움직이기 시작했다. 우직한 소도 들을 귀가 있다는 말이다.

　어느 날 황희 정승이 길을 가다가 누렁이와 검둥이 두 마리 소와 함께 일을 하고 있는 농부에게 물었다. "이보시오 농부, 누렁이와 검둥이 중 누가 일을 더 잘하오?' 농부는 하던 일을 멈추고 황희에게로 다가와서 귓속말로 이야기했다. 그러자 황희, "아니, 거기서 이야기하면 되지 그 말을 귓속말로 그러시오?" 그러자 농부가 나무라며 말한다. "아무리 말 못 하는 동물이라도 자기가 못 한다고 하는 그 말을 왜 모르겠소? 그러는 게 아니오." 다시 길을 가는 황희는 농부의 깊은 생각에 감탄했다고 한다.

횡성의 젖줄인 섬강 다리를 건넌다. 태기산에서 발원하여 횡성 곳곳을 적시며 원주로 흐르는 섬강은 강바닥이 보일 만큼 맑은 물과 병풍처럼 둘러쳐져 있는 강가의 기암괴석으로 태고의 신비를 자랑한다. 섬강에는 오래 전 슬프고도 아름다운 사랑이야기가 전해진다.

1990년 9월 1일 오후 2시 40분, 영동고속도로 상행선을 질주하던 고속버스가 빗길에 섬강다리 아래로 추락하는 사고가 발생했다. 사고발생 보름 만에 한 사내가 18쪽에 달하는 긴 유서를 남기고 세상을 떠났다. 그는 쏟아지는 비를 맞으며 섬강 강변에서 아내와 아들이 살아 돌아오길 기다렸다. 닷새 뒤 아내의 주검이 발견되었고, 그로부터 8일 뒤 아들의 주검마저 발견되었다. 이제 더 이상 그에게 기다림의 의미는 없었다. 오히려 그들을 찾아 떠나가려는 그리움의 씨앗이 영글어갔다. 서른세 살인 그는 서울에서 고등학교 영어 선생님, 그의 아내는 홍천에서 고등학교 불어 선생님으로 근무하는 주말부부였다. 그는 열정적으로 시를 쓰는 문학도이기도 했다. 남한강 강둑에 목을 매기 전 쓴 유서에는 관 하나에 가운데는 아들, 아들의 왼편에는 아내, 오른편에는 자신의 순서로 넣어달라고 했다. 세 사람이, 한 식구가 하나의 관에서 영원한 안식을 누리기를 소원한 것이다.

"세상을 붙잡으려다 처자를 버리고, 이제는 처자를 부여안기 위하여 세상을 버리려 합니다. 불행한 사람의 삶에 뛰어들어 고생하던 고마운 아내! 아들의 뒤를 따라 다시 강으로 뛰어 들어갔다는 아내처럼 저도 처자를 따라 떠나려 합니다. 이것은 사고현장에 도착한 이래 강물을 바라보며 제 마음에 간직해오던 유일한 소망이었습니다. … 사랑스런 아내와 아들을 다시 만날 것을 생각하니 더없이 평온하고 즐겁습니다."

차량들이 빠른 속도로 달려간다. 왠지 나만이 느려 뒤처진 것 같은 무거운 생각이 스쳐갈 때 산 아래 연분홍 진달래가 나를 보고 환히 웃는다. 다른 해 같았으면 온 산 가득 피었을 진달래가 올해는 이상저온으로 아직 쉽게 볼 수가 없다. 온갖 봄꽃들이 앞 다퉈 피어나는 그때 진달래는 함께 봄을 노래하며 다가온다. 어린 시절 진달래를 참꽃이라 하며 친구들과 뒷산에 올라 꽃잎을 따먹었다. 진달래꽃은 전도 부쳐 먹고 술도 담아 먹고 약으로도 이용했다. 진달래꽃의 다른 이름이 두견화이고 진달래꽃잎으로 담근 술은 두견주라고 한다. 술을 빚어 먹을 경우 담그고 100일이 지나야 맛이 난다고 해서 백일주라고도 한다. 한꺼번에 많이 먹지 말고 조금씩 먹으면 몸에 좋다고 알려져 있다. 진달래는 개나리와 함께 봄을 알리는 대표적인 꽃으로 사랑받는다. 개나리가 양지바른 곳에서 잘 자라는 반면 진달래는 약간 그늘지고 습기 있는 곳에서 잘 자란다. 진달래와 비슷하게 생긴 철쭉은 수달래라고도 하는데, 진달래는 꽃이 먼저 피고 나중에 잎이 나오지만 철쭉은 반대다. 철쭉은 꽃술에서 진득한 액이 묻어 나오는데 독성이 있어서 먹으면 위험하다. 진달래꽃에는 지아비의 무덤을 지키던 여인의 피맺힌 슬픔이 꽃잎에 닿아 붉은색이 되었다는 이별의 한을 상징하는 전설 외에도 가슴 울리는 슬픈 전설이 있다.

옛날 중국 촉나라의 왕 망제는 위나라가 망하게 되자 이웃 나라로 도망가서 밤낮으로 복위를 꿈꾸며 슬프게 울었다. 결국 그 뜻을 이루지 못하고 죽은 망제는 죽어 그 넋이 두견새가 되었다. 두견새가 된 망제는 밤낮으로 '귀촉 귀촉'(고향인 촉나라로 돌아가고 싶다)하며 슬피 우니 두견새를 귀촉도라고도 했다. 그 외에도 망제혼, 소쩍새, 자규새, 불여귀 등 다양한 이름으로 불린다. 그 후 망제의 혼인 두견새가 억울해서 피를 토하며 울고, 그 피를 삼키면서 울다가 피가 떨어진 곳에 꽃이 피었는데 그 꽃이 진달래꽃이라 한다. 진달래가 피는 봄이면 두견새는 더욱 슬피 운다. 그래서 두견새가 한 번 울 때마다 진달래꽃이 한 송이씩 떨어진다고 한다. 서정시인의 지존으로 추앙받는 김소월의 시 '진달래꽃'을 노래하며 임을 보내는 아픔과 슬픔을 한(恨)으로 승화시킨 인고(忍苦)의 비장미를 느껴본다.

나 보기가 역겨워
가실 때에는
말없이 고이 보내드리오리다.

영변(寧邊)에 약산(藥山)
진달래꽃
아름 따다 가실 길에 뿌리오리다.

가시는 걸음걸음
놓인 그 꽃을
사뿐히 즈려밟고 가시옵소서.

나보기가 역겨워
가실 때에는
죽어도 아니 눈물 흘리오리다.

하늘이 뿌옇게 황사가 밀려온다. 오늘따라 걷는 것이 꾀가 생겨 자주 쉰다. '노루미 쉼터' 정자에 앉아 넋을 놓고 있다. 귀여운 강아지가 눈치를 살피며 주변을 어슬렁거린다. 갑자기 하루에 걷는 발걸음이 얼마나 되는지 계산해볼까 하는 생각이 들어 셈을 해본다. 하루 평균 40km를 걷는다 칠 때, 한 걸음이 60cm이면 400,000cm 나누기 60은 66,667 걸음이다. 우와, 하루에 6만 보 이상을 걷는다니. 그럼 통일전망대까지 걸음은 얼마나 될까 하여 또 셈을 한다. 총 거리를 대략 700km로 하면 우와, 백만 보가 넘는다. 그렇게 많이 걷는다면 오늘은 짧게 해도 되겠다며 여유를 부리며 다시 길을 나선다. 내가 걷고 있는 거리를 발걸음으로 환산하고 보니, 그럼 옛날 사람들은 거리를 어떻게 측정했을까 하는 의문이 든다. 예로부터 우리나라를 삼천리금수강산이라 했다. 3천 리면 1200km이니, 남북한을 합치면 거의 들어맞는다. 옛날 사람들은 한반도가 3천 리라는 것을 어떻게 알았을까.

『세종실록』에 도로의 길이를 재기 위해서 기리고라는 수레를 사용했다는 기록이 나온다. 길이를 재는 기리고 수레는 신기하게도 1리를 가면 나무인형이 나와 스스로 북을 쳤다는 것이다. 중국에서는 송나라 때 이미 기리고 수레를 이용했는데, 이는 바퀴의 둘레를 이용한 것이다. 즉 바퀴의 둘레를 1리의 1백분의 1로 만들고 바퀴가 1백 바퀴를 돌면 1리를 알리는 북을 치게 한 것이다. 오늘날 자동차에 있는 자동거리계도 기리고 수레의 원리와 대동소이하니, 5백여 년 전 장영실과 그들의 문명에 감탄을 하며 한적한 길을 따라 공근면으로 간다.

전깃줄에 까마귀들이 무리 지어 앉아 있다. 정녕 까마귀는 불길한 흉조(凶兆)인가, 새 중의 반포효조(反哺孝鳥)인가. "까마귀 싸우는 골에 백로야 가지 마라." 하는 정몽주의 어머니와 "자오 반포라 하니 새 중의 효자로다." 하는 상산의 노래가 엇갈려 들려온다. 자라서 어미에게 먹이를 물어주어 보은하는 까마귀 울음소리를 들으며 공근 면소재지를 지나간다. 갑자기 하늘에 먹구름이 덮인다. 금방이라도 쏟아질듯 질듯 하더니 결국 황사 비를 내리 쏟는다. 얼른 비옷을 꺼내 입고 망설인다. 이제 겨우 오후 3시, 횡성 읍내로 돌아가서 내리는 빗속에 한우에 소주를 한 잔 곁들이며 비오는 날의 운치를 즐길 것인가, 아니면 이 빗속을 걸어갈 것인가. 그러다가 길을 나선다. 촉촉한 비의 감촉이 유혹하며 마음을 시원하게 씻어준다. 오히려 발걸음이 가벼워진다. '바람난 오리' 집 입간판이 비를 맞으며 바람에 흔들린다. 덩달아 내 마음도 비틀거린다. '우리별천문대' 가는 갈림길에서 '3대 봉춘막국수' 집도 안개비 속에 쓸쓸히 자신을 내보인다. 고개를 걸어 올라가니 시루봉 휴게소가 나온다. 휴게소 처마 밑에 앉아 주룩주룩 내리는 비와 나그네의 교감을 맛본다. 비의 나그네가 되어 자연스레 발걸음이 횡성으로 돌아서고 밤새 내리는 비는 가슴속까지 밀고 들어온다. "노고 후의 수면, 풍랑 뒤의 항구정박, 전쟁 뒤의 평온, 삶 뒤의 죽음, 이것이 인생에 있어 최대 기쁨이다."라고 한 스펜서의 말처럼 열띤 하루의 발걸음 뒤에 안온한 휴식을 취한다. 내리는 빗소리를 반주로 삼고, 명품 한우를 안주로 삼아 한 잔 술을 마시며 낯선 곳에서 외로운 나그네가 밤의 향연을 즐긴다. 천재시인 정철의 '장진주사(將進酒辭)'를 노래하며 한 잔 또 한 잔의 술을 마신다.

한 잔 먹세 그려 또 한 잔 먹세 그려

꽃 꺾어 산 놓고 무진무진 먹세 그려

이 몸 죽어지면 지게 위에 거적 덮어 졸라 매어가나

꽃상여에 만인이 우러르며 가나

억새 속새 덥가나무 백양 숲에 가기곳 가면

누른 해 흰 달 가는 비 굵은 눈 회오리바람 불 제

뉘 한 잔 먹자 할고

하물며 무덤 위 잔나비 휘파람 불 제

뉘우친들 어떠리

17

나비가
청산을 지날 때

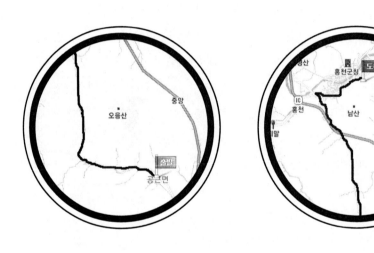

무궁화의 고장 홍천으로(37km)

홍 천

하루는 태조 이성계가 무학대사와 환담을 나누다가 짐짓 농을 걸었다.

"스님은 오늘따라 돼지 같아 보입니다."

무학대사는 웃으며 말했다.

"전하는 오늘 따라 부처님같이 보입니다."

태조는 의외라는 듯이 물었다.

"어째서 농을 하지 않으십니까?"

그러자 무학대사가 말했다.

"돼지의 눈으로 보면 모두가 돼지로 보이고, 부처님의 눈으로 보면 모두가 부처님으로 보이지요."

불교에는 8대 지옥이 있다. 그 중 가장 고통이 심한 곳은 아비지옥(阿鼻地獄)이다. 잠시도 고통이 쉴 날 없는 무간지옥(無間地獄)으로 오역죄(五逆罪)를 범한 자들이 떨어지는 곳이다. 부모를 살해한 자, 부처님 몸에 피를 낸 자, 삼보(보물·법보·승보)를 훼방한 자, 사찰의 물건을 훔친 자, 비구니를 범한 자다. 이곳에 떨어지면 죄인의 살가죽을 벗겨 그 가죽으로 죄인을 묶어 훨훨 타는 불 속으로 던져 태우기도 하고, 큰 쇠창을 달구어 입이나 코, 배 등을 꿰어 던지기도 한다. 하루에 수천 번씩 죽고 되살아나는 고통을 받으며 잠시도 평온을 누릴 수 없다. 규환은 8대 지옥 중 4번째 지옥이다. 이곳에는 전생에 살생, 질투, 절도, 음탕, 음주를 일삼은 자들이 떨어지게 된다. 물이 펄펄 끓는 가마솥에 빠지거나 불이 훨훨 타는 쇠로 된 방에 들어가 뜨거운 열기의 고통을 받는데, 너무 고통스러워 울부짖으므로 규환지옥(叫喚地獄)이라 한다. 아비지옥과 규환지옥은 너무나 고통스러워 울부짖는 곳이다. 그래서 눈뜨고 못 볼 참상을 아비규환(阿鼻叫喚)이라고 한다.

천국과 지옥은 마음속에 있다. 일체유심조다. 마음이 평화롭고 행복하면 천국이요, 죄로 인해 고통 받고 슬프고 괴로우면 지옥이다. 마음의 눈으로 보이는 세상이 천국이면 내 마음도 천국이요, 마음의 눈으로 보이는 세상이 지옥이면 내 마음도 지옥이다. 부처의 눈으로 보라, 이 아름다운 세상을!

계속해서 비가 내린다. 비를 맞으며 시루봉 휴게소를 나선다. 아직 이른 시간이라서 차량 통행이 없고 산길을 넘는 도로에는 빗소리만 들린다. 삼 마치 고개를 올라가니 터널과 옛길의 갈림길이 나온다. 도로는 마치 폭격을 맞은 듯 산사태로 부서진 바윗돌과 흙이 길가에 누워 있다. 숲을 사랑하는 마음을 일깨우기 위해 '체험의 숲'을 운영하여 원하는 사람들에게 숲의 공간을 분양한다는 공고판이 보인다. 숲 가꾸기 체험, 자연학습 체험, 산림문화 체험, 산림보호 체험 등 이용자들이 숲의 혜택을 누리며 산림을 보호하는 프로그램이다. 자연에서 태어나 자연을 사랑하다 자연의 품안으로 돌아가는 삶을 산 어느 아메리카 인디언 추장의 말이다. "우리는 우리의 아이들과 아직 태어나지 않은 더 많은 아이들을 위해 이 숲을 보호해야만 한다. 자신을 위해 말하지 못하는 새와 동물, 물고기와 나무들을 위해 이

숲을 보호해야만 한다."

　'숲속 배움터' 라는 입구가 있고 그 옆에는 6 · 25 당시 미군 폭격으로 억울하게 희생된 민간인들의 시신을 발굴하는 현장 안내판이 비를 맞고 쓸쓸히 서 있다. 비극의 역사가 가슴에 아프게 와닿는다. 영동의 노근리와 같이 피아를 식별하기 어려웠다고는 하지만 참으로 억울한 죽음이 아닐 수 없다. '홍천 삼마치 고개 미군 폭격사건 희생지.' "한국전쟁기인 1951년 1 · 4 후퇴 당시 강원 영서지방(춘천, 홍천, 양구, 인제) 주민들이 남쪽으로 피난 가던 중 이곳 삼마치 고개를 지나갈 때 미군 폭격기들이 무차별 폭격을 가하여 수천 명의 고귀한 생명들이 억울하게 희생되었습니다." 올해는 6 · 25전쟁 60주년이 되는 해다. 13만 5천의 병력으로 쳐내려온 북한군은 고요한 아침의 나라를 쑥대밭이 되도록 만드는 전쟁을 시작했다. 부산을 남겨둔 낙동강 전선의 풍전등화 같은 절대 절명의 위기에서 더글러스 맥아더는 1950년 9월 15일 새벽 미국, 영국, 호주, 프랑스 등 8개국 함정 261척, 한미 해병대와 미군 제7사단 등 7만 5천여 명의 병력으로 인천상륙작전을 감행한다. 당시 제2차 세계대전의 영웅이자 유엔군 사령관이었던 맥아더는 모두가 반대하는, 한반도 중간에서 북한군의 허리를 자르는 이 과감한 작전에 성공함으로써 낙동강 전선까지 밀렸던 전쟁의 판도를 단숨에 바꿔놓았다. 맥아더는 인천상륙작전으로 전세를 역전시켜 적을 한만(韓滿) 국경까지 몰아내는 데 성공했지만, 50여만 명의 중공군의 개입으로 다시 후퇴하게 되자 중공에 대한 강력한 반격을 주장했고, 이로 인한 트루먼 대통령과의 대립으로 1951년 사령관에서 해임된다. 대한민국을 지키기 위해 애쓰다가 52년간의 명예로운 군 생활을 마감한 맥아더는 군가에서 인용한 '노병은 죽지 않는다. 다만 사라질 뿐이다.' 라는 감동적인 명연설을 남기고 역사의 무대에서 사라졌다. 당시 맥아더의 연설문 가운데 일부다.

"전 세계 국가들 중에서 한국만이 지금까지 모든 위험을 무릅쓰고 공산주의에 대항해 싸워온 유일한 나라입니다. 한국 국민들이 보여준 그 대단한 용기와 불굴의 의지는 말로는 다 표현할 수 없습니다. 그들은 노예상태를 택하느니 차라리 죽음을 무릅쓰고자 했습니다. 그들이 내게 한 마지막 말은 '태평양을 포기하지 말라' 는 것이었습니다."

백두산 등정을 위해 심양을 방문했을 때 단동에서 북한 땅을 바라보며 압록강에서 배를 타고 6·25 때 미군 폭격으로 끊어진 압록강 다리를 보았다. 그 다리를 건너 전쟁에 앞장선 중공군들은 바로 조선족이었다. 모택동은 "한민족의 전쟁에 미 제국주의자들이 나서서 북한 동포를 짓밟고 있는데 같은 동포로서 어찌 가만히 있을 수 있느냐?" 하며 인해전술의 총알받이로 조선족들을 내몰았다. 오늘날 중국에 살고 있는 조선족들은 가슴 아픈 동족상잔(同族相殘)의 비극이 김일성이 저지른 남침전쟁이라는 사실을 알고 있다. 그리고 그들의 할아버지, 아버지가 전쟁에 참여하여 들려준 이야기들을 기억하고 있다. 오늘날 남한의 인구는 북한의 2배이고 1인당 국민소득은 18배, 무역 총액은 200배, 수출은 340배가 넘는다. 경제력이 곧 국방력을 의미하는 현대전에서 세계 15위권의 경제규모를 자랑하는 남한은 더 이상 북한과 대등할 수 없는 힘을 가지고 있다. 자유 대한민국에 살면서 북침이라 주장하고 북한을 찬양하는 일부 종북단체와 인사들을 생각하면 아직도 끝나지 않은 전쟁의 아픈 상흔이 느껴진다.

삼마치 고개의 슬픈 전설이 빗속에 흘러내리고 발걸음은 고개를 내려온다. 가랑비가 촉촉이 내린다. 온몸을 적시고 마음을 적신다. 몸을 씻어내고 마음을 씻어낸다. 추한 죄와 허물들을 깨끗이 씻어내려는 듯 하염없이 비가 내린다. 이따금 운율에 따라 감미롭게 내린다. 구름이 골짜기마다 자리 잡고 산을 희롱한다. 길가의 버들강아지는 물기를 머금은 채 추위에 떨고 있다. 온 세상이 스스로의 몸과 마음을 추스른다. 경칩에 뛰쳐나온 개구리가 도로가에 드러누워 배를 하늘로 내밀고 비를 맞고 있다. 섣부른 행보에 따른 비극이려니. 우수, 경칩이 지난 지가 언제인데 이상저온 현상으로 사람도, 개구리도 온갖 동식물들이 적자생존의 기지로 추위 속에 활동을 움츠린다.

삼마치 고개를 내려와 다시 4차선 도로를 따라간다. 을씨년스럽게 내린 비로 냇가에 물이 세차게 흐른다. 몸은 이미 흠뻑 젖었다. 따뜻한 국물에 막걸리를 한 잔 하면 좋겠다는 생각이 든다. '그래, 오늘은 홍천에서 일찍 마치고 운치 있게 한 잔하자.' 생각하니 마음이 가벼워진다. 마음이 가벼워지니 발걸음도 몸도 가벼워지고 세상이 아름답게 다가온다. 나그네의 여유가 살아나니 자유 자재인이 되어 빗길을 간다. 진정한 자유란 경제적인 자유, 정치적인 자유보다는 마음이 한가롭고 자유로운 것이다. 자유는 속박에서 벗어나는 것이다. 인간을 얽매는 굴레인 돈, 명예, 권력 등 욕망에서 벗어났을 때 진정으로 자유인이 될 수 있다. 불교에서는 인간의 욕망을 다섯 가지로 나눈다. 재물욕, 성욕, 식욕, 명예욕, 수면욕이 그것이다. 유가에서는 식욕과 성욕을 지적해서 경계한다. 자신이 자기 삶의 주인으로서 자유롭게 사는 길은 무엇일까. 자연의 이치를 따라 운명을 거스르지 않고 몸과 마음이 자유로운 사람이 노예가 아닌 주인으로 살아갈 수 있다. 지나치게 물질을 추구해서 자유와 평화를 깨뜨리는 일은 어리석은 일이다. 소유의 목적이 자유라면 과욕은 자유를 저해한다. 이솝우화에는 다음과 같은 이야기가 나온다.

도시에 사는 집쥐가 들쥐의 집에 초대받아 갔다. 그런데 집쥐는 들쥐의 너무도 가난한 살림살이와 보잘것없는 대접에 실망했다. 다음에는 집쥐가 들쥐를 초대했다. 두 마리 쥐는 좋은 집에 앉아 훔쳐온 음식으로 차린 진수성찬을 맛있게 먹고 있었다. 그때 갑자기 사람이 들어왔다. 들쥐는 깜짝 놀랐다. 들쥐는 아무리 맛있는 음식이라도 좌불안석하며 먹는 것보다는 차라리 변변치 않은 것이라도 유유히 즐기며 먹는 것이 좋다며 제 집으로 돌아왔다.

하이네는 "영국인은 자유를 법률상의 처와 같이 사랑하고, 프랑스인은 자유를 신부처럼 사랑하며, 독일인은 자유를 늙은 할머니처럼 사랑한다."고 했다. 가슴을 열고 마음을 비우고, 너와 내가 따로 없고 천지자연과 하나가 되어 공간과 시간의 구속을 받지 않는, 그 어디에도 의지함과 걸림이 없이 유유자적하게 살아가는 진정한 자유인이 되어 살고 싶다. 어떤 사람이 영국의 세계적인 극작가인 버나드 쇼에게 낙천주의자와 염세주의자의 차이를 물었다. "간단하지요. 술병에 술이 절반가량 남아 있다고 합시다. 그것을 보고 '아직 절반이나 남아 있네.' 하고 기뻐하면 낙천주의자요, '이제 절반밖에 안 남았네.' 하며 탄식하면 염세주의자이지요."라고 대답했다. 매사를 긍정적으로 보는 것은 삶에서 중요하다. 하지만 좋다고 너무 좋아하지 않고, 슬프다고 너무 슬퍼하지 않는 것 또한 삶의 지혜다. 소나기가 그치면 해가 나듯이, 슬픔 뒤에는 기쁨이 온다. 맑은 하늘이 다시 흐려지듯이 기쁨 뒤에는 슬픔이 찾아온다. 인생이란 기쁨과 슬픔이 날줄과 씨줄로 엮여 있다. 그래서 주어진 상황에 너무 일희일비(一喜一悲)하다 보면 주변 환경의 종이 된다. 사물에 얽매여 있기보다는 단지 살아 있음에 감사할 일이다. 공자는 "즐거워하되 즐거움에 빠지지 않고, 슬퍼하되 슬픔에 상처를 입지 않는다." 라고 하고, 한 선사는 "밤마다 물 위로 달이 지나가지만 자취도 머무르지 않고 그림자도 남기지 않는다." 라고 했다. 부자유한 현실 속에 자유로운 인간이고 싶다.

비가 온다. 하늘에서 비가 쏟아져 내린다. 비오는 날이면 어린 시절이 그립다. 비가 오는 날이면 환자가 약을 먹는 것처럼 추억을 마셔야 마음의 상처가 치유된다. 비오는 날 그리운 사람들을 만나면 못다 나눈 정을 나누면서 삶을 예찬한다. 비가 오면 따뜻한 어머니의 장터국밥이 그리워진다. 먹거리가 없던 시절, 그날만큼은 국밥을 실컷 먹을 수 있었다. 이는 튼튼한 몸을 가질 수 있었던 원인 중의 하나였다. 아버지의 강한 집념과 체력, 어머니의 억척같은 근성과 사랑은 자식들이 세상을 건강하게 살아가는 힘의 근원이 되었다. 우리 형제들은 시골에서 남들이 부러워하는 우애를 나눴다. 하나같이 선이 굵고 제각기 다른 개성을 지녔지만 형제애에 있어서는 타인의 부러움을 샀다. 가끔 형님들의 생일이 되면 어머니께 이야기한다. "엄마, 나부터 이 세상에 낳지 않고 형들부터 낳아줘서 고마워요."

형들이 있어 그늘이 되고 위로가 되고 더 넓은 세상을 볼 수 있었다. 고등학교를 졸업하고 방황할 무렵, 부산 해운대에서 구포로 회사를 다니던 큰형님 자취방에서 재수를 할까 하며 잠시 머물렀다. 해운대 바닷가를 거닐며 '고통의 끝은 죽음' 이라는 생각을 해보았다. 하지만 좁은 방에서 어려운 중에도 새벽에 일어나 멀리 구포로 버스 타고 출퇴근하며 열심히 살아가는 형님을 보고 마음을 정리하고 다시 청산으로 돌아왔다. 대학 진학을 포기하고 공무원 시험 준비를 하면서 시골의 부유한 집 초·중·고 학생들 공부를 가르쳤다. 새벽부터 저녁까지 바쁜 나날이었고 수입도 그럭저럭 꽤 괜찮아서 어머니에게 도움이 되었다. 어느 날 두 살 위인 둘째형이 군 입영을 앞두고 말했다.

"미안하다, 형이 능력이 없어서. 내가 돈을 벌 수 있었으면 너를 공부시켰을 텐데. 너에게 도움이 안 돼서 정말 미안하다."

형의 말은 내게 너무나 의외였다. 우리는 팔짱을 끼고 마을을 다닐 정도로 친했고, 함께 축구도 하고 정겹게 지냈다. 하지만 형이 나를 도울 수 없어서 미안해하고 있을 거라고는 생각하지 못했다. 형의 말은 너무나 감동적이었고 가슴에 찡하게 와닿았다. 그리고 형은 군에 입대했고, 그날 이후 형제들은 서로 돕고 위해주며 함께 울고 웃어야 한다고 깨우쳤다. '우리 형'은 형제애를 가르쳐준 스승이었다. 세월이 지나 형은 결혼을 하고 서울 충무로에 작은 서점을 개업했다. 수많은 어려움 끝에 형이 드디어 가정을 꾸리고 자신의 일터를 갖는 날, 개업하는 서점 앞에서 오가는 행인들도 아랑곳하지 않고 나는 큰절을 하며 눈물을 쏟아냈다. 당시 청산 시골집의 어머니는 형을 위해 밤마다 정한수를 떠놓고 "비나이다, 비나이다." 하시며 형을 위해 치성을 드리고 있었다. 형의 개업을 위해 전셋집을 비워준 나는 할머니와 갓난아기, 젊은 부부가 살고 있는 단독주택 문간방 월세 집으로 이사를 갔다. 어느 날 간식을 차려주며 할머니는 말했다.

"아이고, 남들은 세무 공무원 3년이면 집도 산다고 하더니만 십년이 다 되어가는데도 젊은이가 이렇게 사는 것 보면 그런 이야기 다 새빨간 거짓말인가 봐!"

2003년 봄 방학, 형의 두 아들과 나의 두 아들을 데리고 대마도 역사탐방을 갔다. 이들이 한 형제처럼 친하게 지내기를 바라며 이전에는 조카들을 데리고 유럽 여행에도 함께했다. 대마도의 밤, 우리는 호텔 방에 둘러앉았다.

"나와 내 형이 얼마나 친하게 지내는지 너희들은 알고 있겠지?"

"예."

"너희 넷도 죽는 날까지 그렇게 친하게 지낼 수 있겠지?"

"예."

그것은 대마도 여행의 또 다른 목적이었다.

2007년 추석전야, 둥근 달이 환하게 청산을 비추고 있었다. 그날은 어릴 적 친구들이 모여 술 한 잔에 추억을 담아 마시는 날이라 가벼운 취기를 느끼며 돌아와 청류정 정자에 앉아 있었다. 청산에 비치는 달빛이 너무나도 아름다운 시골의 밤이었다. 새벽 두 시, 인기척이 느껴지고 모임을 마치고 돌아오는 아우의 모습이 보였다. 우리는 정자에 앉아 이런저런 살아가는 이야기, 살아갈 이야기들을 나누었다. 당시 시골집에는 부모님과 부산에서 고향으로 돌아오신 큰형님 내외, 그리고 아우의 가족들이 살고 있었다. 아우는 하는 일 없이 방황하고 있었다.

"내 나이 오십에 부모님 봉양은 당연하다 하고, 너를 어떻게 도와야 네가 스스로 안정적으로 살아갈 수 있을까 항상 고민하고 있어."

"그래서 우리 식구들 모두 형 좋아하잖아. 형! 내 가족 살 집 따로 지어준다고 했잖아. 어서 하나 지어줘!" 하며 아우는 겸연쩍은 듯 웃었다.

"그래, 알았어."

나도 아우의 등을 가볍게 치며 웃었다. 그날 밤 우리는 청산에 소박하지만 그림 같은 또 하나의 집을 짓기로 약속했고 한가위 둥근달도 미소의 빛으로 포근하게 우리를 감싸 안았다. 그리고 넉 달 후 아우는 차가운 주검으로 변해 청산에 영원한 안식처를 짓고 평안히 누웠다. 우리 형제들에게 건강한 몸은 자신을 지키는 최후의 보루였다. '부모님이 주신 튼튼한 이 몸이 있는데 내가 무엇은 못 해!' 하며 행여 내 인생의 막다른 골목에 이르면 무엇이라도 할 수 있다는 자신감이 있었다. 어머니의 국밥장사는 우리들에게 아픔이 아닌 최고의 행운이었다. 오히려 튼튼한 몸을 가질 수 있는 고마움이었다. 어머니의 딸 노릇을 예쁘게 하는 막내며느리에게 국밥 솜씨를 전수하게 하지 못한 것이 아쉬움으로 남는다. 어머니의 건강은 멀지 않은 이별의 예고를 한다. 세월의 강이 벌써 저 건너편으로 가는 고동을 울린다. 멀리서 물새들의 울음소리가 들려온다.

내 인생 최초의 스승은 어머니였고, 내 인생의 최고의 스승은 어머니였다. 어머니는 형제애를 가르쳤고, 가족을 위한 희생을 가르쳤다. 눈물의 의미를 가르쳤고, 힘들고 암울한 현실을 헤쳐 나가는 억센 정신력과 의지력을 가르쳤다. 어머니는 강했다. 어머니는 절망하지 않았다. 희망의 끈을 놓지 않았다. 눈물 많은 여인, 한평생 눈물로 산 여인이었지만, 그 눈물은 가르침의 눈물, 희생의 눈물, 아픔을 견뎌내는 눈물이었다. "내가 흘린 눈물만 모아도 가뭄은 없다."라고 한 어느 인디언처럼 어머니는 많은 눈물을 흘렸다. 어머니의 눈물은 내 가슴에 촉촉하게 내리는 슬픔의 단비였다. 어머니는 내 눈에 흐르는 눈물의 깊은 샘이었다. 어머니와 껴안고 많은 날들을 울었다. 결혼한 후 아내는 놀라고 당황했다. 잠자리에 누워 갑자기 흐느끼는 남편을 보았기 때문이다. 어머니를 생각만 하면 슬퍼서 저절로 주르륵 눈물이 흘러내렸다. 어머니를 만나면 껴안고 볼을 비비고 때로는 뽀뽀를 하는 남편을 아내는 이상한 나라에서 온 사람으로 보았다. 병원에 계시는 어머니를 찾아간 어느 날 어머니는 말씀하셨다.

"청산에 너 할배, 할매하고 너 아부지 무덤이 있는 그 밭은 내가 시집와서 어렵게 어렵게 산 밭이다. 그 밭, 너 아부지 옆에 이제 나도 곧 묻히겠지? 정자가 있는 그 자리도 내가 삼만 오천 원에 사서 농사를 짓다가, 돈이 없어 사는 게 하도 힘들어서 뒷집에 팔았는데, 명돌이 니가 몇 해 전에 다시 샀지. 니가 그 밭을 되찾았을 때 참 기분 좋았다."

　인생은 만남으로 시작해서 이별로 끝난다. 어머니는 만남과 이별의 시원(始原)이다. 만남은 기쁨이요, 행복이다. 이별은 슬픔이요, 괴로움이다. 이별가는 슬프고 이별주는 쓰다. 만남은 이별의 시작이다. 그래서 생자필멸(生者必滅)이요, 회자정리(會者定離)라고 한다. 산다는 것은 땅 위에 잠시 머무르는 것이요, 죽는다는 것은 자기의 본래 자리로 돌아가는 것이다. 인생은 만날 때가 있고 떠날 때가 있다. 사랑할 때가 있고 죽을 때가 있다. 이별의 극치가 죽음이다. 죽음은 다시는 만나지 못할 영원한 이별이기에 슬픔의 극치다. 사랑하는 사람과의 이별 앞에 어찌 눈물이 없겠는가. 그 사랑은 위선과 가식이다. 하루하루 산다는 것은 하루하루 죽음에 가까워지는 것이다. 살아가는 동시에 죽어가는 것이다. 영원히 사는 인생이 아니고 언젠가는 떠나야 한다면, 사는 연습 못지않게 죽는 연습도 중요하다. 언제 죽더라도 편안하고 태연자약하게 죽을 수 있는 마음을 가질 수 있다면 좋으련만, 쉽지 않은 일이다. 죽음의 차가운 손이 생명의 문을 언제 두드릴지 모르니 주어진 삶을 더욱 아름답고 사랑하며 살 일이다. 천국이 좋다 하지만 사람들이 당장 가지 않으려는 것을 보면 '개똥밭을 굴러도 이승이 낫다'는 옛말이 틀리지 않다. 잘 살고 잘 죽는 것은 최고의 축복이다.

　내가 죽으면 청산에 묻혀 백골이 진토가 되어 먼 산을 바라보고 하늘을 바라보리라. 봄이면 무덤 위에는 아지랑이 훈풍에 날리고, 무덤가엔 꽃이 피고, 벚나무에는 산새들이 둘러앉아 초혼가를 소리 내어 부르리. 그러면 나는 무덤에서 뛰쳐나와 함께 어우러져 춤추고 싶지만, 희노애락애오욕(喜怒哀樂愛惡欲) 다 버리고 떠나와서 새삼 무슨 욕심인가, 자신을 달래리라. 청산에 해가 떠 있을 때면 뻐꾸기, 하얀 산나비 노란 범나비 찾아와서 벗이 되고, 청산에 밝은 달과 별이 있는 밤이면 두견새 찾아와 '귀촉 귀촉' 소리 내어 슬피 울리라. 육신의 허물을 벗고 지수화풍(地水火風)의 사대로 돌아가서 물이 되고 불이 되고, 한 줄기 바람이 되고 한줌 흙이 되어 청산을 지키며 영원히 청산에 살리라. 살어리 살어리 청산에 살리라.

홍천 시가지 초입에 들어서니 '내 고향 사랑은 나라 사랑의 시작'이라는 무궁화 공원의 석비가 따스하게 반겨준다. 강원 영서내륙의 중심부에 위치해 있고 남한의 시, 군 가운데 면적이 가장 넓은 홍천은 군 전체의 87%가 산지로 형성되어 있다. 맑고 깨끗한 홍천강이 군 중앙부를 지나 청평호로 흘러간다. 버스 정류장마다 홍천의 5대 명물이라며 한우, 인삼, 잣, 찰옥수수, 수라쌀의 광고판이 걸려 있다. '무궁화의 메카 홍천'이라 쓰인 현수막이 도시 곳곳에서 바람에 펄럭인다. 시가지 관내 주요 도로마다 무궁화가 식재되어 있다. 홍천이 나라꽃 무궁화 축제를 하며 무궁화를 기리는 데는 교육자이며 사상가인 한서 남궁억 선생과의 인연 때문이다. 남궁억 선생은 일제시대 무궁화를 통한 애국심 함양을 위해 근무하던 홍천의 학교 뒤뜰에 무궁화 밭을 일구어 사람들에게 묘목을 나누어 주고 무궁화 노래를 지어 널리 퍼뜨림으로써 민족정신을 일깨웠다. 무궁화는 신라 말 고운 최치원이 당나라에 보낸 국서에서 신라를 근화향(槿花鄕), 곧 무궁화의 나라라고 한 데서 시작해 1907년 애국가에서 '무궁화 삼천리 화려강산'이라 불리며 한국의 꽃으로 지정되었다. 조선시대에는 과거에 급제하면 '어사화(御賜花)'라 하여 무궁화를 머리에 꽂아주었다. 꽃이 피고 지는 것이 끝이 없어 일컫는 무궁화(無窮花)는 일편단심, 은근과 끈기를 상징한다. 무궁화 꽃에 얽힌 전설이다.

옛날 옛날에 글도 잘 쓰고 노래도 잘하고 인물도 천하절색인 아름다운 여자가 살았다. 그 여자에게는 앞 못 보는 남편이 있었는데 그 고을의 사또가 이 여자에게 마음이 있었다. 여러 번 유혹해도 말을 듣지 않자 사또는 여자를 납치하여 복종을 강요했다. 여자는 수청을 강요하는 사또의 청을 거절하다가 죽임을 당하게 되는데, 죽기 전에 자기가 죽으면 시체를 자신의 집 뜰에 묻어 달라는 유언을 했다. 동네사람들이 유언대로 그녀의 집 뜰에 묻어주었더니 그 자리에서 꽃이 피어 마치 눈 먼 남편을 보호하려는 울타리처럼 그 집을 빙 둘러쌌다. 그래서 사람들은 여인의 일편단심 정절을 기리며 그 꽃을 '울타리 꽃' 이라고 불렀다.

그런데 왜 홍천에서는 '무궁화의 메카' 라는 표현을 사용했을까 하는 의문이 스친다. 기독교나 불교 등 다른 종교에도 성지는 있다. 메카는 이슬람교가 시작된 곳이다. 이슬람은 '복종' 이란 뜻이고 무슬림은 '복종하는 사람' 이라는 말이다. 16억에 가까운 신도를 가진 이슬람교의 창시자는 마호메트다. 그는 메카에서 태어났다. 그래서 메카는 알라를 믿는 이슬람교의 성지다. 알라는 아랍어로 '신' 이라는 뜻이다. 창조주이며 심판자이다. 오직 하나뿐인 존재로 전능하고 자비로운 존재다. 알라가 이미 신이란 뜻이므로 흔히 알라신이라 하는데, 이는 틀린 말이다. 무슬림은 하루에 새벽, 정오, 오후, 일몰, 밤 모두 다섯 번 메카를 향해 기도한다. 특정 종교의 성지인 '메카' 라는 단어를 인용해 '무궁화의 메카 홍천' 이라 하는 것은 왠지 어색하다는 느낌이 든다. '무궁화의 고장' 이라고 하거나 '무궁화의 성지' 등 더 좋은 우리말 표현이 있을 텐데 하는 아쉬움이 든다.

무궁화 꽃을 노래한 대중가요 '꽃 중의 꽃' 은 유일하게 들어본 장모님의 애창곡이다. 독실한 기독교인으로 평생을 사시면서 가난한 살림을 일구시고 일곱 자녀를 선하게 잘 키우신 장모님. 딸은 그 어머니를 보면 안다고 하기에 그 어머니는 내게 '보이지 않는 손' 이었다. 그 딸과 첫 데이트를 하면서 안동의 낙동강 석빙고 앞에서 "니 내한테 시집온나!" 하고 구혼을 하여 한 가족이 되는 인연을 맺었다. 어디선가 아련히 장모님의 노래가 들려온다.

꽃 중의 꽃 무궁화 꽃/ 삼천만의 가슴에

피었네 피었네/ 영원히 피었네

백두산 산상봉에/ 한라산 언덕 위에

민족의 얼이 되어/ 아름답게 피었네

홍천 시내로 접어든다. 주룩주룩 내리는 비가 홍천강에 안긴다. 흙탕물이 된 홍천강이 소리 없이 흘러간다. 비에 흠뻑 젖은 몸과 마음이 홍천 시외버스 터미널을 보자 반기듯 빨려간다. 오늘의 발걸음은 여기까지다. 터미널에서 흠뻑 젖은 옷을 갈아입고 막국수로 유명한 집을 찾아 나섰다. 미리 인터넷으로 검색한, 한적하고 외딴 수타사 가까이 있는 집에 자리를 잡았다. 비오는 날 산속 외딴 주막에서 비에 흠뻑 젖은 몸과 마음으로 메밀전병에 막걸리로 목을 축이니 신선이 따로 없다. 술 한 잔에 흥취가 솟아난다. 주인아주머니의 힘들고 고달픈 삶 이야기를 듣는다. 남편과 아이들은 안양에 두고 이곳 친정마을에서 여동생과 장사를 한 지 6여 년, 주말이면 보고 싶은 아이들이 찾아오고 다시 이별을 한다. 어린아이들이 이제는 고등학생이 되었는데, "엄마, 이제는 장사 그만하고 집에서 같이 살면 안 돼요?" 하고 조르지만, 그만둘 수 없는 현실이 너무 아프단다. 인간사의 애환을 아는지 모르는지 산골에 내리는 비가 더욱 세차게 쏟아진다.

돈은 자본주의의 꽃이다. 청빈(淸貧)도 좋지만 청부(淸富)는 더욱 좋다. 어느 프랑스 사람은 "돈은 왕 중 왕이다." 라고 했다. 탈무드는 "돈은 신이 만들어준 축복을 살 수도 있다."고 말한다. 돈은 우리가 원하는 것을 얻게 해준다. 좋은 집, 신선한 공기, 책을 즐기는 것은 물론 여행을 할 수 있게 해주고 여가를 즐길 수도 있게 해준다. 또한 자신과 가족을 위하는 것은 물론이고 친구를 돕고 이웃을 도울 수도 있으며 곤경에 처한 사람들을 도울 수도 있다. 그래서 돈은 좋은 것이다. 하지만 돈이 없으면 슬픔도 아픔도 귀신같이 찾아온다. '돈이 웬수' 라고도 하고 '가난이 장사' 라고도 한다. '가난이 앞문으로 들어오면 사랑은 창문으로 날아가버린다.' 는 속담도 있다. 부모와 처자식이 굶주리고 헐벗고 병들어도 치료를 받지 못하고 먹고 입을 수가 없다면 슬픈 일이다. 돈은 좋은 것이고 돈을 벌어야 한다. 부자가 되기를 원하면 부자의 길을 공부해야 한다. 부자들을 욕할 것이 아니라 열심히 돈을 벌어야 한다. '큰 부자는 하늘이 내고 작은 부자는 부지런함이 낸다.' 는 말이 있다. 근면하고 검소하게 사는 것은 큰돈을 버는 것 이상으로 중요하다. 아무리 많은 돈을 벌어도 지출이 더 많으면 적자 인생이다. 어떻게 해서든지 수입의 범위 내에서 살아야 하는 것은 물론 불의의 때를 대비해 저축도 해야 한다. 투자를 위한 빚은 질지언정 먹고 살기 위해 빚을 져서는 안 된다. 재테크도, 세테크도, 시테크도 중요하지만 빚테크도 중요하다. 고대 바빌로니아에서는 빚을 갚지 못하면 노예로 팔려갔다. 노예로 팔려가는 길은 죽음의 길이었다. 역사적으로 훌륭한 위인들 중에는 가난한 사람들이 많다. 그들은 주어진 수입의 범위 내에서 조의조식(粗衣粗食)하며 살았지 빚의 노예가 되지 않았다.

부자가 되지 않을 운명이라도 사랑과 정이 넘치는 즐겁고 행복한 인생을 살 수 있다. 예수는 목수였으며, 공자는 곡식창고 관리인이었다. 모세도, 다윗도, 마호메트도 양치기였고, 석가는 곧 망해갈 운명에 처해진 왕국의 왕자였다. 비록 가난하다 할지라도 이승의 왕국은 가질 수 없어도 하늘의 왕국은 가질 수 있다는 사실을 보여준다. 진정으로 가난한 사람은 가진 것이 적은 사람이 아니라 너무 많은 것을 원하는 사람이다. "가난한 사람은 많은 것을 원하지만 욕심쟁이는 전부를 원한다." 라고 세네카는 말한다. '돈을 버는 것은 기술이요, 돈을 쓰는 것은 예술' 이라고 한다. 가진 부를 자랑할 것이 아니라 멋있게 돈을 쓸 줄 알아야 진정한 부자가 된다.

메밀을 재료로 한 다양한 안주, 누이동생 같은 젊은 아주머니의 애환을 안주삼아 비가 오는 산속에서 마시는 막걸리에 흥취가 더해진다. 막 걸러서 막걸리인가, 막걸려서(합격해서) 막걸리인가. 막걸리 한 잔 술에 나그네의 수심(愁心)도 깊어진다. 술은 술술 잘 넘어간다고 해서 이를 줄여 '술'이라고 한다는 속설이 있다. 그러나 술이라는 말은 '불타는 듯한 화끈한 물'이라는 의미의 '수화(水火)'에서 유래했다고 한다. 서양에서는 술을 '생명수'라고 하고, 소학(小學)에서는 술을 사람을 미치게 하는 약, '광약(狂藥)'이라고 한다. 돈키호테는 "까닭이 있어서 술을 마시고 까닭이 없어서 마신다. 그래서 오늘도 마신다."고 했다. 술은 악마와 천사가 동시에 존재하는 이중성을 가지고 있기에 '악마의 유혹'과 '천사의 눈물'을 맛보게 한다. 광약(狂藥)이 되어 바다에 빠져 죽는 사람보다 조그만 술잔에 빠져 죽는 사람이 더 많기도 하지만, 광약(光藥)이 되어 내면에 잠자고 있던(사실은 자기 자신도 잠자고 있는 줄 모르고 있던) 자아를 일깨워주기도 한다. 그래서 술은 비와 같다고 한다. 비는 진흙 속에 내리면 진흙을 더 더럽게 하나 옥토에 내리면 그곳에 꽃을 피우고 과실을 맺게 한다.

서양철학의 시조이자 그리스 철학자인 소크라테스는 술을 즐긴 세계적인 대주호로, 사형을 언도받고 죽으면서까지, 독이 들긴 했지만 술을 마시면서 죽는 행복한 순간을 맞이했다. 끝없는 방랑을 거듭하던 시선(詩仙) 이태백(701~762)은 술에 취하여 강물 속의 달을 잡으려다 익사했다는 전설이 있다. 62세에 노쇠하여 친척집에 몸을 의지하다가 병사한 이태백의 방랑에는 술이 있었고, 술은 그의 생애를 통하여 문학과 철학의 원천이었다. 나는 이태백을 좋아하고 김삿갓을 좋아했다. 방랑을 좋아하고 술을 좋아하고, 시를 좋아하고 풍류를 즐기는, 이 땅을 좋아하고 인간들을 좋아해서 하늘에서 귀양 온 신선 같은 그들이 좋았다. 젊은 날 이태백은 산중에서 검술을 익히며 협객의 꿈을 키웠다. 어느 날 공부에 염증을 느껴 산에서 내려와 길을 가다가 냇가에 이르러 바위에 도끼를 갈고 있는 노파를 보고 물었다.

"할머니, 지금 뭐하고 계세요?"

"바늘을 만들기 위해 도끼를 갈고 있는 중이라네."

"저렇게 큰 도끼를 갈아서 어느 세월에 만들겠어요?"

"중도에 그만두지만 않는다면 반드시 만들어질 거야."

느낀 바가 있어 다시 산으로 올라가 공부에 정진한 이태백은 술과 신선과 협기로 살았다. 천방지축(天方地軸) 술에 취했고 끝없는 방랑의 길을 걸었다. 방랑과 풍자의 시심으로 한평생을 살아간 김삿갓, 새도 짐승도 제 집이 있는데 오늘 하루 떠돌다가 어느 낯선 곳에서 하룻밤 머리 누일 잠자리가 있을까 찾아다니며 술 한 잔에 시 한 수를 읊으며 떠나가는 그날의 김삿갓이 오늘 이 홍천의 수타사(壽陀寺) 옆 주막에서 또 한 잔의 술을 마신다. 『채근담』 후편에 "꽃은 반만 핀 것이 좋고 술은 조금 취하도록 마시면 이 가운데 무한한 가취(佳趣)가 있다."라고 했다. '술을 마시지 않고 여자와 노래를 사랑하지 않는 자는 일생을 바보로 사는 것이다.' 라는 말처럼 영웅호걸, 시인묵객에게 술은 생명수였다. 술 주(酒)자는 삼 '수(水)' 변에 닭 '유(酉)' 를 쓴다. 이는 닭이 물을 마시고 하늘을 향하여 고개를 드는 것처럼 천천히 술을 마시라는 의미이건만, 브레이크가 없어서 주당(酒黨)들이 비난을 받는다.

러시아의 톨스토이, 미국의 헤밍웨이를 비롯하여 시저, 괴테, 폭군 네로 등 수많은 정치가와 예술가들이 술을 사랑하다 요절하거나 자살, 지병 등으로 죽어갔다. 『삼국지』의 술꾼 중 가장 호탕한 인물은 장비일 것이다. 그러나 장비는 관우가 형주에서 죽자 원수를 갚는다고 서두르다 대취(大醉)하여 수하 장졸들에게 살해당했다. 간웅(奸雄) 조조는 평소 시문(詩文)과 술에도 능했다. 천하의 인재를 얻고자 하는 그의 시다.

술잔은 노래로 마주해야 하리

우리 인생이 길어야 얼마나 되나

견주어 아침이슬에 다름없건만

가버린 날들이 너무 많구나

하염없이 감개에 젖어보지만

마음속의 걱정 잊을 길 없네

무엇이 이 걱정 떨쳐버릴까

오직 술이 있을 뿐이다.

 (중략)

산은 흙을 쌓고 쌓아서 높고

바다는 물을 넣고 넣어서 깊다

주공(周公)은 입에 문 것을 뱉어

천하 민심을 따르게 했다

적당히 취기가 오른다. 비가 내린다. 산속에 비가 내린다. 내리는 비는 온몸을 적시고 한 잔 술은 마음을 적신다. '아름답다 인생이여! 아침이슬같이 스러져버릴 인생이여!' 하며 무상한 마음으로 마시니 비오는 날의 흥취가 더욱 깊어진다. '무엇을 그리 아등바등하며 애태우는가. 맑으면 맑은 대로, 비가 오면 비가 오는 대로 운치 있는 소풍을 즐기려무나!' 하니 신선이 따로 없다. 내가 영락없는 신선이다.

전국시대, 추방당한 초나라의 굴원(BC 343 ?~BC 278 ?)이 얼굴은 파리하고 몰골은 수척하여 상강 물가를 걷는다. 지나가는 어부가 굴원을 보고 말을 걸었다.

"삼려대부인 그대가 어찌 여기까지 이르렀습니까?"

"온 세상이 모두 흐려 있는데 나만 홀로 깨어 있어 이렇게 쫓겨난 거라오. 차라리 강에 몸을 던져 물고기 뱃속에 장사 지낼지언정 어찌 이 깨끗한 몸으로 세속의 먼지를 뒤집어쓴단 말이오?"

굴원의 이야기를 들은 어부가 말한다.

"세상이 혼탁할 때는 어찌 그 흐름에 몸을 맡기지 않습니까? 모든 사람이 취해 있다면 어찌 막걸리라도 마시고 취해보지 않습니까?"

그러자 굴원이 정색을 하고 말했다.

"얼굴을 씻은 다음에는 반드시 모자를 털고, 목욕을 한 다음에는 반드시 옷을 턴다고 합니다. 깨끗한 몸에 어찌 때를 묻히며 더럽혀질 수 있겠소? 그럴 바에는 차라리 저 멱라수에 몸을 던져 물고기 밥이 되겠소. 어찌 더러운 세속에 몸을 맡길 수 있으리오?" 하고는 '회사부(懷沙賦)' 를 지었다.

…

봉황은 좁은 새장에서 숨을 몰아쉬고
닭과 꿩들이 온 세상을 날아다니는구나
빛나는 옥과 돌이 한데 섞이어
한 그릇 속에서 쌓이고
오직 제 패거리에서 날뛰는 인간들이여!
어찌 나의 감추어진 마음을 볼 수 있으리오.
내 능력 무한하다 하여도
그 몸 한없이 초라하여 무엇 하나 이룰 수 없으니
손 안에 가득한 보물들을 닦아줄 이 누구인가
동네 어귀에서 짖어대는 개들은 내 행색의 초라함을 비웃는 것이리.
…

굴원의 노래를 들은 어부는 빙그레 웃고는 뱃전을 두드리면서 멀어져가
며 노래를 부른다.

창랑지수청혜 가이 탁오영(滄浪之水靑兮 可以 濯吾纓)
창랑지수탁혜 가이 탁오족(滄浪之水濁兮 可以 濯吾足)

흘러가는 물이 맑으면 갓 끈을 씻으면 되고
흘러가는 물이 흐리면 발을 씻으면 되지.

며칠 후 굴원은 돌멩이를 품에 안고서 멱라수에 몸을 던져 목숨을 끊었
다. 굴원이 멱라수에 몸을 던진 날이 5월 5일이다. 오늘날에도 우리나라와
중국을 비롯하여 동남아시아 여러 나라에서 5월 5일 단오에는 송편을 만
들어 강물에 던지는 풍습이 있다. 이는 물고기들이 굴원의 시체를 물어뜯
지 말고 송편을 먹으라는 뜻에서 생겼다고 한다. 굴원은 혼탁한 먼지와 티
끌로 가득한 세상에서 세상의 때를 뒤집어쓰지 않고 고결함과 지조를 지
켜 추앙 받아 후세에 이름을 남겼지만 불행한 삶이었다. 어부는 마침내 떠
나가버리고 말이 없다. 하지만 "세상사가 어찌 내 마음대로 되겠는가. 뭇
사람이 취해 있으면 같이 취하면 되고, 세상이 혼탁하면 같이 어울려 지내
면 되지." 하는 어부의 노래는 빗줄기를 타고 심금을 울린다. 주룩주룩 내
리는 빗줄기가 안타까운 굴원의 마음을 아는 듯 애처롭게 소리를 내고, 주
막집에서 기울이는 한 잔 술은 세계의 폭포 이구아수의 '악마의 목구멍' 보
다 더 깊고 웅장한 '외롭고 목마른 나그네의 목구멍' 으로 넘어가며 산골의
주흥이 하늘로 날아간다.

18

친구, 두 개의 육체 하나의 영혼

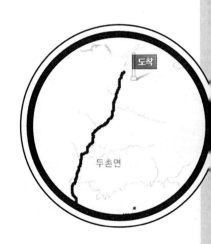

인제 가면 언제 오나(38km)

인 제

유비와 관우, 장비는 비록 성은 다르다 할지라도 이미 의형제가 되었으니, 곧 마음을 하나로 하고 힘을 합쳐 곤란함을 구원하고 위태로움을 도와 위로는 나라에 보답하고 아래로는 만민을 편안케 할 것이다. 비록 같은 해, 같은 달, 같은 날에 태어나지는 않았으나 한 해, 한 달, 한 날에 죽기를 원하니 하늘과 땅의 신령께서는 이 뜻을 굽어 살피소서. 만일 우리들 중에 의리를 배반하고 은혜를 저버린 자가 있다면 하늘과 사람이 함께 죽여주소서.

인생의 가치는 얼마나 오래 살았느냐는 길이에 있기보다는 그 삶을 무엇으로 채웠느냐가 중요하다. 인생의 매 순간은 무덤으로 가는 한 걸음 한 걸음의 여행이다. 비록 태어난 날은 다를지라도 함께 뜻을 모으고 힘을 모아 의미 있게 살아간다면 이 아름다운 세상 유랑길이 얼마나 흥겹고 즐거울까. 내가 떠돌기를 좋아해서 하늘이 이 땅에 귀양 보내 산길, 바닷길, 초원의 길, 사막의 길을 가게 하니 외롭지 않도록 변치 않는 우정을 나눌 수 있는 많은 벗을 주었다. 나의 어린 시절, 다섯 의형제를 두신 아버지께서는 약주에 취하시면 늘 '황성옛터'를 부르시고 송강 정철의 '어버이 살아실 제 섬기기를 다하여라' 라는 시조를 외우셨다. 그리고는 이어서 가슴팍에 새겨지는 한 말씀을 되풀이하셨다.
"나 김득용이는 의리가 있어!"
우리 아부지 만세다!

이른 아침, 터미널 앞에서 시원한 공기를 호흡한다. '활기찬 대도약 아름다운 홍천' 이라 쓰인 하얀 눈으로 덮인 홍천 읍사무소 앞을 지나간다. 맑고 푸른 하늘, 흰 구름이 미소를 짓는다. 눈부신 햇살이 새로운 하루를 축복한다. 골목 안 '홍천해장국' 에서 막걸리를 곁들여 아침 해장을 한다. 소박하고 시골스런 40대 초반의 주인아저씨가 서글서글 친절하다. "서울

서 속초로 도보여행 하는 사람, 자전거 타고 국토 종단하는 사람은 만나봐도 이렇게 마라도에서부터 걸어오는 분은 생전 처음 봅니다. 대단하시네요, 젊었을 때 운동 많이 하셨나 봐요.” 한다. “젊었을 때라니, 내가 지금 한창때인데 무슨 얘기요!” 하니 사람 좋은 미소를 지으며 “나이 50이 넘으면 마음은 한 때라도 결코 젊다고 할 수는 없지요.” 한다. “나이는 숫자에 불과하다는 그 흔한 이야기도 몰라요?” 하며 함께 웃는다. 웃으면서도 마음은 쓸쓸하다. 내게서 벌써 젊음이 멀어져간단 말인가. 흐르는 세월 속에 생물학적 나이는 벌써 50대, 신체지수와 마음은 아직 청춘이다. 허전한 마음을 아는지 모르는지 화담 서경덕의 노래가 들려온다.

마음아 너는 어찌 젊어 있느냐

내 늙을 적이면 넌들 아니 늙을소냐

아마도 너 좇아다니다가 남 웃길까 하노라

식당 벽에는 다녀간 많은 사람들의 글이 붙어 있다. 종이와 펜을 달라고 해서 "마라도에서 고성 통일전망대 가는 길, 맛있게 먹고 갑니다. 김명돌." 이라고 글을 남기고 거리로 나선다. 터미널에서 시가지를 지난다. 오고가는 사람들의 발걸음이 바쁜 일상의 아침이다. 지난밤에 내린 가로수의 눈꽃이 아침햇살에 빛나서 아름답다. 눈 덮인 홍천강변을 따라 걷는다. 평화로운 아침, 가로수 사이사이에 설치된 가로등 스피커에서 조용한 멜로디가 흘러나온다. 낯선 도시의 아침이 정겹다. 쏟아지는 아침햇살 사이로 홍천강의 물소리 새소리가 화음을 이루어 살아 있는 모든 것을 축복한다. 삶의 환희가 넘쳐난다. 사람의 마음은 너그러울 때는 온 세상을 다 받아들이다가 옹졸해지면 바늘 하나 꽂을 여유가 없다고 하더니만, 역시 모든 것은 마음먹기에 달려 있는 법. 왠지 즐거운 아침이다. 누가 내 따귀를 때려도 하하하하 웃을 것 같은 좋은 아침이다.

달도 없는 캄캄한 밤, 두 사람의 승려가 길을 간다. 밤은 깊어가고 갈 길은 아직 멀었지만 이제 잠자리를 찾아 잠을 청해야 했다. 적당한 곳을 골라 몸을 눕힌 두 사람은 지쳐서 이내 깊은 잠속으로 빠져들었다. 때가 얼마나 흘렀을까. 잠에서 깬 한 승려가 몹시 목이 말라 캄캄한 주변을 더듬었다. 그 순간 손에 물이 담긴 표주박이 잡혀 단숨에 마셔버린 그는 다시 잠이 들었다. 다음날 아침 두 사람은 그들이 잠든 곳이 옛 무덤자리였다는 것을 알고 깜짝 놀란다. 여기저기 사람의 뼈가 널려 있고 해골에는 송장 썩은 물이 담겨 있었다. 그때 그 물을 마셨던 승려가 낯을 찌푸리며 토악질을 했다. 한참을 그렇게 하더니 갑자기 일어나 덩실덩실 춤을 추었다. 그리고 말했다.

"소승은 이제 돌아가야겠습니다."

"…"

"똑같이 해골바가지에 고인 물인데 왜 어젯밤에는 달고 시원했으며 오늘은 토악질을 하게 되는 것일까요?"

"…"

다른 승려가 말이 없자 춤을 추던 승려가 큰 소리로 웃어 제쳤다.

"마음입니다, 마음. 모든 것이 다 마음으로 지어내는 것이지요."

바로 저 유명한 일체유심소조(一切唯心所造), 의상과 함께 당나라로 가던 원효의 이야기다. 세상사가 다 마음먹기에 달려 있다는 말이다. "나는 가난한 탁발승이오. 내가 가진 거라고는 물레와 교도소에서 쓰던 밥그릇과 염소젖 한 통, 허름한 솔 몇 장, 수건, 그리고 대단치도 않은 평판 이것뿐이오." 인도의 성자 마하트마 간디가 마르세이유 세관원에게 소지품을 펼쳐 보이며 한 말이다. 간디는 "이 세상은 우리들의 필요를 위해서는 풍요롭지만 탐욕을 위해서는 궁핍한 곳이다."라며 탐욕을 경계했다. 성공과 행복의 조건은 많이 갖는 것이 아니라 적은 것이라도 가진 것에 만족하는 것이다. 생의 소박한 기쁨을 잃지 않는 것이 바로 행복의 조건이다. 자기 스스로 행복하다고 생각하는 사람은 행복하다. 행복은 바로 내 마음에 있는 것이다. 그러자면 감사의 철학을 가져야 한다. 마음밭에 감사의 씨앗을 뿌리면 감사의 나무가 자란다. 그러면 감사의 나무에 행복의 꽃이 핀다. 불평과 원망이 사라지고 기쁨과 행복의 열매가 열린다. 시성 괴테는 "네 발밑을 파라. 거기에서 맑은 샘물이 솟으리라."라고 말한다. 매일의 일상생활에서 기쁨을 찾고 즐거운 마음으로 살아야 한다는 가르침이다.

가벼운 발걸음으로 시내를 벗어난다. 홍천은 장중한 산봉우리들이 연이어 둘러싸고 있는 전형적인 산악지방이다. 그 깊고 궁벽한 땅을 푸근히 적시는 건 흔한 물이다. 산자락 사이로 흘러내리는 홍천강, 내촌천, 덕지천 등이 합쳐 흐르면서 시의 중앙부를 흐른다. 홍천강의 본래 이름은 화양강으로 영동과 영서를 잇는 중요한 수운이었다. 길을 가다 어디서 둘러보아도 산골 강마을의 서정이 물씬 풍겨나는 고장이 홍천이다. 홍천 농업기술 센터가 보인다. 벌써 6~7년간 강의를 해오고 있는 용인의 농업기술 센터의 정겨운 얼굴들이 떠오른다. 농업기술 센터는 농업경영뿐만 아니라 농촌의 전원생활을 위한 다양한 정보를 제공한다. 농촌생활은 비교적 물질적으로 가난하다. 나의 가난한 농촌생활은 일찍이 나를 철들게 했고 공부를 하도록 했다. 먹고 사는 문제는 인간생활의 기본이며 소중하다. 잘 먹고 잘살기 위해서는 배우고 공부해야 한다. '나이가 팔십이라도 배우면 청년이요, 나이가 스물이라도 배우지 않으면 노인'이라고 하지 않는가. 돈은 자본주의의 꽃, 자본주의 사회에서 돈은 힘이다. 청빈도 좋지만 청부는 더욱 좋다. 돈은 소중하다. 적당히 가난해서 좋은 경우도 있지만, 경제적 자유는 새로운 세상을 보여준다. 그 황금동굴에 이르는 지도는 바로 공부다. 돈을 배우고 부자를 배우고 인생을 배우자면 공부를 해야 한다. '수주대토(守株待兎)'라, 융통성 없이 나무 밑에서 머리 박아 죽을 토끼를 기다리는 어리석음이 아니라, 토끼를 잡기 위해 산으로 들로 나아가야 한다. 죽는 날까지 부지런히 배우는 평생공부인(平生工夫人)이 되어야 한다. 배움으로써 마음의 밭을 갈아야 한다. 위대한 스승 공자의 『논어』 첫 머리는 "학이시습지(學而時習之), 불역열호(不亦說乎)."라는 말로 시작한다.

'천 석 부자는 천 가지 걱정 만 석 부자는 만 가지 걱정'이라 하지만 '돈이 없으면 적막강산이요, 돈이 있으면 천당도 살 수 있다'는 속담도 있다.

여자의 젖가슴은 여자의 기를 세워준다 하지만, 남자의 지갑은 남자의 기개를 좌지우지(左之右之)한다. 대학에서 강의를 하며 학생들에게 설문조사를 해보았다.

'부자가 되고 싶은 사람?' 이라는 설문에는 95%가 '그렇다' 고 답했다. 하지만 '부자들은 정직하다고 생각하는가?' 하는 물음에는 90% 이상이 부정적이었다. 부자들은 대부분 부정한 방법에 의해 부자가 되었을 거라고 생각한다. 그러면서 자신들은 부자가 되고 싶어 하는 모순이 있었다. 부자에 대한 존경심이나 이미지를 바꾸는 사회적 노력이 필요하다.

사마천은 『사기』에서 "서민들은 상대방의 재산이 자기보다 열 배가 넘으면 그를 무시하고 헐뜯으며, 백 배가 넘으면 그를 두려워하고, 천 배가 넘으면 그의 심부름을 달게 하고, 만 배가 넘으면 그의 하인이 되고 만다."고 한다. 정당하게 돈을 벌어 아름답게 돈을 쓰는 사회, 그래서 가진 자들이 존경받는 사회가 와야 그 사회가 건강해진다. 부자들은 노블리스 오블리주를 실천하여 부자가 존경받는 사회가 되어야 한다.

고대 그리스에서는 기부를 얼마나 하는가에 따라 사회적인 평판이 정해졌다. 그래서 경쟁적으로 기부를 하고 때로는 기부를 정적(政敵)을 제거하는 수단으로 사용했다. 성경에는 '왼손이 하는 일을 오른 손이 모르게 하라' 고 한다. 선행을 하는 순간 이미 하늘의 상급을 받았으니 자랑하지 말라는 의미다. 오늘날 '왼손이 하는 일을 오른 손이 알게 하라' 는 말이 유행한다. 드러내놓고 해야 남이 보고 배우고 따라한다는 것이다. 또한 말하지 않으면 남이 선행을, 기부를 하는지 안 하는지 알 수 없다. 비밀리에 착한 일을 할 수도 있기 때문에 함부로 인색하다고 해서는 안 된다. 강요되고 과시하기 위한 고대 그리스의 기부문화는 그리스 발전의 발목을 잡았고 많은 부유한 자들을 망하게 했다.

사회적 성공이나 개인적인 성공의 완성은 약자에 대한 베풂의 실행이다. 부는 자랑이 아니며 부의 선행이 자랑되어야 한다. 좌익 성향의 농사꾼 전우익이란 사람은 '제 혼자만 잘살면 뭐하는겨?' 라고 했다. 많이 벌어야 나눌 수 있다고 생각하면 평생 나누지 못한다. '아흔아홉 마리 양을 가진 자가 백 마리 양을 갖기 위해 가난한 자의 한 마리 양을 빼앗는다.' 는 다윗을 향한 나단 선지자의 이야기가 있지 않은가. 혹자는, '아무개는 주고 자랑하고 뽐낸다.' 고 흉본다. 연말연시나 명절 때 양로원이나 고아원을 찾아 약간의 기부를 하고는 사진을 찍고 우월감을 나타낸다고 조롱한다. 하지만 받는 입장에서는 먹고 사는 일이 궁핍해 힘이 든다면, 말로만 '배 불러라' '행복해라' 하기보다는 그런 사람들이 더 고마울 수도 있다. 남의 선행을 사시로 바라볼 것이 아니라 칭찬하며 더욱 많은 기부를 할 수 있도록 박수를 쳐준다면 거짓이 동기가 되어 순수한 진실이 될 수도 있을 것이다.

부자는 만족하는 자다. 많이 가진 자가 아니라 자족할 줄 아는 자다. 자족하는 자는 나눌 줄도 안다. 불가에서는 남에게 무엇을 베푸는 것을 보시(布施)라 하는데 이는 법시(法施), 재시(財施), 무외시(無畏施)로 구분한다. 그리고 재산이 없어도 나눌 수 있는 일곱 가지 무재칠시(無財七施)가 있으니 안시(眼施), 화안열색시(和顔悅色施), 언사시(言辭施), 신시(身施), 심시(心施), 상좌시(床座施), 방사시(房舍施)다.

일본인 작가 다카하시 아유무의 'LOVE & FREE' 에 나오는 글이다.

"이따금 '또 하나의 나' 가 내게 말을 걸어온다. 국내를 포함하여 전 세계에 이토록 고통 받는 사람이 많은데 너는 오로지 네 즐거움만 추구하며 살아도 되는 거야? 뭔가 네게도 반드시 하지 않으면 안 되는 '역할' 이 있는 거 아니냐고. 하지만…, 자원봉사와 기부와 자선활동만이 타인을 위해 도움이 되는 건 아냐. 사람에게는 저마다의 역할이 있지. 저마다 나 자신의 마음의 소리에 정직하게, 해야 할 일을 열심히 하면 되는 거지. 나는 내가 좋아하는 일을 통해 나를 표현하며 살아갈 뿐. 그것이 결과적으로 누군가에게 도움이 될 수 있다면 나는 그게 가장 좋다고 생각해."

내가 나답게 살아가고 나의 길을 가는 것이 세상에 유익이 된다면 그게 가장 좋다는 이야기다. 집안은 가난한데 어버이는 늙고 자식은 어리다면 어떻게 해서라도 머리를 짜내 돈을 벌어야 한다. 국가를 탓하고 사회를 탓하기 이전에 날품을 팔아서라도 생계를 유지하고 가족을 부양해야 한다. 가난을 면하지 못할 바에야 가난을 즐겨야겠지만, 수행자가 아닌 범부들에게는 어려운 이야기다. 행복한 인생, 욕망을 줄이고 소유를 늘리기 위해 열심히 일하고 정진해야 한다.

한적한 시골길에 88 서울올림픽을 기념하는 비가 세워져 있다. 역사는 과거와 현재의 대화이다. 또한 도전과 응전의 기록이다. 성공적인 88 올림픽은 대한민국을 세계만방에 알리고 국운 상승의 발판이 되었다. 아름다운 미래를 창조하는 힘은 과거의 저력으로 다져진 현재를 얼마나 선용하느냐에 달려 있다. 개인이든 국가든 역사의 힘은 결코 가벼이 여길 수 없다. 살아가면서 버려야 할 것은 구습에 젖은 관념이지 스쳐간 인연들이 아니다. 모든 것이 합력하여 선을 이루는 법, 아무리 하찮은 인연이라도 모든 것이 어우러진 결과가 현재인 것이다. 그리고 미래는 그 위에서 펼쳐진다.

불교에는 업력이라는 말이 있다. 업에는 악업과 복업이 있으며 몸이나 입은 모두 업을 만들 수 있다. 사람들은 업력의 크고 작음에 따라 육도, 곧 극락, 인간, 아수라, 아귀, 축생, 지옥을 윤회한다. 선한 씨앗은 선한 열매를 맺고, 악한 씨앗은 악한 열매를 맺는다. 불법은 너그럽고 자비롭지만 또 한편 인과의 법칙이 적용된다. 스쳐가는 모든 인연들, 살아 있는 생명

2010/03/18 12:03 PM

체는 물론 헌옷가지, 사용하던 양말 한 짝이라도 소중한 인연으로 여긴다
면 넓은 동정심이 생겨나고, 연민의 마음은 맑고 밝은 심성을 주어 삶이
풍요로워진다. 바람 한 점 없이 맑고 푸른 하늘이 자신의 존재를 잊지 말
라며 환히 미소 짓는다. 하늘을 향해 다정한 눈길로 화답하며 가던 길을
재촉한다.

홍천강을 따라 걸어간다. 맑은 물이 흐른다. 수심이 낮고 수온이 따뜻하
여 넓은 강 유역에 여름이면 피서객이 붐빈다. '술이 쌓이면 뱃살이 쌓인
다.' 라는 표어를 붙이고 달려가는 홍천 버스가 재미있다. 도보여행으로 몸
을 다지고 술을 덜 마시니 뱃살이 없어져 소위 '식스팩' 이라는 복근이 나
타나서 볼 만하다. 고행의 부수입이다. 화양강 휴게소에 도착해서 자장면
으로 간단히 식사하고 휴식을 취한다. 1월 초 진혁이 첫 면회를 갈 때 갑작
스런 폭설이 내려서 눈으로 덮인 도로를 엉금엉금 기어가다 이곳 휴게소

2010/03/18 02:02 PM

에서 체인을 사서 감았었다. 폭설을 만나며 '인제 가면 언제 오나 원통해서 못 살겠다(?).' 라고 하는 군 복무의 어려움이 실감나게 다가오면서 아들이 염려스러웠다. 가리산 자연휴양림으로 갈라지는 삼거리다. 이정표 나무 위에 솟대 두 마리가 다정스럽다. '비익조(比翼鳥) 연리지(連理枝)' 를 속삭이며 사랑을 나누던 당나라의 황제 현종과 양귀비의 추상이 솟대 위로 날아간다.

　전화가 울린다. 용인에서 함께 걷겠다며 먼 길을 달려오고 있는 친구다. 천년고찰 영주 부석사(浮石寺)를 어릴 적 놀이터로 삼던, 하늘 아래 첫 동네 시골이 고향인, 다듬어지지 않고 투박한 전형적인 경상도 사내의 멋과 기질을 가진 친구다. 내가 없는 안동 시골집에 들러 어머니에게 용돈을 드렸으니 촌로(村老) 어머니가 얼마나 감동하셨을까. "나는 김 박사가 용인에 처음 왔을 때부터 '김 박사' 라고 호칭을 했으니 내가 역시 선견지명(先見之明)이 있어." 하면서 박사학위 받은 것을 진심으로 축하해주는 고마운 벗이다. 눈이 오나 비가 오나 10km 이상 달리며 하루를 시작하여 체중을 20kg이나 감량한 의지의 사나이다. 먼저 태어나지도 않고 늦게 태어나지도 않아 나이가 같고, 태어나고 자란 고향이 안동과 영주 이웃이라서 좋다. 가난한 어린 시절을 보낸 것도, 동생을 먼저 하늘나라로 보낸 것도, 형제간의 애틋한 사연도 비슷하다. 편모슬하(偏母膝下), 홀어머니를 노인병원에 모신 것도 비슷하다. 무엇보다 한 하늘 아래 용인에서 가깝게 살고 있어서 좋다. 상대의 비위를 맞추는 구차한 말을 해야 하거나 억지로 상대의 행동을 따라할 필요도 없다. 오고가는 모든 것이 물이 흐르고 바람이 스치듯이 자연스러워서 좋다. '하늘이여! 부모여! 감사 하나이다! 뜬구름 같은 세상에 그대를 만나 반갑다!

　인생에는 동반자가 필요하다. 동반자가 있어야 외롭지 않다. 홀로 수행하는 삶이 아니라면 누군가와 관계를 맺고 살아야 한다. 인간관계는 삶의 필수요소다. 고립되거나 소외되면 외롭다. 불행감마저 든다. 그래서 깊은 유대 속에서 관계를 맺고 활력을 얻으며, 때로는 사랑하고 때로는 미워하면서 실타래를 풀어가며 살아간다. 인생의 가장 소중한 동반자는 바로 자기 자신이다. 사람들은 주관적인 자신, 객관화된 자신의 모습과 동행하면서 살아간다. 내 안의 자신과 거울에 비친 자신을 벗 삼아 간다. 하루하루 살아가며 드러나는 자신과 또 다른 내면의 모습 속에 때로는 혼돈을 느끼면서 살아간다. 자신을 사랑하고 공경하는 것은 중요하다. 그것은 삶의 힘의 원천이다. 애기애타(愛己愛他)다. 내가 나를 사랑하고 공경하지 않는다면 남들 또한 그러할 것은 명약관화(明若觀火)하다. 수신제가치국평천하(修身齊家 治國平天下)다. 인간관계, 그 중 자신을 사랑하고 소중히 여기며 갈고 닦는 것은 천하평정의 시작이다. 그 다음은 친구다. 친구는 많은 것을 함께 나누어 서로 마음으로 통하고 오랜 시간 변치 않는 정을 나누는 사람이다. 기쁨은 두 배로, 슬픔은 반으로 나누는 사람이 친구다. 생각이 같고 나이가 같고 이것저것 같아서 친구가 되는 것이 아니다. 박지원의 소설 '예덕선생전'의 이야기다.

대학자인 선귤자가 인분(人糞)을 나르는 일을 하는 엄행수와 깊이 교유하자 제자 자목이 스승을 떠나겠다고 인사를 왔다.

"스승님은 벗이란 동거생활을 하지 않는 아내요, 한 탯줄에서 나오지 않은 형제라고 했습니다. 그렇게 소중한 것인데 스승님께서는 인분을 나르는 천한 사람과 교유를 하시니 저는 창피해서 견딜 수가 없어 떠나겠습니다."

제자의 말을 들은 선귤자는 말한다.

"장사치는 잇속으로 벗을 사귀고, 체면을 차리는 양반네는 아첨으로 벗을 사귄다. 아무리 친한 사이라 하더라도 세 번 달라고 해서 멀어지지 않을 사람이 없고, 아무리 원수같이 여기는 사람이라 하더라도 세 번 주면 친해지지 않을 사람이 없지. 그러니 잇속으로 사귀면 지속되기 어렵고, 아첨으로 사귀면 오래 가지 못하는 법이란다. 오직 마음으로 벗을 사귀며 인격으로 벗을 찾아야만 도의지교를 이룰 수 있단다."

사람은 모두 각인각색(各人各色), 나름대로 개성이 있어 하나같이 같을 수는 없다. 둘이면서 하나이고 하나이면서 둘로 자유롭게 소통하는 사람들이 친구다. 진정한 친구는 '두 개의 육체에 깃든 하나의 영혼'이라고 한다. 만남에는 그리움이 따라야 한다. 영혼의 울림이 없는 만남은 만남이 아닌 마주침이다. 이익이나 이해관계를 떠나 진정으로 마음이 통하는 만남이 친구다. 우정도 산길과 같아서 서로 오고가지 않으면 잡풀만 무성해진다. 가까운 친구일수록 자주 만나야 한다. 하지만 고슴도치의 사랑을 잊어서는 안 된다. 적정한 거리가 유지되어야 한다. 너무 멀면 춥고 너무 가까우면 아프다. 친구는 세 종류가 있다고 한다. 먼저 빵 같은 친구다. 만나면 늘 좋고 보지 못하면 그리운 친구다. 둘째는 약 같은 친구다. 힘들고 어려운 일이 있으면 앞장서서 도와주는 친절하고 의리 있는 친구다. 셋째는 질병 같은 친구다. 늘 귀찮게 하는 친구다. 빵이나 약 같은 친구는 나이가 들수록 우정도 깊어지고 동행하는 기쁨도 더해진다.

나는 아들들에게 가끔 "우리는 친구지?" 하고 묻는다. 이 험한 세상을 살아가면서 부자지간으로서 뿐만 아니라 진실로 마음을 나누는 친구가 되고 싶어서다. 처음 아이들은 당황하지만 이내 그 뜻을 안다. 마음이 통하는 내 아들들, 진혁이, 진세와 진교, 우리는 영원히 변치 않는 한 핏줄의 가족이자 정겨운 친구다.

우정을 나누는 역사 속의 아름다운 이야기들, 관포지교(管鮑之交), 문경지교(刎頸之交), 지란지교(芝蘭之交), 간담상조(肝膽相照), 백아절현(伯牙絶絃) 등은 두고두고 후대의 귀감으로서 그 내용이 언제나 달콤하다. 그 중 백아절현은 중국 춘추전국시대 거문고의 명수인 백아와 종자기의 지음지교다.

백아가 거문고를 탈 때 높은 산을 오르는 데 뜻을 두자 종자기가 말한다.

"훌륭하도다. 높이 솟아오름이 마치 태산과 같구나."

백아가 흐르는 물에 뜻을 두자 다시 종자기는 말한다.

"훌륭하도다. 넘실넘실 장강이나 황하 같구나."

종자기는 백아의 마음을 알고 있었다. 백아가 슬픈 곡을 연주하면 슬픔을, 산이 무너지는 소리를 내면 그런 대로 그 뜻한 바를 알아내었다. 그러자 백아는 말한다.

"참으로 훌륭하도다, 그대의 들음이여! 내 뜻을 알아냄이 내 마음과도 같구나. 내 거문고 소리는 그대로부터 벗어날 수가 없네."

훗날 백아는 자기의 음악을 이해해주던 친구 종자기가 죽자 거문고 줄을 끊어버리고(백아절현, 伯牙絶絃), 세상에 자기의 음악을 이해해줄 사람이 없음을 통곡했다고 『여씨춘추』는 전한다. 자신을 진심으로 이해해주는 친구를 가진 사람은 삶이 든든하다. 이해관계에 따라 가볍고 쉽게 사귀고 배신하는 현대의 이기적인 만남이 비일비재한 세상이다. 간담상조는 '간과 쓸개를 서로 보여줄 정도로 친하다'는 뜻으로 서로의 가슴속까지 이해하는 친구다. 당송팔대가의 한 사람인 당나라의 문인 한유가 어느 날 변경으로 좌천되어 가게 되었다. 이때 친구인 유종원이 울면서 말한다.

"거기는 자네 같은 사람이 살 곳이 못 되네. 자네가 어떻게 늙으신 어머니에게 이 사실을 말씀드릴 수 있겠나? 차라리 내가 자네 대신 가겠다고 지원하겠네."

훗날 한유가 유종원의 우정에 깊이 감동되어 남긴 글이다.

"아! 사람이란 어려움을 당했을 때 진정한 절의를 볼 수 있는 것이다. 평상시에는 서로 그리워하고 즐거워하며 사양하면서 간이나 쓸개도 드러내 보이고 하늘을 가리키며 눈물을 흘리면서 배반하지 않겠다고 맹세하지만, 일단 이해관계가 생기면 언제 그랬느냐는 듯 거들떠보지도 않으려 한다. 함정에 빠진 사람을 구해주기보다 도리어 함정에 밀어넣고 돌을 던지기까지 하는 사람이 이 세상에는 참으로 많다."

인간관계는 나무를 키우는 것과 같다. 정성 드려 가꾸면 그 아래서 편히 쉬고 아름다운 꽃과 풍성한 열매를 맛볼 수 있다. 그 싹을 피우지 못한 사람들은 대부분 대인관계의 기술이 부족하다. 기술은 만남 속에서 두 사람이 주고받는 말과 행동을 통해 이루어진다. 원만한 인간관계는 상대에 대한 배려에서 비롯된다. 마음을 밝혀주는 보배로운 거울 『명심보감(明心寶鑑)』에서는 "물이 지나치게 맑으면 고기가 없고, 사람이 지나치게 살피면 따르는 사람이 없다."고 한다. 거울에 비친 인간은 누구나 장점과 단점을 모두 지니고 있다. 인간은 근본적으로 자신을 인정해주고 타인에게 소중한 존재로 남아 있기를 원한다. 세상에 공짜 점심은 없다. 그러자면 노력이 필요하다. 기회비용이든 회계비용이든 대가를 치러야 한다.

IQ(지능지수), EQ(감성지수), MQ(도덕성지수) 등 모두가 소중하지만 폭넓은 인간관계를 맺고 더불어 살아가는 NQ(대인관계지수)가 성공의 열쇠가 되는 세상이다. 사람 '인(人)' 자는 두 사람이 기대고 있는 모습이다. 서로 의지하고 살아야 한다는 의미다. 어질 '인(仁)' 자는 뒤[二] 사람[人]이 동행하는 모습이다. 사랑과 이해를 나누며 아름다운 동행을 하라는 의미다. 인간의 생존철학에는 네 가지 기본 모형이 있다. 먼저 '너 죽고 나 살자' 다. 다음은 '너 죽고 나 죽고' 다. 그리고 '너 살고 나 죽고', 마지막으로 '너 살고 나 살고' 다. 더불어 사는 상생이요, 윈윈(win win)이다. 공자의 인(仁), 꽃과 벌의 동행이다. 벌은 꽃에서 꿀을 가져가지만 열매를 맺도록 도와준다. 꽃은 열매를 맺을 수 있기에 벌에게 꿀을 준다.

인간관계의 열쇠는 소통이다. 의사소통에는 5:1의 법칙이 있다. 상대방에 대한 비판은 그에 대한 칭찬보다 5배 이상의 파괴력을 지닌다. 만약 상대방의 잘못을 지적하고 싶으면 둘만 있을 때가 좋다. 칭찬은 본인이 없는 자리에서 남들에게 하고, 비난은 둘이 있을 때 해야 효과적이다.

2010/03/18 04:07 PM

인간은 누구나 자신을 좋아하는 사람을 좋아한다. 또한 인간은 누구나 남을 비판하고 비난하는 것을 즐겨한다. 특히 사내들 세계에서 술자리 안주로 1위는 상사, 라이벌 등에 대한 비판이다. 링컨도 남을 비판하기 좋아하여 명예를 손상당한 상대에게 결투를 신청 받고 절대절명(絶對絶命)의 위기 직전에 모면했다. 그리고는 평생 '비판하지 말라'는 성구를 가슴에 지니고 살았다. 자기 눈의 들보는 깨닫지 못하고 상대방 눈의 티를 말한다. 그래서 자신도 다치고 상대방도, 듣는 이도 모두가 상처를 입는다.

사람의 인격은 그 사람의 말에 의해서 드러난다. 사람의 됨됨이는 마음으로 나타나지만 그 말에서 구체적이고 명확하게 나타난다. 그래서 말은 인격의 열매다. 온 세상이 다 욕하고 나를 버릴지라도 '너만은' 하고 믿은 친구가 비판하고 모함한다면 얼마나 참담하겠는가. 비록 살인을 했을지라도 함께 염려하는 친구의 우정, 『탈무드』에 나오는 '아버지와 아들의 진정한 친구' 이야기는 시사하는 바가 크다.

도원결의(桃園結義)로 형제의 의를 맺은 『삼국지』의 유비, 관우, 장비의 우정이 그리움은 왜일까. 달팽이 뿔 위에서 공명을 추구하며 정적(政敵)을 제거하기 위해 권모술수(權謀術數)로 반간계(反間計)를 쓴다면 모를까, 범부들은 그냥 아름다운 말들로 서로의 시린 마음을 위로하고 쓰다듬어준다면 세상은 얼마나 좋아질까. 그런 세상이 바로 천국이요 이상향이 아닐까.

증자(BC 506~436)는 공자의 도를 계승했고, 그의 가르침은 공자의 손자 자사를 거쳐 맹자에게 전해져 유교사상에 큰 영향을 미쳤다. 그는 특히 효성이 뛰어났으며 『효경』의 작자라고 알려져 있다. 증자는 증삼(曾參)이라고도 했다. 증삼이 노나라에 있을 때 성과 이름이 같은 사람이 있었는데 그가 살인을 했다. 그러자 사람들이 증삼의 어머니에게 달려와 말했다. "증삼이 사람을 죽였습니다." 증삼의 어머니가 말했다. "우리 아들은 사람을 죽이지 않았습니다." 그리고는 짜던 베를 계속 짰다. 얼마 후 또 한 사람이 뛰어 들어오며 말했다. "증삼이 사람을 죽였습니다." 증삼의 어머니는 이번에도 미동도 않고 베를 계속 짰다. 또 얼마의 시간이 지났다. 어떤 사람이 헐떡이며 뛰어 들어와 말했다. "증삼이 사람을 죽였어요!" 그러자 증삼의 어머니는 두려움에 떨며 베틀의 북을 던지고 달렸다. 현명한 증자를 믿는 어머니의 신뢰에도 불구하고 세 사람이 같은 말을 하니, 자애로운 그 어머니조차도 아들을 믿을 수 없는 지경이 되었다. 이른바 '증삼살인(曾參殺人)' 이다.

또한 삼인성호(三人成虎)라는 말이 있다. 세 사람이면 없는 호랑이도 만든다는 말이다. 임금의 명으로 먼 길을 떠나가야 하는 총애를 받는 신하가 말한다. "폐하, 한 사람이 벌건 대낮 서울 한복판에 호랑이가 나타났

2010/03/18 04:41 PM

다고 하면 믿으시겠습니까?" "안 믿지." "또 한 사람이 같은 말을 한다면
믿으시겠습니까?" "호랑이를 보지 못하고서야 믿을 수 없지." "한 사람이
더 나서서 같은 말을 한다면 믿으시겠습니까?" "같은 말을 하는 사람이
세 사람이나 된다면 안 믿을 수 없지." "폐하, 제가 멀리 떠나 있으면 사람
들이 저의 등뒤에서 저를 모함할 것입니다. 세 사람이 똑같은 말을 하더
라도 그들 말에 넘어가지 마시고 부디 끝까지 저를 믿어주십시오." 임금
은 걱정하지 말고 다녀오라 했지만 결국 그 신하는 모함을 당해 목숨을
잃는다. 혼자서 아무리 진실하더라도 남의 입에 잘못 오르내리고 여론이
만들어지면 어쩔 수 없이 그 사람은 바보스런 인물이 되어버린다. 역사상
의 마녀사냥이나 우화 속의 외눈박이 나라의 사람과도 일견 통하는 이야
기다. "좋은 말이든 나쁜 말이든 세상 사람의 입에 가장 적게 오르내리는

친구, 누 개의 육체 하나의 영혼

자가 가장 행복하다."라고 제퍼슨은 말했다. 또한 성 어거스틴은 "양심과 평판은 다르다. 양심은 자기 자신에게서 기인하지만, 평판은 이웃으로부터 생겨난다."고 했다.

산이 높으면 골이 깊다. 골짜기의 나무보다는 산 정상의 나무가 더 큰 바람을 맞는다. 난쟁이가 산꼭대기에 있으면 넓은 세상을 보는 대가로 거센 비바람을 맞아야 한다. 가장 칭찬을 많이 받는 자가 가장 미움도 많이 받는다고 하지 않는가. 인간이 살고 있는 이 세상은 그가 보는 시각에 따라 모든 사물이 달리 보인다. 고난을 겪으면서 행복의 소중함을 깨닫고 세상의 잡다한 어리석음에서 벗어날 수 있으며 세상의 칭찬이나 평판, 명예가 뜬구름같이 부질없다는 것도 깨닫게 된다.

푸르른 홍천강 위로 물새가 날아오른다. 천천히 빙글빙글 맴돌다가 다시 물 위로 내려앉는다. 홍천강이 소리를 내며 흐른다. 그 위로 나를 괴롭힌 갖가지 헛된 상념들을 띄워 보낸다. 하늘을 우러러 미소를 짓는다. 저 높은 곳에서 평안이 살며시 몰려온다. 거니고개에 올라서니 인제가 웃으며 반긴다. 내 아들이 군 복무를 하고 있는, 금강산과 설악산의 관문인 인제 땅에 도착했다. 청정 조각공원 장승들의 모습이 웃는 놈, 인상 쓰는 놈, 악귀같이 무섭게 생긴 놈 등 다양하다. 거대한 남근석이 뭇 사내들의 기를 죽이며 위용을 자랑한다. 이제 드디어 멀지 않았다. 첫 휴가를 나와서 부대로 복귀하기 위해 헤어질 때 "제주도에서부터 걸어서 너에게 면회를 가겠다."고 한 아들에게 가까이 왔다. 이제 내일이면 드디어 아들의 부대가 있는 인제 원통에 도착한다. 웃고 있는 진혁이의 얼굴이 스쳐간다. "내가 왔다, 아들아!"

만남의 광장 휴게소를 지나고 인제군 농특산물 직판장을 지나간다. '김부대왕로'를 따라 가니 서산에 해는 지고 땅거미가 밀려온다. 논바닥 건너 오늘의 목적지로 정한 숙소가 불이 꺼져 있다. 혹시 영업이 안 돼서 문을 닫은 것이 아닐까 염려하며 들어가니 사람이 반긴다. 잊어버리고 불을 켜지 않았단다. 여장을 풀고 따뜻한 물속으로 몸을 눕힌다. 피로감이 물러나고 안식을 즐긴다. 전화가 울리고 잠시 후 친구들이 도착했다. 함께 인제 읍내로 가서 삼겹살에 소주를 나누었다. 도보여행 중 처음으로 맞은 방문객이다. 반갑고 고마웠다. 이번 도보여행에서는 주변에 알리지도 않았지만 함께 걷겠다는 마음들도 사양했다. 찾아오겠다는 것도 만류했다. 철저히 혼자이고 싶었다. 찾아오는 고마움을 모르는 바는 아니지만 나 홀로 여행을 방해받고 싶지 않았다.

지난 두 번의 도보여행, 특히 고향인 안동의 청산에서 세무법인 청산이 있는 용인으로 오는 길은 밤이면 고마운 방문객들로 붐볐지만, 이번에는 하루 종일 전화통화를 제외하고는 대화가 없었는데 마주보고 말할 상대가 있어서 즐거웠다. 술이 술술 넘어갔다. 마음이 통하는 친구와의 술 한 잔은 기쁨이 있고 흥이 있었다. 마음은 술로 보고 외모는 거울로 본다고 하지 않았던가.

순우곤은 중국 제나라 사람으로 키는 작았으나 술도 잘 마시고 특히 말을 매우 잘했다. 하루는 제나라 위왕이 순우곤에게 물었다.

"선생은 술을 어느 정도 마셔야 취하오?"

"저는 한 말을 마셔도 취하고, 한 섬을 마셔도 취합니다."

"아니, 한 말을 마셔도 취하면서 어떻게 한 섬을 마실 수 있다는 말이오?"

그러자 순우곤이 대답했다.

"대왕 앞에서 술을 마시면 황공하여 엎드려 마시기 때문에 한 말을 마시면 그 자리에서 취해버립니다. 만약 아버님 앞에서 마시게 되면 두 말을 다 마시기 전에 취하고 말 것입니다. 또 오랫동안 못 만났던 친구를 만나 즐겁게 지난 추억을 이야기하며 마신다면 대여섯 말을 마셔야 겨우 취할 것입니다. 남녀가 한 자리에 앉아 서로 추파를 던지며 은근히 즐겁게 마신다면 여덟 말을 마셔도 취하지 않을 것입니다. 대청위의 촛불이 꺼지고 아름다운 주인 여자가 저를 붙들고자 다른 손님들을 보내고 나서 은은히 향기를 풍기며 속옷의 옷깃을 풀면, 저는 마음이 즐거워 한 섬 술도 마다 않고 마시게 됩니다. 그러나 쾌락은 한 순간일 뿐, 지나치면 어지럽게 되고 즐거움이 지나치면 슬퍼진다고 했습니다. 인간만사가 모두 그런 것입니다."

역사는 시간과 공간, 인간이라는 세 가지 사이(間)의 조화과정에서 전개된다. 곧 인간의 삶은 시간과 공간이 종횡으로 교차되는 지점에서 누군가와 인연을 맺고 살아간다. 무한의 시간과 공간 속에서 한 시대 한 하늘 아래서 살아간다는 것은 특별한 인연이다. 혈연으로, 지연으로, 학연으로, 그 중에서도 친구로 마음을 나누고 정을 나눈다는 것은 얼마나 특별한가. 용인에서 함께 세무사업을 하고 있는 친구가 있다. 태어난 고향이 같고, 다닌 고등학교가 같고, 세무 공무원을 한 것도 같다. 현재 같은 지역에서 같은 일을 하며 지내는 인연이니 참으로 정겹다. 때로는 바쁘게 달리며 살아온 삶으로 인해 소홀했던 옛 친구, 오랜 친구들이 떠오른다.

어느 날 새벽 2시, 가장 친한 친구 중 하나가 얼큰히 취한 목소리로 전화를 해서는 다짜고짜 엄숙하게 투정을 한다.

"명돌아, 우리 이렇게 살면 뭐하노? 우리가 살면 얼마나 산다고 서로 얼굴도 못 보고 그라노?"

"그래, 니 말이 맞다. 내가 바빠서 연락도 못 하고 미안하다."

며칠 후 친구는 다시 꿈에 나타났고 우리는 꿈속에서 정겨운 시간을 보냈다. 다음 날 친구에게 전화를 했다.

"니가 꿈속에까지 나를 찾아왔어. 혹시 술 한 잔 하고 전화한 그때 나한

테 무슨 이야기했는지 기억하니?"

친구는 겸연쩍은 듯이 웃으며 말한다.

"전화를 한 기억은 있는데 무슨 이야기 했는지는 몰라."

취중진담(醉中眞談)이라, 친구들이 보고 싶다. 어린 시절을 함께 보낸 추억 속의 친구들, 고향을 지키는 친구들, 지난 추석에 만나 정을 나눈 친구들에게 두 손을 모으고 마음을 모은다. '이제는 새로운 인연을 맺기보다는 소중한 전날의 인연들을 잘 가꾸며 살아야지. 바쁜 일상을 내려놓고 소중한 뿌리를 찾아야지.' 하고 다짐한다. 먼 길을 찾아온 친구의 방문, 우리는 술잔을 기울이며 요란스럽고 정겨운 밤을 보냈다. 그렇게 낯선 인제의 밤은 깊어가고 우리는 정에 취하고 별빛에 취하고 술에 취해갔다.

19

내 아들아, 너는 인생을 이렇게 살아라!

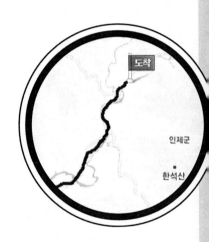

병영의 추억 원통으로(27km)

원 통

"나 안 아퍼, 집에 가! 집에 가고 싶단 말이야! 빨리 집에 가! 아빠, 바보! 바보!"

아직 완전하지 않은 발음이었다.

"진교야, 자자. 잠을 자면 아픈 것도 잊고, 다 잊을 수가 있단다. 아빠가 옆에 있을게."

어렵게 잠을 재우면 깨어서 다시 반복되었다. 그러다가 하루가 지나자 완전히 의식이 돌아오고 발음도 좋아졌다.

"여기 어디야? 여기서 우리 집이 멀어?"

"아니, 가까워. 아주 가까워. 그래 저 산 너머가 이마트야. 너 이마트 알지? 그러니까 우리 집이 아주 가까워. 퇴원하면 금방 집에 가. 여기 우리 동네야. 우리 탄천에서 달리기 하고 롤러스케이트 탈 때 이 병원 옆으로 지나 다녔어. 너 생각나지?"

집에서 멀리 떨어진 낯선 곳이 아니라는 사실에 진교는 조금 안심하는 듯했다. 그래도 하루 빨리 집에 가고 싶어서 계속 졸랐다.

분당 서울대학교병원 병동 411호실 새벽 4시. 곤히 잠든 아들 진교를 내려다본다. 잠든 아이는 천사의 미소를 지으며 평온하다. 내일이면 퇴원한다는 사실이 기뻐서인가, 아니면 무슨 즐거운 꿈을 꾸는 것일까.

일주일 전, 아내는 고3 수험생인 큰아들과 밤 11시경 외출에서 돌아왔다. 방문을 연 아내는 비명을 질렀다. 혼자 잠들었던 막내가 일그러진 얼굴로 거품을 내뿜으며 불규칙적인 호흡을 하고 있는 것을 본 것이다. 퇴근해서 일찍 잠이 든 나 역시 너무나 놀랍고 당황스러웠다. 119 구급대의 도움으로 집에서 가까운 병원 응급실을 거쳐 곧장 중환자실로 옮겨졌다. 의사는 현재 아이의 상태가 매우 좋지 않으며 이대로 못 깨어날 수도 있다고 한다. 아내의 울음소리가 끊이지 않고 내 눈에는 계속해서 눈물이 흘러내린다. 창 밖에 어둠이 가고 서서히 날이 밝아온다. 중환자실 밖에서 기다리다가 아이를 보게 해달라고 사정하여 들어가니 아이는 눈을 감고 있었다. 담당 간호사가 다가와 조금 전 의식이 돌아왔다며 깨워보라고 한다.

"의식이 돌아왔다!!"

순간 너무 기뻤다. 간호사가 흔드니 아이는 눈을 떴다. 그리고는 이내 자꾸 눈을 감았다. 여전히 나를 알아볼 수도 말을 할 수도 없었다. 한 손으로 아이를 흔들며 아내에게 전화를 했다. 밤새 잠 못 이루고 기다리던 아내는 의식이 돌아왔다는 말에 또 눈물 바닥이다.

아침이 되자 각종 검사가 바쁘게 진행되었다. 1차 검사결과는 충격적이었다. 의사는 암이나 악성종양을 의심했다. 그리고 나온 2차 정밀검사 결과는 자가면역성 뇌염, 재발하면 큰일이니 한 열흘 입원한 후 통원치료 하라고 했다. 불행 중 다행이라 생각하며 마음을 안정시키는 사이 아이는 서서히 의식이 돌아왔다. 의식은 돌아와도 제대로 말을 할 수가 없었다. 아이는 계속해서 울었다. 채혈을 할 때면 가슴을 찢는 비명소리가 중환자실 밖까지 들려왔다. 중환자실에 혼자 있는 불안감에 아이는 더욱 크게 울부짖었다. 간호사는 부득이 아이 곁에 있도록 허락했다. 간호사의 배려와 친절은 여러 가지로 위로와 힘이 되었다.

4일이 지난 후 일반병실로 옮겨졌다. 진교는 밝아지고 예전의 모습을 되찾았다. 힘든 시간들이 지났다. 장난을 치고 먹는 것도 배가 볼록 나오도록 먹었다. 밤이면 옆에서 책을 읽고 글을 쓰다가는 아이를 위해 마음을 모아 기도했다. 급할 때만 찾는 마음씨 좋은 주님에게 아이마냥 생떼를 쓰며 기도했다. 진교를, 모두를 위해서. 퇴원 전날 고3 수험생인 큰아들 진혁이가 왔다. 병원 식당에서 네 식구가 오랜만에 함께 자리를 했다. 진교는 형을 보자 장난을 치고 요란스럽다. 우리는 다시 평화를 찾았다. 행복했다. 중환자실에 있을 때 교환학생으로 미국에 가 있는 둘째 진세에게 전화가 왔다. 버지니아 공대 총격사건으로 집에서 걱정할까봐 전화했다고 한다. 진교가 입원했다는 이야기는 하지 않았다. 평범한 하루의 일상이 감사하다는 느낌이 새삼스럽다. 더 큰 무엇을 바라기보다는 건강하고 화목하게 사는 것, 잃어버리기 전에는 결코 마음으로 이해할 수 없다. 세 아이를 키우며 겪은 가장 큰 일이었다. 이제 태풍은 지나갔다. 아이들을 어떻게 키워야 하나 하는 의미가 강하게 다가왔다.

한때 "공부는 못 해도 좋다. 튼튼하게만 자라다오." 하는 TV 광고가 세인들의 주목을 받았고, 나 자신 지금까지 아이들에게 공부하라고 한 적이 없었다. 평소 아이들이 건강하게 자라주는 것이 제일 소중하다는 생각을 했다. 공부는 학생시절의 본분이니까 최선을 다해야 하겠지만 건강보다 우선할 수는 없었다. 퇴원하는 날, 창문 밖으로 여명이 밝아오고 불곡산이 모습을 드러낸다. 막내와의 일주일간의 외출은 이제 막을 내린다. 힘들고 고통스런 지난 일주일이 앞으로 우리를 더욱 깊은 우정으로 맺어주는 소중한 계기가 되리라 다짐한다.

"진교야!, 진세야!, 진혁아!, 아프지 말고 튼튼하게 자라다오!"

그리고 3년 6개월이 지났다. 진교는 여전히 병원을 다니며 정기적으로 검진을 한다. 재발되어 많이 힘들었지만 치료가 계속되면서 재발의 빈도와 강도가 점점 줄어들어 완치 판정을 기다리고 있다. 진교는 우리 집 행복 바이러스다. 벌써 5학년이지만 아직도 천진난만하다. 세무사 시험공부를 시작하며 아내에게 합격하면 선물로 아이를 낳아줄 것을 부탁하고 약속했다. 그 다음 해인 1998년, 결혼 10주년 기념으로 첫 해외여행을 갔다. 베이징을 거쳐 백두산으로 갔다. 국민대학교 교수 부부 일행들과 함께였다. 어떤 계기로 여행을 오게 되었는지를 물어서 '이곳 백두산에서 아이를 낳으려 왔다.' 고 하자 모두들 웃었다. 진교는 그렇게 태어났다. 백두산에서 가졌기에 '백두산 정기를 타고난 아이'라고 했다. 당시 묵었던 대우호텔이 2010년 7월 백두산 등정 시 철거 중임을 확인하고는 아쉬움이 들었다. 늦둥이를 갖는 것은 큰 행운이었다. 이전보다 더욱 화기애애한 가정의 원천이었다.

2009년 7월 20일, 진교와 둘이서 배낭을 메고 수원역으로 갔다. 부산으로 가는 둘만의 여행, 기차여행을 가기 위해서였다. 새마을호를 타고 천안아산 역에 내려 KTX로 갈아탔다. 열차가 시속 300km로 달리자 진교는 신기해하며 굉음에 귀를 막았다. 부산역에는 『아름다운 대한민국』의 아버지이자 입양 전도사인 황수섭 목사가 기다리고 있었다. 『우리는 3대 3』의 저자인 황 목사는 원래 아름이와 다운이 두 딸의 아버지였다. 11년 전 대한이와 민국이 아들 쌍둥이를 입양하면서 3대 3이 되었다. 진교는 두 형들과 밤늦도록 집안에서 요란스럽게 뛰어다니며 난리를 쳤다. 친형제같이 지내온 황 목사와 예쁜 형수님, 부산항 부두의 불빛, 간간이 지나가는 열차소리, 즐겁게 놀고 있는 아이들의 모습이 어우러져 천국의 평화가 지상의 낙원으로 내려와서 기쁨이 되어 다가왔다.

다음 날 새벽, 우리는 빗속의 노천탕을 즐기고, '원조할매재첩국' 집으로 갔다. 자상한 목사님이 "김 집사, 막걸리 한 잔 해야지."라고 해서 아침부터 목사님이 권하는 맛에 막걸리를 한 잔 했다. 아마도 집사에게 술 권하는 목사는 대한민국에서 유일무이(唯一無二)할 것인데, 편협하지 않고 너그러운 성직자이기에 인기도 많다. 진교와 예약해놓은 해운대 콘도로 갔다. 해운대 해수욕장은 비온 뒤라 한산했다. 제법 파도도 있었지만 진교는 튜브를 들고 바다로 들어갔다. 파도에 튜브가 뒤집어져 바닷물을 마시며 추위에 몸을 떨면서도 좋아서 어쩔 줄 몰라 하며, 앉아 있는 내게 "아빠! 아빠!" 하며 달려와 야단이었다. 콘도로 돌아와서 몸을 씻고 32층 레스토랑으로 갔다. 불빛 찬란한 해운대와 광안리의 야경이 한눈에 보이는 자리에 앉아 음식을 주문했다. 진교가 주문한 스파게티의 양이 많은 것 같아 "아빠도 먹어보자." 하니, "안 돼, 스파게티 너무 맛있어." 하며 거절한다. 혼자 다 먹고는 "아빠, 최고로 맛있었어." 한다. "짜슥!"

엎드려 책을 보던 진교는 이내 깊은 잠에 빠졌다. 즐겁고 행복한 해운대의 밤이 파도소리에 출렁이며 춤을 춘다. 다음날 8시, 못 일어나는 진교를 깨워 사우나에 갔다. "진교야, 너는 바다를 보며 이렇게 사우나 한 적 있어?" "아니." "바다를 보며 사우나를 하니 신기하지 그지?" "응." "세상에는 네가 경험하지 못한 것이 너무너무 많아. 아빠랑 많이 다녀보자!" "그래, 아빠!"

아침식사 후 영화 '해운대'의 무대인 미포항으로 갔다. 손을 잡고 갈매기 울음소리를 들으며 해변을 거닐었다. 고깃배들이 떠 있고 어부들은 그물을 손질하느라 바빴다. 1시간 30분이 소요되는 부산항으로 가는 배를 탔다. 배는 선착장을 떠나 바다로 향했다. 해운대가 멀어지고 오륙도가 가까워졌다. 서서히 하늘이, 온 세상이 어두워졌다. 금세기 최고의 개기일식이 진행되었다. 우리는 달리는 배 위에서 목이 아프도록 하늘을 쳐다보며 신기해했다. 달에 의해서 태양이 가려지는 것을 보고, 흘러가는 구름이 태양을 가리는 것을 보았다. 달이 가린다고, 구름이 가린다고 태양이 없어지지는 않는다. 태양은 다시 밝게 빛나는 것, 우리네 삶도 고통과 절망 뒤에 기쁨과 소망이 찾아오는 것과 같다. 배는 태종대를 지나고 부산대교를 지나 부산항에 정박했다. 우리는 손을 잡고 자갈치시장으로 걸어갔다. 항구가 보이는 2층에서 회를 안주 삼아 소주잔과 환타 잔을 높이 들고 건배했다.

"진교와 아빠, 우리 가정의 건강과 행복을 위하여!!!"

초등학생 아들과의 주연(酒宴)을 바라보는 주인도, 손님들도 신기한 듯이 웃는다. 다시 남포동, 광복동을 지나 용두산 공원으로 올라갔다. 부산타워에 오르기 전 타워가 몇 층인지 가깝게 맞추는 사람의 소원을 들어주기

내기를 했다. 나는 50층, 진교는 53층, 내 소원은 '진교가 일주일에 책 일곱 권 읽기', 진교 소원은 '돌아가는 열차의 창가 자리에 자기가 앉기'(사실 은 부산 올 때도 자기가 앉았다)였다. 부산타워 승강기 안내원에게 물으니 40층이란다. 내가 환호하자 내기가 걸린 사실을 들은 아가씨는 높이가 189m로 53층보다 높다고 하며 진교가 이겼다고 했다. 나는 게임에서 그렇 게 억울하게 졌다(?). 시원한 바람을 느끼면서 용두산 공원 광장에서 비둘 기 떼에게 모이를 주며 아들과의 추억이 쌓여갔다. 오후 3시 30분 부산역, KTX는 서울을 향해 출발했다. 막내아들과의 첫 번째 둘만의 여행, 열차는 낙동강 하구를 빠르게 달렸다. 광명역에 내려 분당으로 돌아오는 버스 안 에서 엄마에게 전화하며 하는 첫 마디, 이는 아침마다 눈뜨면 하는 첫 마디 이기도 하다.

"엄마, 밥 줘! 배고파!"

진교는 어느새 의젓한 아빠의 동무에서 천진난만한 어린아이로 돌아갔다.

세 아들을 키우면서 좋은 책을 많이 읽을 것을 권유한다. 책을 읽히기 위 해 일주일간 읽은 책을 기록해서 TV 밑에 붙여놓도록 하고 평가해서 상벌 을 주기도 했다. 처음에는 독서에 흥미가 없는 아이들에게 재미를 느끼게 하고자 만화로 된 『삼국지』『수호지』『초한지』 등을 100여 권 이상 사주었 다. 대성공이었다. 초등학생이었던 아이들은 만화에 푹 빠져서 헤어나지 못할 정도였다. 이후 그림이 없는 책으로 옮겨가며 아이들은 책을 좋아하 게 됐다. 진교도 아직은 만화 수준(?)이어서 만화책을 끼고 산다고 할 정도 로 좋아한다. 독서 습관을 기르는 중이다. 나 자신이 책을 좋아하는 계기가 된 게 만화책이었다. 시골의 어린 시절 다른 읽을 책도 없었지만 만화책을 너무 좋아했고 그 덕분에 초등학교 2학년 때쯤 글을 깨우쳤다.

사람이 책을 만들고 책이 사람을 만든다. 한 권의 책이 한 인간의 운명을 변화시킬 수도 있다. 결정적인 때 만난 결정적인 책은 결정적인 감동과 영향을 주어 인생을 변화시킨다. 좋은 책은 인생의 귀중한 안내서다. 양서(良書)를 읽는 것은 마음밭을 경작하는 것이고 영혼을 세탁하는 것이다. 잡스런 책들을 남독하기에는 인생이 너무나 짧다. '책을 읽으면 어디나 정토(淨土)같다.'는 말이 있다. 책 속에는 삶의 보배가 있고 위로가 있고 즐거움이 있다. 책은 시대와 공간을 초월해서 경험할 수 있는 지식을 제공해준다. 짧은 인생을 알차고 지혜롭게 살아갈 수 있는 생의 비밀을 가르쳐준다. 인생은 유한하다. 시간을 사랑하는 것은 인생을 사랑하는 것이다. 하루에 새벽이 다시 올 수는 없다. 봄에 씨앗을 뿌려야 여름에 일을 하고 가을에 추수해서 겨울에 편히 쉴 수 있다. 청소년기에 책을 읽는 것은 인생의 유익한 씨앗을 뿌리는 것이다.

두 어부가 있다. 생계를 위해 한 어부는 조각배에 낚싯대를 들고 가까운 바다에 나가서 고기를 잡는다. 그날그날 잡은 고기로 하루하루 먹고 산다. 태풍이 불어오는 날은 저장해놓은 고기가 없어서 굶는다. 미래가 불안정하다. 또 한 어부는 먼 바다로 가기 위해 큰 배를 만든다. 산에 가서 나무를 베어 땀 흘려 옮겨오고, 배를 완성한 뒤에는 다시 그물을 만든다. 준비하는 과정은 힘들고 배가 고팠지만 마음속에는 꿈이 있었다. 어느 날 드디어 순풍에 돛을 달고 먼 바다로 나갔다. 어부는 힘든 세월 뒤에 찾아오는 풍어(風魚)의 즐거움을 누렸다.

흔히 '나이는 숫자'라고 하지만 노년의 삶에 풍어의 즐거움을 누리고 안식을 가지려면 일생을 지혜롭게 살아야 한다. 소년시절은 인생의 봄이요, 청년시절은 여름, 중년시절은 가을, 노년시절은 겨울이다. 봄이 푸릇푸릇 신록의 계절이라면 여름은 정열의 계절이다. 가을이 풍요의 계절이라면 겨울은 동장군(冬將軍)의 계절이다. 노년은 인생의 쓸쓸한 겨울이다. 서산으로 해가 넘어가고 어둠이 찾아오는 황혼녘이다. 인생의 원숙기요, 안식의 시대다. 관조의 멋과 즐거움을 누리는 때다. 유유자적하며 여생을 즐겨야 할 때다. 후회 없는 인생을 살았다면, 젊은 날 성취의 만족감을 누렸다면 겸손히 신에게 감사하며 여생을 즐기는 때다. 사랑과 존경을 받는 노년을 보낸다면 성공한 인생을 산 것이다. 그러나 이는 희망사항으로 그칠 수도 있다. 노년의 삶의 멋진 풍경을 연상하며 분골쇄신, 악전고투하는 도전의 젊은 날을 가지지 않고는 한낱 환상이요 신기루에 불과하다. 얼굴에는 부드러운 미소를, 마음에는 강렬한 태양을, 육신은 역동적으로 움직이는 젊은 날을 가져야만 밝은 미래가 기다린다. 끝이 좋아야 다 좋다. 인생의 멋진 마무리를 원한다면 피와 땀과 눈물에 젖은 정열의 젊은 날이 있어야 한다. 눈물로 씨를 뿌리는 자는 기쁨으로 단을 거둔다. 땀을 흘리지 않고는 산을 오를 수 없다. 정상에 오르면 정상에서 내려다보는 주변도 아름답지만, 땀 흘려 올라온 자신의 노력과 여정이 더욱 아름답게, 그리고 오랫동안 기쁨을 준다. 오늘 내가 가진 시간으로 진정으로 하고 싶은 일이 무엇일까. 일, 여행, 독서, 운동, 사색, 기도, 사랑, 휴식, 대화, 노래, 게임 등 하고 싶은 일을 선택할 수 있다. 그리고 그 선택에 따라 미래는 달라진다. 노벨상을 받은 사람들의 공통점이 두 가지 있으니 하나는 긍정적이고 적극적인 사고방식이요, 둘은 독서광이라는 것이다. 링컨도 '책을 한 권 읽는 사람은 결코 두 권 읽는 사람을 이길 수 없다.'고 했다. '내 아들아, 너희들은 인생을 이렇게 살아라.' 하고 주는 아버지의 메시지가 있다. "좋은 책을 많이 읽어라, 그리고 기록하기를 좋아해라. 이는 너희들의 엄마와 눈물 젖은 빵을 먹으며 살아온 지난 인생에서 깨우친 가르침이다."

아침햇살이 약간은 쌀쌀한 바람을 식혀 코끝이 상큼하다. 오늘 드디어 진혁이가 있는 원통으로 들어간다. 분당에서 제주도로 가는 날 휴가 나와서 복귀하는 아들에게 "걸어서 네 부대까지 가서 면회를 할게."라고 했는

데 이제 바로 그날이 왔다. "아들아! 기다려라. 아버지가 가까이 왔다." 발걸음이 가볍다. 함께 걷는다는 것, 처음으로 누군가와 함께 길을 간다는 것이 어색하면서도 신난다. 아프리카 속담에 '멀리 가려면 함께 가라' 고 했던가. 남면 신남리 버스 터미널 앞 식당에서 구수한 청국장에 막걸리 해장술을 곁들인다. 반기는 아주머니와는 다르게 아저씨는 무거운 모습으로 퉁명스럽게 묻는다.

"산에 가세요?"

"아니요, 저 땅끝에서부터 걸어왔는데 통일전망대까지 가요."

일행 중 한 명이 대답하자 아저씨는 반색을 한다. 자신은 6 · 25 당시 북한의 청진에서 아버지를 따라 월남했다가 남한 땅을 돌고 돌아 아버지의 뜻으로 북한의 고향이 가까운 이곳에 정착해서 산단다. 이제 아버지도 돌아가시고 북녘하늘 고향에 가볼 수도 없으니 가끔 돌아보면 인생이 참으로 허무하다며 쓸쓸히 미소 짓는다. 식당 문을 나서니 구름 한 점 없이 맑고 푸른 하늘이 웃고 있다. 신선한 바람이 스쳐 불어와 장난스레 폐부를 찌른다.

소양강이 시야에 들어온다. 북위 38도를 알리는 표석이 소양강 푸른 물을 등지고 서 있다. 분단의 비극 38선에서 사진을 찍으며 휴식을 취한다. 북위 33도 06분 40초의 마라도를 시작으로 북위 34도 21분 27초 땅끝마을을 거쳐 드디어 북위 38도 선에 왔다. 38도 35분에 위치한 통일전망대를 지나 극북인 함경북도 온성군 유포면 유포진 북위 43도 00분 39초를 향해서 나그네의 발길이 간다. 차량의 소음이 심한 4차선 도로를 걸으면서 소양강 맑은 물에 넋을 잃는다. 눈도 마음도 즐겁다. 금강산에서 발원한 소양강은 흘러흘러 북한강과 합류하여 서해로 들어간다. 입안에서 '소양강 처녀' 가 흘러나온다.

해 저문 소양강에 황혼이 지면
외로운 갈대밭에 슬피 우는 두견새야
열열여덟 딸기 같은 어린 네 순정
너마저 몰라주면 나는 나는 어쩌나
아~그리워서 애만 태우는
소양강 처녀

동백꽃 피고 지는 계절이 오면
돌아와 주신다고 맹세하고 떠나셨죠.
이렇게 기다리다 멍든 가슴에 떠나시고
안 오시면 나는 나는 어쩌나
아~ 그리워서 애만 태우는 소양강 처녀

간간이 2차선 옛길을 따라 걷는다. 빠른 4차선 도로를 두고 고생을 시키려고 일부러 돌아 돌아간다고 농담 삼아 투덜거린다. 산길을 올라간다. 산새들이 합창을 하며 맞이한다. "바보들아, 큰길로 가야지 여기는 길이 없어." 하며 놀린다.

"정말 이리 가면 큰 길하고 만나는 거냐?"

"길은 길에 연해 있어. 아직까지 길을 잘못 든 적 없으니 걱정 마라."

마음을 나누는 친구와의 여행은 천 리 길도 가볍고, 원수와 함께하는 여행은 지척도 멀리 느껴진다는 말처럼 친구와 함께하는 발걸음이 즐겁다. 만남에도 거리를 유지해야 한다. 어느 시인의 표현처럼 '한 가락에 떨면서도 따로따로 떨어져 있는 거문고 줄처럼' 그런 거리를 유지해야 한다. 사람끼리 만남에도 적당한 거리가 있어야 한다. 익숙하면 신비함이 없다. 신비함이 없으면 식상해진다. 식상해지면 쉽게 예를 저버린다. 창조적인 변화를 추구한다 해도 이내 범속한 관계로 전락하기 쉽다. 고슴도치의 사랑처럼 너무 가까우면 찔려 피를 흘리게 되고, 너무 멀면 추위를 이기기 힘들다. 적당한 거리는 얼마일까? 이는 따뜻한 마음과 신뢰가 식지 않는 거리일 것이다.

영농조합 법인에서 운영하는 휴게소에 들어갔다. 잠시 쉬어가기로 했는데 해장국에 육회, 막걸리를 네 통이나 곁들인 파격적인 잔치를 벌였다. 오늘은 생각도 메모도 없다. 함께 걷는 기쁨이 한 편의 시이고 멋들어진 표현이다. 함께 걷고 함께 마시고 함께 웃고 이야기를 나누는 몸짓이 마음에 새겨진 글이다. 이 여행을 하면서 언제 이렇게 해보았는가. '오늘은 파격적인 날, 마음의 깊은 생각까지도 내려놓고 그렇게 그렇게 가자.' 한다.

충혼비에 묵념을 하고 군축령을 넘으니 인제지구 전투전적비, 순국경찰위령탑이 있다. 머리를 숙이고 마음을 모은다. 인제 읍내를 들어서니 '목마와 숙녀'로 세인의 심금을 울린 박인환 시인의 거리를 알리는 표지판이

있다. 인제가 고향인 박인환 시인의 '목마와 숙녀'는 세인들이 옛날 잠이
오지 않아 뒤척이다가 라디오를 틀면 단골로 듣게 되는 배경 음악이었다.
외롭고 서럽고 애달픈 분위기를 주었던 '목마와 숙녀'의 강렬한 분위기에
오랜만에 취해본다.

> 한 잔의 술을 마시고
>
> 우리는 버지니아 울프의 생애와
>
> 목마를 타고 떠난 숙녀의 옷자락을 이야기한다
>
> 목마는 주인을 버리고 그저 방울소리만 울리며
>
> 가을 속으로 떠났다 술병에서 별이 떨어진다.
>
> 상심한 별은 내 가슴에 가벼웁게 부서진다.
>
> (중략)
>
> 인생은 외롭지도 않고
>
> 그저 잡지의 표지처럼 통속하거늘
>
> 한탄할 그 무엇이 무서워서 우리는 떠나는 것일까
>
> 목마는 하늘에 있고
>
> 방울소리는 귓전에 철렁거리는데
>
> 가을바람 소리는
>
> 내 쓰러진 술병 속에서 목메어 우는데

인제 읍내 거리를 지난다. 어젯밤 삼겹살에 흥겨웠던 식당 앞을 지나 읍
내를 벗어나니 길이 한가롭다. 인제 8경의 하나인 합강정 정자 밑 다리를
넘어서 건너편 강변길을 걸으니 세찬 바람이 반겨준다. '강이 합류한다.'

고 해서 그렇게 불리는 합강정은 소양강 상류인 내린천, 서화 방면 인북천, 용대 방면 북천이 흘러들어 이 지점에서 합류한다는 것에 연유해 세워진 정자다. 인북천 물길을 따라 옛길을 걷는다. 인적도 차량도 없다.

　인제군은 설악산 대청봉을 비롯한 내설악의 비경을 품고 내린천 맑은 물이 흐르는, 하늘이 내린 자연을 자랑하는 곳이다. 설악산의 주봉인 대청봉(1708m)은 인제군과 양양군 사이에 위치하며 한라산 (1950m), 지리산 (1915m)에 이어 세 번째로 높고 금강산의 주봉인 비로봉(1638m) 보다 높다. 설악산이라는 이름에서 알 수 있듯이 눈과 바위의 산으로 산을 좋아하는 모든 사람들로부터 사랑을 받고 있다. 육당 최남선은 "금강산은 수려하기는 하되 웅장한 맛이 없고, 지리산은 웅장하기는 하되 수려하지 못한데, 설악산은 수려하면서도 웅장하다." 라고 극찬했다. 외설악을 찾는 사람들은 신흥사를 거쳐 설악산을 구경하듯 내설악을 찾는 사람들은 의례 백담사를 거쳐 설악을 구경한다. 내설악이 빚어낸 가장 크고 대표적인 골짜기 백담계곡은 용대리에서 백담사까지 8km로서 시냇물처럼 폭이 넓고 길이도 길다. 깨끗한 암반과 조약돌, 맑은 물 주위의 울창한 숲과 부드러운 산세, 100개의 담이 어우러진 백담계곡에는 백담사가 자리 잡고 있다.

　설악산은 산림청에서 선정한 100대 명산 중 지리산, 북한산에 이어 우리나라 국민들이 세 번째로 많이 찾는 국립공원이다. 세계 최초의 국립공원은 1872년에 지정된 미국의 옐로스톤 국립공원으로 미국 서부의 금을 찾기 위해 나선 탐험대가 옐로스톤의 환상적인 자연경관을 보고 이를 숨기다가 훗날 주민들과 협력해 국립공원 지정을 추진했다. 우리나라는 1967년 지리산이 최초로 국립공원으로 지정되고, 설악산은 경주, 계룡산, 한려해상에 이어 1970년 다섯 번째로 지정되었다. 그 뒤를 이어 속리산, 한라산, 내장산, 가야산, 덕유산, 오대산, 주왕산, 태안해안, 다도해상, 북한산,

치악산, 월악산, 소백산, 변산반도, 월출산으로 지금은 20곳이 선정되어 있고, 연간 탐방객은 3800만 명에 이른다. 우리나라 공원법은 자연공원법과 도시공원법으로 나누고 자연공원을 국립공원, 도립공원, 군립공원으로 분류한다. 국립공원은 자연생태계, 자연경관과 문화유산을 잘 보전하면서 다음 세대에 물려주자는 것이다. 현재 멸종위기 동식물의 60%가 국립공원에 살고 있다.

지난해 10월 캄캄한 새벽 2시. 어둠을 뚫고 설악산 한계령에서 미시령으로 가는 백두대간 구간산행을 했다. 무수한 별빛이 쏟아져 내리는 어둠을 지나고 여명이 밝아올 무렵 도착한 대청봉에서 바라보는 동해의 일출은 가히 장관이었다. 이는 꿈의 행보였다. 희운각 대피소에서 아침식사를 하고, 장쾌한 공룡능선을 오르내린 후, 출입금지 통제 구간인 마등령을 지나 미시령으로 내려오는 15시간의 설악산 종주는 빼어난 설악의 품에서 마음껏 뛰어다닌 잊지 못할 추억의 명장면으로 남았다. 미시령에서는 단속요원이 지키고 있어 마치 007 작전을 하듯 울타리를 넘어 하산했다. '하지 말라는 짓이 더 재미있다'는 말과 같이 즐거운 한편 산이 좋아 산에 가서 마치 도망치듯 해야 하다니 당당하게 하산할 수 없어서 아쉬웠다. 산을 사랑하는 사람들이 더욱 친근하게 접근할 수 있는 이에 대한 제도적 보완은 안 되는 걸까. 아울러 지면을 빌려 공개사과를 하니 관계자의 너그러운 관용을 구하는 바이다.

소양강 상류인 인북천을 따라 잘 꾸며진 자전거 길을 따라가니 강아지 한 마리가 동행한다. 앞서거니 뒤서거니 하며 걸어가는 강아지가 원통까지 따라온다. 먼 길을 따라온 강아지가 제 집을 찾아갈 수 있을까 은근히 걱정이다. 오후 3시, 드디어 원통 시외버스 터미널, 오늘의 목적지에 도착했다. 인근의 순댓국집에 들어가서 막걸리로 자축한다. 약 30km를 걸었다. 모두들 흐뭇해한다. 옆 좌석에는 군 장병이 혼자 순댓국을 먹고 있다. 휴가를 다녀와서 부대로 들어가기 전에 맛있는 음식을 먹고 들어가려는 것이란다. 이곳 가까운 데서 근무하는 아들 진혁이가 떠오른다. 대신 계산을 해주고 건강하게 군복무 잘 마치라며 격려해준다. 사우나에 들러 몸을 씻었다. 사우나를 하고 나오니 오히려 모두 다리를 절름거리며 힘들어 한다. 재미있어 웃는다.

속초로 향했다. 속초의 외옹치 항, 바닷바람이 시원하다. 갈매기들이 평온하게 소리 내며 날아간다. 횟집에서 도보여행의 하루를 돌아보고 잠시 후 '카네기 최고경영자 과정'의 용인 동문회 임원 워크숍이 있는 한화콘도로 갔다. 백여 명이 참석한 세미나장의 분위기는 한창 무르익고 있었다. 2005년 용인에 데일 카네기의 인간관계론 등을 공부하는 본 과정을 도입하고 동문회를 창립하여 초대 총동문회장을 했다. 시작은 미약했지만 지금은 동문회원이 500여 명이나 되어 지역사회에 봉사하면서 상호간의 우의를 다지며 인간관계 열매를 맺는 단체로 확고히 자리를 잡았다. 이는 나의 큰 기쁨이었다. 경기도 안산에 본부를 둔 '경기 카네기 평생교육원'의 작은 거인 신영철 원장은 '카네기 인간경영'의 횃불을 밝혀 많은 사람들의 가슴에 한층 레벨 업 되는 변화와 열정을 심어주었다. 그 불빛이 오늘 이곳에서 타고 있는 것이다. 외설악에 자리 잡은 한화콘도의 밤은 사랑과 우정, 열정의 도가니에서 식을 줄 모르고 깊어갔다.

다음날 이른 아침, 미시령 옛길을 넘어 다시 인제로 가는 길을 나섰다. 오늘은 드디어 사랑하는 아들 진혁이를 면회하는 날이다. 설렘으로 한적한 산길을 따라 올라간다. 구름 한 점 없이 맑은 하늘, 산새들이 지저귄다. 알 수 없는 눈물이 소리 없이 흘러내린다. '이래서 울고 저래서 울고, 나는 왜! 바보같이.' 한심스런 모습에 웃고 있는데 걸어서 길을 나선 줄 알고 친구들이 차를 타고 왔다. 아들에게 함께 가잔다. 서석윤, 윤상열, 김현구다. 우리는 '병영의 추억' 원통을 지나 서화면 천도리에 있는 진혁이 군부대로 면회를 갔다. '인제 가면 언제 오나 원통해서 못 살겠다' 라는 원통은 군 복무를 하는 장병들에게 힘든 생활로 악명이 높다. 주변에서는 "왜 아들을 그렇게 힘든 데서 군대생활 시키느냐, 편한 곳으로 해주지." 하고 말들 하지만 진혁이는 "눈과 추위하고 싸움이 가장 힘들지만 할 만해요." 한다. "네가 일평생을 살아가면서 육체적으로 이렇게 힘든 경험은 다시 해볼 수 없을 테니 남들이 다 하는 군 생활 멋있게 한 번 해봐. 남들이 하는 것은 기본적으로 할 수 있어야 하고, 남들이 할 수 없는 것을 해야 성공하는 거지. 어차피 피할 수 없는 고통이라면 즐기는 거야, 그치?' 하면 진혁이는 "네." 하고 웃는다.

면회신청을 하고 기다리니 아들이 건강하고 씩씩한 모습으로 다가온다. 힘껏 껴안아준다. 고기를 먹고 싶다는 아들을 데리고 음식점 '대장금' 으로 갔다. 입구에 '군 장병은 특별대우' 라고 적혀 있다. 첫 면회 왔을 때 들러 농담을 나누며 친구가 된 지부식 사장은 참으로 정이 많고 진솔하며 여러 방면으로 재주가 있는 친구였다. 아들 군대생활 덕분에 좋은 친구를 얻었다. 함께 간 친구들과도 금방 친해졌다. 만난 지 불과 20여 분 지났는데 손님에게 "ㅇㅇ야, 저기 가서 술 가져와!" 하며 심부름을 시키니 모두들 배를 잡고 웃는다. 즐거운 한때를 보내고 원통으로 나왔다. 친구들은 모두 용인으로 돌아가고 아들과 둘만의 시간, 모텔에 자리를 잡았다.

"지난번 휴가 와서 부대로 복귀할 때 '걸어서 너에게 면회를 갈게.' 했는데, 정말 내가 걸어서 오리라고 생각했니?'

"다른 사람이라면 몰라도 아버지는 꼭 오실 줄 알았어요."

키가 1m 80에 가까운 장성한 아들의 표정 속에 어릴 적의 천진난만한 모습이 스쳐간다. 첫 아들! 입술로 되뇌기만 해도 뿌듯하고 사랑스런 말이다. '나무의 보배는 열매이고, 인간의 보배는 자식이다.' 라고 했던가. 진혁이는 돌이 지날 무렵부터 나와 많은 여행을 했다. 승용차 조수석에 앉히고 시골집을 찾거나 여행을 할 때면 마음 깊은 곳에서부터 뿌듯함이 밀려왔다. 첫 아들에 대한 특별한 사랑이랄까, 눈에 넣어도 아프지 않을 아들이었다. 초등학교 입학하기 전, 서울의 강남성모병원에서 '상사시' 라는 진단을 받고 수술실로 들어갈 때 진혁이는 내 손을 꼭 잡고 웃었다. "든든한 아빠를 믿고 수술실로 가요." 하는 아들을 바라보며 가슴을 쓸어내렸다. '아이는 앓으면서 자란다.' '아이는 일곱 번 죽을 고비를 넘겨야 한다.' 는 옛말은 귀에 들어오지 않았다. 후유증이 있을 수 있다는 의사의 말에 행여 장애가 있으면 어떻게 하나 걱정을 했지만 다행히 완치가 되었다.

'옥불탁(玉不琢)이면 불성기(不成器)' 라 하고, '망아지는 길들이지 않으면 좋은 말이 될 수 없고, 어린 소나무는 가꾸지 않으면 아름다운 쓸 나무를 이룰 수 없다.' 고 했다. 자식을 두고서 잘 가르치지 않으면 버리는 것과 같고, 제 아무리 귀한 옥이라도 다듬지 않으면 쓸모가 없다는 말이다. 마누라 자랑을 하면 팔불출이요, 자식자랑을 하면 반불출이라 하지만 고슴도치도 제 새끼는 귀엽다고 했으니 내가 낳아 기르고 다듬고 가르친 자식, 의젓하고 예의바르고 마음이 곧은 착한 아들이다. 중학교 3학년 1학기를 마치고 낯선 미국 땅에 교환학생으로 보내놓고, 1년 후 찾아갔을 때 아들이 사는 열악한 환경에 저절로 눈물이 났다. 하지만 진혁이는 변해 있었다. 내성적이라 자기표현을 잘 하지 않던 아이가 유머가 있었고, 자기논리를 가지고 대화를 주도했다. 언어가 통하지 않는 정글에서 살아남기 위해 적응한 아들의 멋진 변화였다. 타이밍과 기회를 강조한 셰익스피어의 '줄리어스 시저'에 나오는 노래다.

인간사에도 조류가 있다.
만조(滿潮)를 타면 행운을 얻게 되나
그것을 놓치면 인생의 모든 항해가
얕은 물에 들어가 비운을 맞게 된다.
그런 만조에 지금 우리가 떠 있다.
기회가 있을 때 그 만조를 타지 않으면 안 된다.
그렇지 않으면 우리의 모험은 실패할 것이다.

할 수 있을 때 하지 않으면 하려고 할 때 할 수 없게 된다. 한 번 기회를 놓치면 다시는 그 기회를 잡지 못할지도 모른다. 먼 낯선 이국땅에서의 역경이 아들에게는 만조를 타는 기회였다. 진혁이가 다녀온 후 둘째 진세도 교환학생으로 가기 원했다. 매사가 치밀하고 적극적인 진세는 불편한 상황을 타개하기 위해 스스로 해결 방안을 모색하고 치유하면서 잘 적응했다. 진혁이가 상황을 받아들이고 적응하는 자세라면, 진세는 적극적으로 개선하려는 다른 모습이었다. 자연히 아내는 진혁이보다는 진세 뒷바라지에 더 많은 노력을 기울여야 했다. 두 아들을 낯선 이국땅에 보내고 언어에서부터 공부는 물론 모든 것이 낯선 환경에서 살아남기 위해 생각하고 행동해야 하는 적자생존의 법칙을 경험하게 한 것이 교환학생으로 보낸 유익이었다. 아이들 스스로도 영어에 대한 극복은 물론 선진 세계에서 보고 느낀 시간들을 긍정적으로 평가한다. 염려스런 마음이 있었지만 어차피 그늘을 떠나야 할 아이들에게 자립심을 키워주고, 떨어져 있음으로 해서 가족을 그리워하는 애틋한 마음을 느낄 수 있도록 했다는 데 또 다른 의미가 있다. 보고 싶은 사람은 언제나 곁에 두고 보고 싶을 때 실컷 보아야 한다는 게 평소 지론이었지만 자식 이기는 부모 없다는 말이 틀리지 않다는 것을 깨닫는 경험이었다.

세 아들을 키우며 각자의 개성을 느낀다. 장남은 역시 정이 많고 마음 쓰는 것이 듬직한 게 장남이고, 차남은 열정과 집념이 있고 날카로운 면모가 있어 차남이란 실감을 하고, 늦둥이는 천연덕스러우며 장난꾸러기라 역시 귀여운 늦둥이다. 막내 진교는 '나의 꿈은 멋있는 경찰관'이라며 "경찰대학을 가고 싶은데 하다가 안 되면 고려대학교나 가지 뭐." 한다. 두 형이 간 고려대학교가 쉽게 가는 줄 알고 이야기를 하면 형들은 막내의 실력을 거론하며 놀린다. 막내는 초등학교 입학할 때 한글도 제대로 깨우치지 못해서 받아쓰기 등 시험성적을 보면 50점을 넘긴 적이 거의 없었다. 5학년이 되면서 평균 70점대(학급평균보다 낮다)를 받아왔다. 그러면 "진세 형은 너보다 더 못했다."며 위로해준다. 단원평가에서 처음으로 수학을 100점 받아왔기에 잔치라도 벌이려는 듯이 기뻐하자 아내는 "제발 그만하세요." 하며 말린다. 막내는 아직도 나와의 몸싸움에서 자신이 이기는 줄 안다. 내가 "항복!"이라고 해야 그만둔다. 진세는 초등학교 3학년 때까지 자신이 나보다 씨름을 잘하는 줄 알았다. 아버지가 일부러 져준다는 사실을 그때서야 알았다. 아이들이 크는 것을 보면 뿌듯하면서도 한편 허전하다. '아들 셋이 아닌 쑥쑥 낳았어야 했는데….' 하면 아내는 웃으며 큰소리친다. "요즘 아들 셋이나 낳아주는 여자가 어디 있어요!!!"

세무사를 개업하면서 조용했던 시절이 지나고, 일거리가 많아지고 활동 범위가 넓어지면서 아이들과 어울리는 시간이 점점 줄어들었다. 그래서 매주 수요일을 '가정의 날'로 정해서 그날만큼은 다른 약속을 하지 않고 일찍 집으로 들어갔다. 그리고 토요일은 가족 모두 '거실에서 함께 자는 날'로 정했다. 세 아들을 끼고 장난을 치면서 거실에서 함께 시간을 가진 그날들은 지상의 천국이었다. 아내는 4부자가 누워 있는 모습을 보면서 "오늘도 한 송이 아름다운 꽃(아내의 이름은 '美花'다)이 고추밭(?)에서 외롭게 피어 있네." 하며 웃는다. 세월은 아이들을 자라게 하고, 나의 삶도 변화를 가져오면서 이제는 아름다운 추억이 되었다. 지금은 매주일 저녁을 '외식하는 날'로 정해서 의도적으로 함께하는 시간을 갖는다. 서로에 대한 사랑과 신뢰의 표현방법은 달라졌지만 세 아들을 보는 아버지의 마음은 언제나 흐뭇하다.

"내 아들들아! 언제나 건강한 몸과 마음으로 아름다운 이 세상을 배우고 사랑하며 살아라."

18세기 영국의 필립 체스터필드 경이 아들에게 보낸 '내 아들아 너는 인생을 이렇게 살아라.' 하는 인생의 지침, 그 마음을 나의 아들들에게 보낸다.

부자지간에 즐겁게 이야기꽃을 피우고 있는데 대장금의 친구에게서 계속 전화가 온다. "아들 몸보신 시키려고 토종닭 잡아서 백숙 끓이고 있으니 얼른 와!" 하며 재촉한다. 고마움에 거절할 수가 없어서 다시 시골을 달리는 완행버스를 타고 부대 앞까지 10여km를 달려간다. 토종닭을 정성들여 요리한 닭백숙을 먹고 난 후 포만감을 느끼며 택시를 타고 원통으로 돌아오면서 아들에게 물어본다.

"이제 모텔에 가서 뭘 먹을까? 먹고 싶은 것 있으면 이야기해봐."

"치킨이 먹고 싶어요."

"아니, 닭백숙 금방 먹고 또 치킨을?"

"예!" 하며 맑게 웃는다.

그날 밤 우리 부자는 치킨에 생맥주까지 곁들여 밤이 깊도록, 배가 터지도록 먹고 마시고 다정히 잠들었다. 원통의 밤은 결코 원통하지 않았다. 아니, 너무나 행복했다.

20

아아, 백두대간!

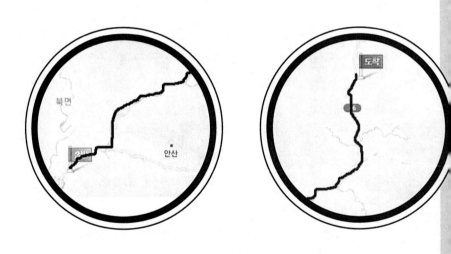

설원의 알프스 진부령으로(37km)

진부령

산이 좋아라 靑山이 좋아라
변함없이 기다리는 靑山이 좋아라
靑山이 있으면 홀로라도 좋아라

산에서 들려오는 메아리
침묵의 소리가 靑山에 울린다
靑山은 나를 보고

씨 뿌리고 밭이나 갈며 살라 한다
버리고 비우고 가볍게 살라 한다
구름처럼 바람처럼 훨훨 살라 한다

산아, 변함없이 푸르른 靑山아
비가 오나 눈이 오나 늘 그 자리에서
한결같이 기다리는 靑山아,

새 힘을 얻던 지난 날 그 시절이 좋아라
하늘을 향해 무언의 기도를 올리니
침묵의 기도소리가 靑山에 메아리친다

산, 산, 산, 나는 靑山이 좋아라, 라고

　오래전 시골집 뒷산 청산과의 만남은 젊은 날 산행을 좋아하게 되는 계기가
되었다. 세월이 지나 이는 다시 백두대간으로 이어지고, 붕정만리 백두대간 종
주를 마친 나와 종주 팀은 '백두대간 종주 기념패'를 나누었다. 그리고 지금은
대한민국 100대 명산을 찾아다니며 산행을 하는데, 이는 내가 '죽기 전에 하고
싶은 일백 가지' 가운데 하나다.

진부령으로 가는 날 이른 새벽, 아들이 곤히 자고 있다. 아버지와 아들로 만난 인연이 새삼 고맙다. 인연이란 무엇인가. 인연은 인(因)과 연(緣)이 합한 말이다. 인은 어떤 결과를 만드는 직접적 원인이요, 연은 간접적 원인이다. 벼의 씨앗은 인이요, 햇볕과 비바람과 농부의 땀은 연이다. 흔히 옷깃만 스쳐도 인연이라고 한다. 전생에 5백 번은 만나야 금생에 옷깃을 스친다고 하니, 만나는 주변의 모든 인연이 결코 예사롭지 않은 전생의 인연의 산물이다. 불가에서는 윤회를 하여 사람으로 태어날 확률을 '맹귀우목(盲龜遇木)의 확률'이라고 한다.

'망망대해에 물결을 따라 흘러가는 구멍이 뚫린 한 토막나무가 있는데, 백년에 한 번씩 바다 위로 고개를 내미는 눈먼 거북이가 우연히 그 나무 구멍으로 머리를 내 밀게 되는 것과 같은 확률'이라는 말이다. 사람으로 태어나는 것이 그만큼 어려운 일이니 인생을 소중하게 살라는 가르침이다. 인간으로 태어나는 것도 어려운데 같은 시대에 피를 나누는 혈연으로 태어나거나 같은 지역에서 태어나 살아가거나, 또는 같은 학교를 다닌다는 것은 얼마나 특별한 인연인가. 수백 생의 인연이 있어야 부모형제로 만날 수 있다면 그 얼마나 소중한 인연인가. 내 아들로, 내 부모 내 형제로 맺어진 인연도 사랑하지 못하고 누구를 사랑할 수 있겠는가. 내 가족의 눈물도 닦아주지 못하면서 세상의 누구를 행복하게 해줄 수 있겠는가. 수신제가 치국평천하(修身齊家治國平天下)다.

평화롭게 잠을 자는 아들의 얼굴 위로 보고 싶은 아버지와 아우, 어머니와 형제들, 가족들의 모습이 스쳐간다. 사랑이 인연이면 미움도 인연이다. 영원한 사랑도 영원한 미움도 없다. 사랑과 미움은 모두 마음이 만들어내는 것, 마음속에서 매일같이 윤회를 거듭한다. 날마다 만나는 사람 모두가 깊은 인연의 존재다. 마음에게 '스치는 인연들에게 이전보다 더욱 너그럽고 따뜻하게 대하라.'고 명을 내린다. 자는 모습이 어릴 때나 지금이나 여전히 껴안아주고 싶도록 사랑스럽다. '다 큰아들 얼굴이 꽃같이 보이니 내 병도 중증이구나.' 하고는 웃는다. 불을 켜고 글을 쓸까 하다가 곤히 자는 아들을 깨울까봐 그냥 뒤척이며 이런저런 상념에 잠겨 있으니 서서히 날이 밝아온다. 목욕탕을 다녀온 후 이틀 전 원통에 왔을 때 들렀던 순댓국집으로 갔다.

아주머니는 내 얼굴을 기억했다. '땅끝에서부터 걸어서 아들 면회를 온 아버지, 아들 생각난다며 군 장병의 식대를 대신 지불한 아버지'라며 반갑게 맞이하고는 진혁이를 보고 웃는다. 진혁이가 옛 일을 회상하며, "어릴 때 아버지가 자주 가족들을 데리고 순댓국집에 갈 때는 맛을 잘 몰랐는데 지금은 아주 맛있어요." 한다. 그때를 떠올리며 순댓국에 막걸리를 한 잔 한다. 아이들의 어린 시절부터 함께한 분당의 추억이 다가온다. 몇 해 전 아이들과 중국여행 시 '상유천당(上有天堂) 하유소항(下有蘇抗)'이라며 소주와 항주를 극찬하는 여행 안내인에게 "대한민국에는 '상유천당 하유분당'이 있다."며 응수했었다. "이렇게 좋은 분당에서 살게 해줘서 고맙습니다."라고 한 고등학생 진혁이의 편지 글 한 토막은 아버지로서 큰 기쁨이었다.

드디어 이별의 시간, 길 위에 서서 아들을 껴안아본다. 가슴이 뜨거워지고 울컥 하며 뭔가가 느껴진다. 헤어져 길을 간다. 진혁이를 남겨두고 다시 길을 간다. 가다가 돌아보니 아들은 아버지의 뒷모습을 보고 있다. 손을 흔든다. 다시 길을 가다가 돌아본다. 여전히 아들은 아버지의 뒷모습을 보고 서 있다. 다시 손을 흔든다. 다시 한참을 가다가 돌아보니 그때서야 자기의 길을 간다. 멈춰 서서 아들의 뒷모습을 바라본다. '진혁아, 군 생활 건강하게 잘해라!' 눈가에 이슬이 맺힌다.

아내는 아침이면 아파트 베란다에 서서 학교에 가는 막내 진교의 뒷모습을 물끄러미 바라본다. 아들은 엄마의 그러한 성스러운 모습을 모른다. 한자의 어버이 '親'은 '나무[木]' 위에 '서서[立]' '바라보는[見]' 것을 의미한다. 자녀는 부모의 사랑을 먹고 자란다. 자녀는 부모의 거울이라고도 한다. 아내는 새벽에 잠에서 깨어 눈을 뜨면 제일 먼저 무릎을 꿇고 엎드려 기도한다. 무엇을 그렇게 간절히 구하는지 물어보지 않지만 미루어 짐작할 수 있다. 사랑스런 눈길로, 염려스런 마음으로 바라보는 부모의 마음은 신이 인간을 사랑하는 마음의 현현(顯現)이라고 한다. '내 부모님도 그렇게 나를 키우셨으니' 하고 생각한다. 칼릴 지브란은 '예언자'에서 "부모는 자식을 쏘아 올리는 활"이라고 했다. 어머니와 아버지는 누구보다 강인한 활, 눈물의 활로 나를 쏘아 올리셨다. 나 또한 내 방식대로 자식을 쏘아 올려야 할지니.

오늘의 내가 나인 것은 수많은 인연이 어우러져서 이루어진 것이다. 아버지와 어머니로 비롯된 출생에서부터 형제들, 친구들, 고향의 추억들, 힘들고 고달팠던 수많은 역경들, 즐겁고 행복했던 시절들이 있어 만들어진 것이 지금의 나 자신이다. 그 중에서도 어머니는 영원한 힘의 샘이었다. 아무리 힘들고 어려워도 포기할 수 없고 변화를 추구하고 새로운 성취를 이루어야 함은 그때마다 기뻐하시는 어머니가 있기 때문이었다. 어머니는 열심히 살아야 할 이유였다. '빚 없이 살아보는 것이 소원'인 어머니, 아들을 대학에 보내지 못해 가슴 아파했던 어머니, 배움과 가난에서의 탈출! 그것은 어머니와 나의 한풀이였다. 열심히 일하고 공부했다. 이제는 가난에서 탈출했고 배움의 한도 풀었다. 하지만 배움의 길은 끝이 없으니 죽는 날까지 그 길을 간다. 그 길은 삶의 깊이를 더해준다. 흙이 많을수록 조각은 더 커지고 섬세해지며, 재료가 많을수록 인생의 다양한 창작품을 만들 수 있는 이치다. 인류를 사상적으로 지배해온 공자의 위대한 경전 중의 하나인 『논어』의 맨 첫 구절, "子曰, 學而時習之 不亦說乎(공자께서 말씀하시길, 배우고 제때에 그것을 실행하면 즐겁지 않겠는가)?" 하는 말이 귓전을 스쳐간다.

나는 이제 스스로 족한 줄을 안다. 성공이란 무엇인가. 성공은 내가 원하는 것을 이루는 성취가 모여서 스스로 만족하고 행복감을 느끼는 상태다. 그렇기에 성공은 개인에 따라 다르고 주관적이라 할 수 있다. 흔히 사회적인 성공의 잣대는 소위 돈과 명예와 권력이다. 그래서 더 많이 가지고, 더 많이 배우고, 더 높은 지위에 오르려고 한다. 사람들이 비웃을지 몰라도 나는 이 정도면 성공했노라 자족한다. 진정한 성공은 사회적인 돈과 명예, 권력을 갖는 것이 아니라 한 사람 한 사람이 자신을 긍정적으로 받아들이고 타인 역시 이를 받아들여 서로 친밀함을 느끼고 사랑할 수 있을 때 오는 소중한 성취감이다. 소박한 꿈을 가진 사람은 자신의 그 꿈을 이루고, 그 꿈의 실현을 통해서 타인과 어울려 기쁨을 공유했을 때 나름대로 성공한 삶을 살았다고 할 수 있다. 이제는 수분지족, 안분지족하고 내면의 성찰을 하면서 참다운 동양적인 멋을 추구하며 살아가고 싶다. 도전하고 개척하는 일을 소홀히 하는 것이 아니라 삶의 방향이 문명에서 자연으로 옮겨가는 삶을 살고 싶다. 행복으로 가는 연금술을 연

마하여 소박하지만 아름다운 생을 살아가고 싶다. 이제는 달팽이 뿔 위에서 부귀와 공명을 찾아다니는 날들을 뒤로 하고 모든 탐욕의 사바세계를 벗어나 자유의 길을 가고, 소유에 대한 집착과 욕심을 훌훌 털어버리고 필요한 것만 지닌 채 편력의 길을 가고 싶다. 무소유의 길을 가고, 족한 줄을 알고 자연을 벗 삼아 바람처럼 구름처럼 흘러흘러 유유자적 나의 길을 가고 싶다.

원통을 빠져나와 4차선 도로를 따라 진부령으로 향한다. 하늘에는 간간이 흰 구름이 떠 있고 바람은 여전히 매섭게 차다. '봄 날씨 참 되게 쌀쌀하네.' 하며 걸으니 내 인생도 참으로 평탄치가 않다. 외로운 길을 떠나는데 봄이 봄 같지 않으니 하는 일마다 삶의 굴곡이 만만치가 않다. 참으로 소설 같은 인생을 살아왔다. 드라마틱한 인생의 주인공이라 생각했고, 그 끝은 반드시 해피엔딩이어야 한다고 다짐했다. 때로는 소설의 끝도 중요하지만 과정도 중요하다며 작은 일에 기뻐하고 즐거워했다. 행운의 네 잎 클로버를 찾기 위해 행복의 세 잎 클로버를 짓밟는 어리석음을 범하지 않으려 했다. 작은 성취를 맛보며 삶의 활력을 유지하고, 더 큰 도전을 위해 준비했다. 마지막 추위도 즐거움으로 보내자 하고는 고개 들어 무심한 하늘을 쳐다본다. 2차선 도로에 오가는 차량이 많고 한 쪽에는 4차선 확장 공사 중이다. 갓길이 좁아 위험하다. 가끔씩 공사 중인 비포장도로를 걸으니 여유롭다. 용대리에서 흘러내리는 북천의 물이 맑게 흐르고 십이선녀탕을 알리는 형상물과 안내판이 보인다.

옛날 옛날에, 하늘나라 옥황상제께서 세상의 가장 아름다운 곳을 정하여 그곳에 깨끗한 물을 담아 놓을 소(탕)를 만들기 위하여 12명의 선녀를 지상세계에 내려 보냈다. 12선녀들은 지상의 모든 곳을 돌아보고 동해의 먼

나라 조선국 용례(현 용대리)의 아름다움에 반하여 그곳에 소를 만들기 시작했다. 12선녀는 12년 만에 모든 소를 완성하고 이제 하늘나라로 올라가려 했는데 그만 그동안의 일이 너무 고되어 지친 4선녀가 숨을 거두고 말았다. 그래서 남은 8선녀는 4선녀가 파놓은 소에 그들을 각각 묻어주고 하늘나라로 올라갔다. 그 후 8선녀가 하늘에서 물을 뿌리니 용탕, 독탕, 복숭아탕, 음탕 등을 비롯한 8탕의 8폭포가 구슬 같은 푸른 물을 흘리며 연주선경을 자랑하고 있다. 이는 십이선녀탕의 아름다움을 자랑하는 전설이다. 어떤 이는 설악 으뜸의 미경으로 십이선녀탕을 꼽기도 한다.

용대리 백담사 만해마을 앞을 지나간다. '인도에는 간디가 있고 조선에는 만해가 있다.'고 일컬어지는 만해 한용운은 3·1운동에 민족대표 33인의 한 사람으로 참여하고 '조선독립 이유서'를 쓰는 등 일제에 대항해 싸운 독립투사요, 서른다섯의 젊은 나이에 불교사상의 요약인 『불교대전』을 완성한 불교학의 석학이요, 『불교유신론』을 쓰고 불교의 개혁을 주창하고 실천한 진보적인 승려요, 시집 『님의 침묵』으로 우리 민족 문화에 크게 공헌한 사랑의 시인, 민족의 시인, 구원의 시인이다. 만해 한용운의 문학성과 자유사상, 진보사상, 민족사상을 높이 기리고 선양하기 위하여 그 실천의 장으로 설립된 만해마을에 적힌 위당 정인보의 추모의 글이다.

風蘭花 매운 향기
님에게야 견줄손가.
이날에 님 계시면
별도 아니 더 빛날까.
佛土가 이 위 없으니
혼아, 돌아오소서

　만해 한용운은 1894년 동학혁명으로 몸을 피해 백담사를 찾았다. 그리고 3·1운동으로 3년간의 옥고를 치른 뒤 다시 백담사로 들어와 불후의 명시집 『님의 침묵』을 탈고했다.

　님은 갔습니다. 아아, 사랑하는 나의 님은 갔습니다.

　푸른 산 빛을 깨치고 단풍나무 숲을 향하여 난 작은 길을 걸어서,

　차마 떨치고 갔습니다.

　황금의 꽃같이 굳고 빛나든 옛 맹서는 차디찬 티끌이 되어서 한숨의 미풍에 날아갔습니다.

　날카로운 첫 키스의 추억은 나의 운명의 지침을 돌려놓고,

뒷걸음쳐서 사라졌습니다.

나는 향기로운 님의 말소리에 귀먹고 꽃다운 님의 얼굴에 눈멀었습니다.

(후략)

만해와 백담사의 인연을 아는 문학도들이나 가끔 들르던 백담사가 세상에 널리 알려진 것은 전두환 전 대통령이 이곳에서 은둔생활을 하면서부터다. 이후 백담사는 상전벽해, 경내에 불사는 물론 만해기념관도 세워져 관광객의 발길이 끊이지 않는다.

황태마을로 유명한 용대리 주변 도로에는 온통 황태 이야기다. 점심때가 되어 황태 해장국으로 몸을 녹이려 들어가니 아주머니가 '설렁탕 전문인데 맛이 일품'이라며 권한다. 고향이 경북 영양이고 남편이 현역 부사관이라는 주인아주머니와 설렁탕에 막걸리를 한 잔 하고 나니 속이 든든해진다. 뱃속이 부르니 마음도 여유롭다. 마음이 느긋하니 그림자도 선비 같다. 그림자에게 "내가 너를 닮으랴, 아니면 네가 나를 닮으랴!" 실없는 농을 한다. 하늘을 쳐다본다. 구름이 한가롭다. 마음이 느긋하니 내가 가는 길의 풍경도 여유롭게 다가온다.

눈 내리는 겨울날이 되면 도로변의 황태덕장에는 온통 줄줄이 매달린 황태가 눈보라 속에서 얼고 녹기를 반복하며 누렇게 익어간다. 최근 수년간 명태 어획량이 급감해서 주로 오호츠크 해와 베링 해 등에서 잡히는 원양 명태가 덕장에 걸려 있다. 내장을 제거한 명태를 영하 10도 이하로 춥고 일교차가 큰 덕장에 두 마리씩 엮어 걸어놓으면 12월 말부터 4월 초까지 4개월간 밤낮으로 꽁꽁 얼었다 녹았다 반복한다. 그런 자연 건조과정을 거친 후 속살이 노랗고 육질이 연하게 부풀어 고소한 맛이 나는 황태가 탄생하는 것이다. 바다에서 태어나 산에서 완성되는 황태, 보통의 북어와는 달리

육질이 산에서 나는 더덕과 비슷해 '더덕북어'로도 불린다.

갑자기 자전거 여행을 하는 10여 명이 앞질러 가고 한 여성이 반갑게 외친다. 손을 흔들어 화답한다. 작은 배낭에 태극기를 달고 국토를 달리며 사랑하고 즐기는 모습에 건강한 나라사랑의 의미를 발견한다. 나 또한 국토종단 도보여행을 시작하며 태극기를 준비할까도 생각했지만 거창하다 싶어 그만두었다. 또한 지난번 도보여행에 달고 다녔던 '靑山으로 가는 길' 깃발도 배낭에 넣고 출발했지만 이번 여행은 그 의미가 달라서 달지 않았다. 고독한 여행자가 무슨 거창한 상징물을 내걸고 한단 말인가. 밖으로 가는 길이 아닌 안으로 가는 성찰의 유랑길, 자아를 찾아 떠난 길이니 어불성설이다. 불현듯 세계 각 나라에는 국기(國旗)가 있듯이 각 사람에게도 인기(人旗)가 있다면, 나의 깃발은 어떤 모습일까 하는 생각이 스친다. 하늘, 산, 바다, 바람, 구름, 나무, 풀잎…, 그것은 내 마음의 깃발, 지난 두 번의 여행에서 상징물이었던 '청산(靑山)으로 가는 길'의 그 깃발이리라.

삼거리가 나온다. 미시령을 넘어 속초로 가는 길과 진부령을 넘어 고성으로 가는 길이 갈라진다. 진부령 길로 접어드니 '백골병단 전적비'가 보인다. 꼬불꼬불 고갯길을 올라간다. '고성명태와 겨울바다 축제'를 알리는 현수막이 고갯길 바람에 날린다. 산기슭에는 얼음이 얼어 아직 겨울이다. 고갯길 중간에서 고성군 간성읍을 알리는 안내판을 만난다. 드디어 강원도 최북단 고성 땅이다. 계곡을 흘러내리는 세찬 물소리와 바람소리에 산새소리까지 어우러져 하모니를 이루며 환영의 합주를 한다. 천상에서 아리따운 '진부령 아가씨'가 들려온다.

진부령 고갯길에 산새가 슬피 울면

길을 가던 나그네도 걸음을 멈추는데

구비마다 돌아가는 사연을 두고

말없이 떠나가는 야속한 님아

아아~ 울지 마라 진부령 아가씨야

청계수 맑은 물에 구름이 흘러가면

굽이굽이 얽힌 사연 잊을 수 있으련만

돌아서는 발길마다 사연을 두고

말없이 떠나가는 야속한 님아

아아~ 울지 마라 진부령 아가씨야

2010/03/21 03:35 PM

굽이마다 돌아가는 사연을 따라 올라가니 오늘의 목적지로 예정한 해발 520m 진부령 정상이다. 오후 4시, 약 30km를 걸었다. 진부령 주변의 펜션이나 민박집에서 머물기로 생각하고 우선 고갯길 주변을 둘러본다. 이중섭 미술관, 6·25전쟁 때 산화한 국군들의 전적기념비, 설화희생 순국비가 있다. 폭설로 인해 순국한 향로봉 주둔 국군 장병들의 넋을 위로하여 세운 추모비다. 그리고 그 비석 뒷면에는 진부령 고갯길에 대한 유래가 적혀 있다.

"진부령은 옛날 영동과 영서를 잇는 유일한 통로였다. 진부령이란 이름은 보부상들이 넘어 다닌 데서 비롯되었다. 1636년 간성현감 택당 이식이 진부령 고개에 처음으로 우마차 길을 개설한 이후 1930년 차량 1대가 다니는 도로로 고쳐지고, 1981년 국도(46호)로 지정되어 6년간 공사 끝에 1987년 9월, 지금의 2차선으로 확, 포장되어 오늘에 이른다. 1989년 향로봉 지구전투비를 이곳으로 이전하면서 이 비석을 세운다."

2010년 7월 9일, 이곳 진부령에서 백두대간 종주를 마쳤다. 평균 고도 천 미터가 넘는 산길을 따라 지리산에서 진부령까지 680km에 달하는 거리를 32회에 걸쳐 1년 4개월 만에 마쳤다. 장터목산장에서 캄캄한 새벽 별빛의 인도를 받으며 눈길을 걸어 천왕봉을 향했던 그 아침, 우리 종주 팀 일곱 명은 강풍이 몰아치는 지리산 정상에서 붉게 떠오르는 아침 해를 바라보며 경건한 마음으로 시산제를 올렸다.

"유세차 단기 4342년 3월 7일 오늘, 저희 '백두대간의 꿈' 회원 일동은 이곳 천왕봉에 올라, 이 땅의 모든 산하를 굽어보시며 항시 산의 높은 정기를 베푸시는 산신령님께 삼가 고하나이다. 이제 백두대간 종주의 꿈을 안고서, 산을 배우고 산을 닮고자 하는 저희들이 대자연의 위엄 앞에 겸손하고 갸륵한 마음으로 이 자리에 섰습니다. 한달에 두 번 무거운 배낭을 메고 산행을 할 때마다 우리의 발걸음을 지켜보시며, 우리의 어깨가 굳건하도록 힘을 주시고 험한 산과 골짜기를 넘나드는 우리의 다리가 지치지 않도록 하시옵고, 백두대간 종주의 꿈을 가진 우리 회원들의 마음 속에 끝나는 날까지 언제나 아름다운 우의와 사랑이 넘치게 하여주시고, 눈보라 비바람이 몰아쳐도 안전한 산행이 되도록 엎드려 비오니 지켜주시옵소서.

천지신명이시여! 오늘 우리가 올리는 술과 음식은 비록 보잘것없지만 우리들의 정성으로 마련한 것이오니 어여삐 여기시어 부디 흠향하옵소서!'

백두대간 종주는 그렇게 시작되었다. 강추위를 동반한 눈보라, 봄날의 따사로운 햇살과 향기, 한여름의 복사열기와 온몸을 날려버릴 것 같은 비바람, 아름다운 꿈의 단풍길, 달님과 별님을 벗 삼아 캄캄한 어둠을 헤치며 지도 한 장에 의지해 낯선 산길을 걷고 또 걸었다. 그리고 피와 땀과 눈물의 결정체로 드디어 머나먼 국토 대동맥의 끝자락 진부령에 도착했다.

첫 산행인 지리산 중산리에서 장터목을 오르는 하얀 눈과 빙판 길, 장터목 가까이에 이르자 눈부시도록 아름다운 눈꽃들이 우리를 반겨주었다. 그리고 이내 세찬 바람이 온몸을 강타했다. 1박을 하기 위해 산장에서 여장을 풀고 8시면 잠자리에 들어야 하는 규칙에 따라 지친 몸을 담요 속으로 밀어 넣고 누웠다. 춥고 떨리는 몸을 체온에 의지하기 위하여 밀착한 상태에서 총무인 유경희가 물었다.

"형님, '집 나오면 개고생'이라 했는데 우리 왜 이 고생을 왜 해야 하지요?"

"재미있잖아?"

정말 그랬다. 우리는 수많은 어렵고 힘든 난관을 즐기면서 재미있게 헤쳐 나갔다. 추위에 떨고 더위에 땀을 흘리며, 때로는 체력의 한계를 느끼면

서 한 걸음 한 걸음 북으로, 북으로 전진했다. 그때마다 우리는 또 한 구간을 해냈다는 성취감을 느끼며 서로에게 힘을 북돋우고 격려하며 자축했다. '피할 수 없는 고통은 즐겨라'가 아니라 고난과 역경을 찾아다니며 즐기고 재미있어 했다. 아우 경희는 "형님이 '재미있잖아!' 하는 그 말이 처음에는 황당하기까지 했는데, 이제는 정말 고통이 재미있게 느껴집니다." 하며 산장에서의 첫 날을 회고하고는 함께 웃었다.

마지막 산행은 미시령에서 진부령까지 15.6km, 이제 막 비가 그친 새벽 4시경 산행을 시작했다. 강한 바람이 휘몰아치고 먹구름이 시야를 가리는 캄캄한 미시령을 출발해서 상봉, 신선봉, 대간령, 마산봉(1052m) 정상을 지나 10시간의 산행 끝에 오후 2시 진부령 고개에 도착했다. 고진감래(苦盡甘來)라, 수많은 역경을 이겨내고 종주를 마친 우리는 서로를 부둥켜안고 벅찬 감동과 감격, 기쁨을 나누었다. 준비해온 현수막을 걸고 정성들여 차려온 음식들을 진열하고는 어서 속히 남북통일이 되어 금강산을 지나고 묘향산을 지나서 백두산까지 나머지 구간을 종주할 수 있도록 마음으로 기원하는 종산제를 올렸다. 더 이상은 나아갈 수 없는 진부령 고개에서 앞서 종주를 마친 팀들이 기념비를 세우고 북으로 더 나아가지 못한 아쉬움을 달래었듯이, 우리도 무사히 종주를 마치도록 도와준 양어깨와 두 다리, 의지의 발걸음을 지켜준 백두대간의 산신령님께 눈물로(특히 총무 유경희는 울보였다) 감사를 드렸다. 우리는 '일생을 살아가면서 이보다 값지고 의미 있는 일이 과연 얼마나 더 있을 수 있겠는가' 하며 함께 기뻐하고 즐거워했다.

지난 일들이 주마등처럼 스쳐갔다. 혹한의 눈보라, 봄날의 꽃향기, 여름날의 태양 아래 땀 젖은 거친 호흡, 가을날의 고운 단풍, 장엄한 일출, 황혼녘의 석양과 노을, 둥근 보름달, 새벽하늘에 박힌 반짝이는 수많은 보석들, 캄캄한 어둠속을 이마의 랜턴에 의지해 험준한 산속을 헤매던 그 순간들은 마치 꿈속에서 맛보는 아름다운 소풍이었다. 홀로 걷던 캄캄한 새벽 깊은 산길, 야수의 울음소리에 머리카락이 곤두서고 온몸이 굳어버리는 공포심도 느껴보았다. 그리고 그 끝은 '아아, 백두대간, 나는 드디어 백두대간 종주를 해냈다' 라는 자긍심이었다. 어려움 없이 성취되는 것은 없었다. 오히려 힘들고 어려웠기에 그 성취는 더욱 보람되었다. 누구에게나 역사적인 그날이 있다. 잊을 수 없는 감동과 감격의 순간이 있다. 그날의 순간이 있기에 슬프고 힘든 좌절의 순간에 다시 일어날 수 있는 희망과 용기를 갖는다. '백두대간 종주'는 바로 '그날 그 순간!' 이었다.

백두대간의 실질적인 마지막 구간은 진부령에서 향로봉이다. 그러나 이 구간은 군부대와 산림청의 허가를 받아야 출입이 가능한 구간인데, 최근에는 출입이 완전 통제되었다. 아이러니한 것은 산이 좋아서 백두대간을 종주하는 모든 사람들이 산에서 범법자가 된다는 사실이다. 국립공원 관리공단 측은 산불로 인해 출입을 통제하는 것과는 별개로 자연 훼손을 막

2010/03/21 04:04 PM

는다는 명분으로 일부 구간 출입을 통제하고, 적발 시에는 과태료를 부과한다. 일부 지방자치 단체가 백두대간 구간을 정비하고 종주자들을 위해 시설물을 설치하고 홍보하는 것과는 정면으로 배치된다. 백두대간 종주를 하는 사람들은 자연을 사랑하고 산을 사랑하는 사람들이다. 내 나라 산의 근간인 백두대간 종주의 꿈을 가진 사람들이 자연을 보호하기는커녕 훼손한다는 이유로 출입을 금지 당한다는 것은 어불성설(語不成說)이다. 정녕 자연을 보호하기 위해서라면 출입을 통제하기보다는 단속하는 인력으로 외국의 국립공원처럼 오히려 안내하고 입장료를 받도록 하는 것이 바람직하다. 행정편의주의적인 발상으로 인해 우리 국토를 사랑하는 많은 산악인들이 위법을 저질러야 하는 현실은 개선되어야 한다. 깨끗하게

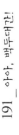

만 보존하려 할 것이 아니라 다른 나라의 국립공원처럼 자연이 스스로를 자정할 수 있도록 도와주고, 아울러 인간과 다정하게 교감하도록 해야 할 것이다.

　마지막 구간인 미시령을 오르면서 우리는 이미 출입 금지구역에 들어섰다. 간간이 세워져 있는 안내판에는 '위험지역에 로프를 제거했으며 이곳은 출입하면 안 된다' 고 적혀 있었다. 우리는 로프가 없는 위험지역을 아주 위험스럽게 지나쳤다. 앞서간 모든 사람들도 마찬가지였을 것이며 뒤에 올 사람들도 그러할 것이다. 캄캄한 새벽, 비가 와서 바위는 젖어 있고 바람은 거칠게 불어 닥치는데 로프는 없다. 겨울이면 그 위험은 더욱 심각할 것이다. 앞으로도 백두대간 종주를 하는 사람들은 끊이지 않을 것인즉 안전을 위해서 반드시 좋은 방안을 마련해야 한다.

　대한민국 최북단 고개 진부령은 추위가 심하고 길옆에는 아직도 얼어붙은 눈이 많다. 하룻밤에 내린 눈으로 방문 앞이 막혀 문을 열고 밖으로 나가지도 못한다는 명성에 맞게 마산봉 아래 알프스 스키장이 들어섰지만 지금은 문을 닫았다. 한 바퀴 둘러본 후 주변에 위치한 펜션에 전화를 하니 주인이 속초에 다니러 갔는데 저녁때가 돼야 온단다. 다른 집으로 전화를 하니 마찬가지다. 펜션이 거주지와 떨어져 있어 방을 따뜻하게 데우려면 시간이 걸린다며 괜찮겠느냐고 묻는다. 알프스 스키장이 영업을 하지 않으니 여행객이 줄어 잘 만한 곳을 찾으려면 20km 정도 떨어진 간성읍내로 가야 한다고 편의점 아주머니가 안쓰러워한다. 아뿔싸! 오늘은 진부령에서 이른 시간에 여장을 풀고 쉬어야지 하던 계획이 날아가고 심한 낭패감이 밀려온다. 간성으로 가는 버스는 1시간 30분을 기다려야 되니 차라리 지나가는 차량을 붙들고 사정을 해보란다. 승용차는 잘 태워주지 않는데 화물차는 간혹 태워준단다.

2010/03/21 04:04 PM

진부령에서의 하룻밤을 일단 깨끗이 포기했다. 지나가는 차량에 손을 들어보았다. 모두들 그냥 스쳐지나갔다. 조금 전의 여유는 어딜 가고 처량한 신세로 전락했구나 생각하니 저절로 웃음이 나왔다. '그래, 가자. 걷다가 손 들어보고 태워주면 타고 가고 안 태워주면 말고. 그래, 그래, 가다보면 간성 읍내까지 가겠지 뭐!' 하고 마음을 정리하니 발걸음이 가볍게 속도가 붙는다. 외딴 산길에 혼자 걸어가는 텁수룩한 놈이 미친놈(?)인지 아닌지 어떻게 알고 태워준단 말인가. 역지사지(易地思之)라, 세상인심 원망말고 네 갈 길 열심히 가자고 자위한다. 단지 얼마 남지 않은 이번 여행 이제는 천천히 즐겨야 되는데 잠자리로 인해서 서둘러야 한다는 것이 조금은 아쉽다. 김삿갓의 시 한 소절이 나그네 심사를 울린다.

새도 둥지가 있고 짐승도 굴이 있거든

돌아보매 나 홀로 평생에 뜬몸이라

짚신 지팡이로 수천 리를 걸으며

물 성품 구름 마음으로 사방이 다 집이다

허나 내 사람을 탓하지 않고 하늘도 원망하지 않으나

저문 해 슬픔만은 가슴에

(중략)

몸이 궁할수록 세상의 멸시만 늘어나는

해 저문 오늘 저녁 백발을 탄식하나

이제 돌아가기도 어렵고 머물기도 난처하니

금후 또 몇 날이나 이렇듯 길가에서 헤맬고

아아, 정녕 행운의 여신과 불행의 여신은 함께 다니는가. '진부령 휴게소'란 간판이 보이고 '민박'이란 글씨가 태양빛에 빛나고 있었다. '내가 언제부터 민박집을 이렇게도 좋아했단 말인가?' 하며 빠른 걸음으로 문을 열고 들어가니 맥주를 마시던 주인아저씨, "겨울이라 손님이 없어 준비가 안 됩니다." 하며 밑으로 조금 더 내려가 보라고 한다. 실망 뒤에 다시 일말의 희망의 끈을 잡고 내려가니 용소계곡 옆에 민박집이 있다. 기도하는 마음으로 문을 두드린다. "계세요? 혹시 민박 가능한지요?" 하니 백발의 할아버지와 할머니가 반긴다. 반갑게 맞이해준 노부부는 고갯길의 고마운 산신령이었다. 염치불구하고 저녁밥, 내일 아침밥까지 지어달라고 하고 지친 몸과 마음을 일찌감치 이불 속으로 밀어 넣는다. 발만 씻고는 한기를 녹이려 두꺼운 옷을 입고 누웠다. 계곡의 바람소리가 손님을 반기며 밤새 방문을 두드리는 추운 밤, 진부령의 밤은 그렇게 깊어갔다.

불가에서는 객진번뇌(客塵煩惱), 곧 나그네 번뇌라는 것이 있다. 길을 떠난 나그네가 날이 저물면 주막에서 잠을 자고, 다음 날 아침이 되면 다시 다음 행선지로 길을 떠난다. 나그네는 무상한 번뇌를 안고 흘러흘러 떠나가지만 떠나지 않는 사람이 있으니 바로 주막집 주인이다. 번뇌를 다 놓아 버리고 떠나지 않는 주인처럼 진공묘유(眞空妙有), 곧 거울의 먼지를 닦고 닦아서 밝은 거울이 나오도록 진실로 텅 비워야 한다. 물이 맑으면 달이 나타나고 물이 흐리면 달이 숨는다. 이는 물이 맑고 흐린 탓이지 달이 오고가는 것은 아니다. 내 한 마음 청정하면 행복이 찾아오고, 내 한 마음 흐리면 행복이 숨어버린다. 백두대간을 종주하고 마라도에서 땅끝을 지나 고성 통일전망대를 향하여 가는 이 발걸음은 자신을 찾아 떠다니는 고행의 여정이기도 하지만, 내 영혼과 마음을 닦고, 아울러 내 나라 산하를 사랑하여 마음껏 걸어보는 나그네의 발길이다. 객진번뇌를 다 털어버리고 진공묘유의 마음을 찾아가는 순례의 길이다.

창문을 두드리는 소리에 잠을 깨어 눈을 뜨니 찾아온 손님은 진부령을 날아다니는 세찬 바람이다. 문을 여니 반갑다는 듯이 계곡을 흐르던 바람이 물소리를 안고 방안으로 휘몰아쳐 들어온다. 잠은 침입자가 무서워 달아나고, 식탁에 앉아 시간을 보니 밤 12시 20분이다. 잠을 깨운 바람의 심술이 얄밉기도 하지만, 모두가 잠든 고요한 깊은 산골에 나 홀로 깨어 마음의 거울을 닦을 수 있도록 기회를 주었기에 고마움도 갖는다. 창문은 혼자서 흔들리지 않는다. 바람의 짓이다. 나뭇잎도 가지도 혼자서 날릴 수는 없다. 바람이 희롱한 결과다. 구름도 혼자서는 갈 수 없다. 바람 없이는 천년의 세월이 가도 구름은 한 발자국도 나아갈 수 없다. 둘은 벗이다. 영원히 변치 않는 구름의 동행자는 바람이다. '바람아! 구름아! 너희들의 우정이 부럽구나.'

『탈무드』는 '위대한 연구'라는 뜻으로 5천 년에 걸쳐서 유대민족의 정신적인 지주가 되어온 규범이다. 『탈무드』에는 세상에 강한 것이 열두 가지가 있으니 그 첫째는 돌이요, 둘은 돌을 깨는 쇠다. 셋은 쇠를 녹이는 불이요, 넷은 불을 끄는 물이고, 다섯은 물을 흡수하는 구름이다. 여섯은 구름을 날리는 바람이요, 일곱은 바람도 날릴 수 없는 위대한 존재인 인간이다. 여덟은 인간을 두렵게 하는 공포요, 아홉은 공포를 제거해주는 술이다. 열은 술을 깨도록 하는 잠이요, 열하나는 잠보다 더 길고 긴 죽음이요, 열둘은 죽음보다 강한 사랑이다.

"바람아 구름아, 나는 너희들보다 강한 인간이니 나도 너희와 함께 동행하게 해주렴. 그래서 이 세상에서 제일 강한 사랑을 찾아가자. 죽음보다 강한 사랑의 도움으로 부질없는 허탄함에서 벗어나 서로 사랑하며 살자꾸나."

진부령 용소계곡의 밤, 세찬 바람의 장난으로 잠을 이루지 못하고 뜬눈으로 뒤척이다 털고 일어난다. 새벽이 찾아오지 않는 밤은 없다. 맑게 개지 않는 비구름은 없고, 오아시스가 없는 사막은 없다. 이루어지지 않는 꿈은 없다. 꿈을 이루는 것은 긴 여행이다. 여행을 즐기면 꿈은 이루어진다. 꿈 길은 자유와 행복을 만나는 길이다.

옛사람들은 자연의 대표적인 아름다움으로 화조월석(花朝月夕)을 꼽았다. 아침의 꽃과 저녁의 달, 꽃과 달이 아름답다는 것이다. 지상의 별은 꽃이요, 천상의 꽃은 별이다. 하늘에는 달과 별이 있고 땅에는 꽃이 있다. 사람의 마음에 피는 사랑의 꽃은 그 무엇과도 비교할 수 없다. 사랑이 있는 한 인생은 아름답고 행복하다. 꽃을 노래하고 달과 별을 노래하고, 사랑을 노래하고 아름다운 소풍 길의 흥겨운 인생을 노래한다. 바람과 물소리와 별과 돌이 어우러져 계곡의 어둠속에서 춤을 춘다.

21

끝이 좋아야 다 좋다!

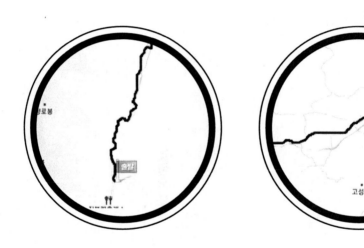

간성으로 가는 길(20km)

간 성

고려장 풍습이 있었던 고구려 때 박 정승은 노모에게 소풍을 가자며 지게에 지고 산으로 올라갔다. 노모도 즐거워하며 길을 나섰는데 아들의 표정이 어두워 짚이는 데가 있었다. 산마루에 올 박 정승이 눈물로 절을 올리자 노모는, "네가 길을 잃어버릴까봐 나뭇가지를 꺾어서 표시를 해두었다."고 한다. 박 정승은 차마 노모를 버리지 못하고 국법을 어기면서 다시 노모를 모셔와 몰래 봉양한다. 그 무렵 당나라 사신이 똑같이 생긴 말 두 마리를 끌고 와서 어느 쪽이 어미이고 어느 쪽이 새끼인지 알아내라는 문제를 낸다. 못 맞히면 조공을 올려 받겠다는 것이다. 이 문제로 고민하던 아들에게 노모는 말한다.

"말을 굶긴 다음 여물을 주어라. 먼저 먹는 놈이 새끼란다."

고려장을 폐기하는 계기가 된 일화다. '어미는 배곯아 죽고 자식은 배 터져 죽는다.'는 속담이 있으니 이는 사람이나 짐승이나 매일반이라는 사실을 아는 것이 노인의 지혜다. 그래서 '나이가 들면 지혜가 생긴다.' '집안에 노인이 없거든 빌리라.'는 말은 시간과 공간을 초월하는 영원한 진리다.

눈을 뜨니 창밖이 희미하게 밝아온다. 시원한 바람을 타고 계곡을 흐르는 물소리, 산새들의 아침 노랫소리가 들려온다. 하늘은 먹구름으로 가득하고 간간이 눈발을 날리며 계절은 다시 겨울로 간다. 신비하고 신선한 또 한 날의 아침을 맞는다. 할아버지 할머니가 아침 식사를 가져와서 얼른 맞아들인다. 조촐하지만 정성스러운 밥상이다. 출발 준비를 마치고 인사드리러 가니, 차 한 잔 하고 가라며 들어오라 하신다. 서울에서 이곳으로 이사 온 지 12년, 할아버지만 보내고 오지 않겠다던 할머니가 함께 거주하신 지는 5년이라 하신다. 이제는 두 분이 여기서 여생을 마치시겠단다. 두 분이 함께 이곳에 정착하기가 녹록하지 않았음을 느낀다. 노년의 영광인 순백의 머리칼을 자랑하시는 할아버지와 고운 피부에 수줍음을 느끼는 할머니의 자태에 삶의 풍상을 겪은 흔적보다는 꾸밈없는 자연의 순수함을 맛본다. 지난겨울 민박 손님이 한 사람도 없었는데 금년 들어 첫 손님을 그냥 보낼 수 없어 할아버지가 주무시는 방을 내게 주었다며, 그 시간에 어떤 일로 여기를 지나게 되었는지 물으신다. "마라도에서부터 시작하여 고성 통일전망대까지 걸어가고 있다." 하며 그 간의 경위를 간단히 말씀드렸다. 그러자 할아버지는, "낯선 사람 맞이하는 민박집을 오랫동안 해왔지만 참으로 특별한 손님이오. 마당에 산머루 심어 술을 담그고, 용소계곡 주변에 텃밭을 일구며 소일거리로 민박손님을 맞으면서 세상과도 만나는 이러한 삶, 왜 조금 더 일찍 이런 생활을 시작하지 못했을까 아쉬울 때가 있다오. 젊은 날 조금이라도 일찍 그렇게 여행을 하며 자연과 더불어 인생을 설계하는 것은 참 좋은 일이오." 하시며 계절 따라 느끼는 산골의 특별한 묘미를 자랑하신다. '조금 더 일찍 깨닫고 준비를 했으면 좋았을 것을' 하는 할아버지의 이야기에서 멋있는 노후를 살면서 지난 세월을 아쉬워하는 마음이 묻어난다.

거실 한모퉁이에는 '꿈을 가진다. 나를 사랑한다. 소신껏 일한다.' 라는 가훈(家訓)이 걸려 있다. 가훈이라니? 노부부의 집에서 발견한 가훈이 신비롭게 느껴진다. 우리 집의 가훈은 '사랑과 인내와 감사로' 이다. 서로 사랑하고 인내하고 감사하는 마음으로 살아가자는 이야기다. 세무법인 청산의 사훈(社訓)은 일신우일신(日新又日新)이다. '구일신(筍日新) 일일신(日日新) 우일신(又日新)' 에서 나온 말이다. 이는 날로 새롭고 나날이 새롭고 또 날로 새로우니 끝없는 변화를 추구하며 살아가라는 말이다.

인생에 있어서 나이가 주는 지혜와 경륜을 생각하며 길을 나선다. 도로변까지 배웅 나오신 할아버지께, "다음에 산머루 주 한 잔 하러 오겠습니다." 하며 인사드리고 길을 간다. 한참 후 뒤돌아보며, "용소계곡 할아버지

할머니, 오래오래 건강하게 사세요. 인생살이 한 수 잘 배우고 갑니다." 하고 두 손을 모았다. 두 분과의 짧은 만남 속에서 노년의 멋과 우아함을 느낀다. 진부령 계곡을 흘러내리는 물소리 바람소리를 벗 삼아 사는 할머니는 고운 꽃이요, 할아버지는 꽃을 가꾸는 정원사다. 자연 속에서 꽃을 가꾸며 꽃과 더불어 행복해 하는 정원사와, 정원사의 사랑과 정성을 느끼며 행복을 즐기는 꽃으로 백년해로(百年偕老)하시길 기원한다.

안동의 처사 김치관(생몰연대는 알 수 없음)은 말한다.

"사람이 사람을 이루고자 할진대 사람의 길은 사람을 멀리하지 않나니, 사람의 이치는 각기 사람에게 갖추어져 있어, 사람이 사람됨은 남에게서 말미암지 않느니라."

사람의 길은 사람을 멀리하지 않는다. 사람의 길은 외부에 있는 것이 아니라 자신의 내면에 그 길이 있다는 통찰이다. 인생은 이 세상에 태어나서 성장한다. 그리고 세월 따라 나이를 먹고 늙어가는 것은 하늘의 정한 이치다. 그래서 나이에 따라 해야 할 각자의 역할도 있으니, 흔히 10대에는 공부요, 20대에는 이성, 30대에는 생활, 40대에는 자유, 50대에는 여유, 60대에는 생명, 70대에는 기다림이라 한다. 그리고 인생의 마무리인 노년을 살아가는 데 우아한 다섯 가지 묘약이 있으니 사랑, 여유, 용서, 아량, 부드러움이라 한다.

춘추시대 관포지교로 유명한 제나라의 명재상 관중이 전쟁터에서 돌아오다가 길을 잃었다. 군사들은 살을 에는 겨울 찬바람의 추위에 떨고 있었다. 이때 관중이 '늙은 말의 본능과 지혜로 길을 찾으리라.' 하고는 한 마리 늙은 말을 수레에서 풀어주었다. 말은 잠시 두리번거리며 망설이더니 한 방향으로 나아갔다. 관중과 군사들은 그 뒤를 따랐고 이내 길을 찾을 수 있었다. 이른바 '늙은 말이 길을 안다' 는 '노마식도(老馬識途)' 다. 한비자는 말한다.

"현명하고 덕이 높은 관중은 모르는 것에 부딪치면 하찮은 말에게 배우는 것도 주저하지 않았다. 그런데 지금 사람은 잘난 척하며 성인의 지혜도 배우려 하지 않는다. 이 얼마나 어리석은 짓인가!"

동양의 마키아벨리라 불리는 한비자는 한(韓)나라의 공자(公子)로 태어났지만 지독한 말더듬이어서 세 치 혀를 놀리지 못해 글로써 한을 풀게 되는데, 이것이 20여 권에 이르는 『한비자』다. 이 책을 읽은, 훗날 진시황제가 되는 진(秦)나라 왕 정은 "이런 책을 지은 사람을 만나 이야기를 나눌 수 있다면 죽어도 한이 없겠다."고 했지만, 진시황제가 된 후 그를 만나서 머물게만 할 뿐 벼슬에 등용하지는 않았다. 풍채가 보잘것없고 말을 심하게 더듬었기 때문이다. 한비자는 결국 진나라 중신인 순자 밑에서 동문수학한 라이벌 이사의 손에 독살당하고 만다. 이사는 곡식창고의 쥐는 쌀을 훔쳐 먹고도 사람을 보면 도망치지 않고, 변소의 쥐는 더러운 시궁창을 뒤지면서도 사람을 보면 놀라서 뛰어 도망가는 것을 보고, 이왕이면 곡식창고의 쥐가 되려는 야심을 품고 출세하게 되지만, 진시황이 죽은 후 환관 조고에 의해 비참한 죽음을 당한다.

한비자는 순자의 법가 사상을 계승한 제자다. 순자는 맹자의 성선설에 반대되는 성악설을 주장해 법가의 이데올로기를 삼는다. 성선설은 인간은 본래 착한 심성으로 태어나는데 나쁜 환경이 착한 본성을 가리기 때문에 악한 일을 저지르게 된다고 주장한다. 한편 성악설은 인간은 본래 악한 욕망을 가지고 태어나는데, 이를 바로잡기 위해서는 엄격한 법치를 적용해야 한다고 주장한다. 진나라가 춘추전국시대를 마감할 수 있었던 것은 상앙의 '이목지신(移木之信)'을 비롯한 엄격한 법치주의가 바로 섰기 때문이다. 노인이 되면 기억력이 떨어지면서 남의 이야기를 잘 듣지 않고 자신의 경험에 집착하는 경향이 있지만, 그 대신 나이는 기억력을 가져간 자리에 통찰력을 놓고 간다. 한비자의 노마지지(老馬之智), 곧 늙은 말의 지혜다.

　진부령 고갯길에 신선같이 살아가는 노부부의 모습은 버려진 신 고려장이 아닌 인생말년을 아름답고 지혜롭게 살아가는 귀감이었다. 78세의 노인 더글러스 맥아더는 말한다. "오래 살았다는 이유만으로 늙는 것은 아니다. 사람이 노쇠하는 이유는 자신의 꿈을 잃어버리기 때문이다. 사람이 나이가 들면 얼굴에 주름살이 생기는 것은 너무나 당연한 일이다. 그러나 미래에 대한 꿈을 버린 자는 마음의 주름살이 생길 것이다."

　대령 샌더스는 66세에 켄터키프라이드 치킨 사업을 시작했다. 페루의 윌리엄 윌리스라는 사람은 69세에 돛단배를 타고 태평양을 횡단했다. 레이건은 70세에 대통령이 되었고, 괴테는 80세에 '파우스트'를 완성했다. 모세는 80세에 자기 민족을 이끌고 출애굽 하는 위대한 사명을 감당했고, 사도 요한은 90세에 주께로부터 환상을 받아 불멸의 예언서 '요한계시록'을 기록했다. 아브라함은 100세에 하나님께서 약속하신 이삭을 안아보았다. 흔히 나이는 숫자에 불과하다고 한다. 인생의 축적된 지혜와 경험을 통해 창조적인 노년을 보내는 삶은 위대한 홀로서기다. 홀로서기는 홀로 살아가기 위해 필요한 것이 아니라, 더불어 사랑하며 살아가기 위해 필요하다. 다른 사람에게 짐이 되고 부담이 되지 않기 위해, 오히려 남을 위해 베풂의 손을 내밀기 위해 먼저 홀로서기를 해야 한다. '끝이 좋아야 다 좋다'는 셰익스피어의 말처럼 젊은 날 제 아무리 잘나가도 인생 말년이 우울하고 비참하면 모두가 허사다. 건강하고 멋있는 인생의 마무리는 인간 모두의 꿈이자 희망이다.

　노후의 두려움은 죽음이다. 죽음은 삶의 큰 시험이다. 죽음은 언제나 삶의 뒤편에 따라다닌다. 인디언들이나 바이킹들에게 죽음은 전혀 두려운 것이 아니었다. 단순하고 평온하게 죽음과 만났으며, 명예로운 최후를 맞이하기 원했다. 그래서 전투에서 죽기를 자청했으며, 개인적인 싸움에서 목숨을 잃는 것을 가장 큰 불명예로 여겼다. 인디언들이 집에서 죽음을 맞이할 때는 마지막 순간에 침대를 집 밖의 마당으로 내어간다. 영혼이 툭 트인 하늘 아래서 떠나갈 수 있게 하기 위해서다.

쇼니 족 언어로 '별똥별'이란 뜻의 태쿰세는 가장 위대한 인디언 중 한 사람이었다. 성경과 세계사를 공부하고 대단한 카리스마를 지닌 전략가이자 웅변가인 태쿰세가 인디언들을 연합하기 위해 여행을 떠나 있는 동안 해리슨의 군대는 태쿰세의 마을을 파괴하고 잿더미로 만들었다. 이를 보고 태쿰세는 "내 어머니의 나라를 지키려는 나의 사명은 실패로 끝났다."며 복수를 다짐하는 눈물의 연설을 했다. 하지만 그로부터 2년 뒤 그는 덧없이 전사했다. 죽기 전 태쿰세는 자신의 부족 사람들에게 마지막 명연설을 남겼다.

"그대의 가슴속에 죽음이 들어올 수 없는 삶을 살라. 다른 사람의 종교에 대해 논쟁하지 말고, 그들의 시각을 존중하라. 그리고 그들 역시 그대의 시각을 존중하게 하라. 그대의 삶을 사랑하고, 그 삶을 완전한 것으로 만들고, 그대의 삶 속에 있는 모든 것들을 아름답게 만들라. 오래 살되, 다른 이들을 위해 헌신하는 삶에 목적을 두라. 이 세상을 떠나는 위대한 이별의 순간을 위해 고귀한 죽음의 노래를 준비하라. 낯선 사람일지라도 외딴곳에서 누군가와 마주치면 한두 마디 인사를 나누라. 모든 사람을 존중하고, 누구에게도 비굴하게 굴지 말라. 자리에서 일어나면 아침 햇빛에 감사하라. 당신이 가진 생명과 힘에 대해, 당신이 먹는 음식, 삶의 즐거움들에 대해 감사하라. 만일 당신이 감사해야 할 아무런 이유를 발견하지 못한다면 그것은 어디까지나 당신 잘못이다. 죽음이 다가왔을 때, 마음속에 죽음에 대한 두려움이 가득한 사람처럼 되지 말라. 슬피 울면서 다른 방식으로 살 수 있도록 조금만 더 시간을 달라고 애원하는 사람이 되지 말라. 그 대신 그대의 죽음의 노래를 부르라. 그리고 집으로 돌아가는 인디언 전사처럼 죽음을 맞이하라."

오늘날에도 대부분의 쇼니 족 인디언 가정에는 태쿰세의 초상화가 걸려
있다. 그는 인디언들의 기억 속에서 뛰어난 전사이고, 자연을 사랑한 고귀
한 사람이며, 올바른 인간의 길을 걸어간 위대한 인물로 기억되고 있다.

1492년 콜럼버스가 신대륙 아메리카를 찾아 스페인을 떠나기 전 아메리
카 대륙에는 2천 개가 넘는 독립된 인디언 부족들이 살았으며 인디언들은
평화로웠다. 아메리카를 발견한 지 불과 200년이 안 되어 남북 아메리카의
목숨을 잃은 인디언은 무려 5000만 명이 넘는다고 하니 그 살육의 비극은
상상을 초월한다. 미국의 9대 대통령 해리슨은 군인으로서 무자비한 인디
언 토벌로 이름을 날렸다. 백인들에게 공포의 대상이었던 태쿰세를 살해
하고 반 인디언 정책으로 하원의원에 이어 대통령이 되었다.

워싱턴 정가에서 지금까지 태쿰세가 죽으면서 남긴 저주가 화제가 되고
있다. 그 저주는 '20년마다 0자가 붙는 해에 당선되는 미국 대통령은 저주
를 받아 목숨을 잃으리라.' 하는 것이었다. 그 첫 희생자가 1840년에 당선된
해리슨으로 임기 중 병사했다. 1860년에 당선된 링컨은 1865년 임기 중 암
살되었고, 1880년에 당선된 제임스 가필드도 암살되었다. 1900년에 당선된
윌리엄 매킨리도 암살되었고, 1920년에 당선된 워런 하딩 대통령은 임기 중
병사했다. 1940년에 당선된 루즈벨트도 임기 중 병사했으며, 1960년에 당선
된 케네디도 암살되었다. 1980년에 당선된 레이건은 암살범의 총탄을 맞고
구사일생으로 목숨을 건져 임기를 마친 첫 제로(0)년 당선 대통령이 되었
다. 2000년에 당선되어 무사히 임기를 마친 부시 대통령이 건재한 것은 이
제 태쿰세의 저주가 끝난 것인지. 우연이라고 하기에는 너무나 신기하다.

태쿰세는 45세의 나이에 밤하늘의 별똥별로 사라졌다. 해리슨은 태쿰세
에 대해 "그는 인류역사 속에 가끔씩 나타나 혁명을 일으키고 기존 질서를

뒤흔들어놓는 그런 드문 천재들 중 한 사람이었다."라고 했다. 태쿰세의 어머니 '알 낳는 거북' 은 남편이 백인들의 총에 맞아 죽자 어린 태쿰세를 불러 말했다.

"별똥별아, 너는 아버지의 원수를 갚아야 한다. 네 다리는 갈라지는 번개처럼 빠르고 두 팔은 천둥처럼 강해질 것이다. 그리고 네 영혼은 산 절벽에서 뛰어내리는 폭포처럼 두려움이 없을 것이다. 오늘 넌 숲을 뛰어다니는 한 마리 사슴을 보았다. 바람처럼 날쌔고, 아름답고, 사랑스런 사슴이었다. 그런데 갑자기 사냥꾼이 나타나 화살로 사슴의 심장을 꿰뚫었다. 내가 널 그곳으로 데리고 가서 죽어가는 그 동물을 보게 했다. 상처에서 흘러내린 피는 검게 변하고, 사슴은 딱딱하게 굳어져서 죽었다. 조금 전까지의 아름다움은 간 곳이 없었다. 죽음이란 그런 것이다. 네 아버지도 그런 식으로 죽었다. 시간은 멈추지 않고 흘러간다. 겨울이 빨리 지나가고, 여름이 다시 찾아올 것이다. 넌 멀지 않아 어엿한 남자가 될 것이고, 적들은 너의 이름을 들을 때마다 겁에 질려 떨 것이다."

어머니의 예언대로 태쿰세는 가장 뛰어난 인디언으로 변해가면서 성장했다. 인디언들은 생을 시작하는 그 순간부터 종교적이다. 인디언 어머니는 아이를 임신하는 그 순간부터 순결한 언행과 명상을 통해 아직 태어나지 않은 아이의 열려 있는 영혼에게 그가 위대한 신비와 하나로 연결되어 있음을 가르친다. 인디언의 아이교육은 그렇게 시작되었다. 그래서 장차 어머니가 될 여성은 사람들로부터 떨어진 고요하고 한적한 곳에서 홀로 생활하는 것을 첫 번째 규칙으로 삼았다. 그녀는 거대한 삼림의 정적 속에서, 또는 인적이 드문 평원의 가슴 위에서 홀로 산책을 했다. 그리고는 시적인 마음을 통해 장차 위대한 영혼이 자신의 몸에서 태어나리라 상상했다. 원시의 숨결이 어린 대자연 속에서 상상의 날개를 펴는 것이다. 그리고 교육의 근본으로 위대한 신비를 사랑하고, 자연을 사랑하고, 사람들과 대지를 사랑하라고 가르쳤다. 또한 인디언 아이들은 엄격한 환경에서 자랐으며 나누는 것을 최고의 가치로 여기도록 배웠다. 아이가 처음으로 산딸기를 따오거나 첫 뿌리를 캐오면, 맨 먼저 그것들을 부족의 어른들께 드렸다. 그럼으로써 아이는 앞으로도 자신의 삶에서 성취하는 것들을 남들과 나눠가질 수가 있었다. 어른들은 그런 아이들을 칭찬하고, 아이들은 자극을 받아 더욱 열심히 하게 되어 어린 묘목처럼 쑥쑥 자랄 수 있었다.

인디언의 삶 속에는 단 하나의 의무만 있었다. 그것은 기도의 의무였다. 모든 영혼은 각자 아침의 태양과 만나야 한다. 기도는 눈에 보이지 않는 영원한 존재를 날마다 새롭게 인식하는 방법이었다. 하루를 기도로 시작하는 것은 음식을 먹는 것보다 더 중요했다. 인디언은 한 모금의 물을 마시기 전에 먼저 어머니 대지에게 약간 부어주었다. 마치 우리가 '고수레!' 하듯이. 그것이 어머니 대지에게 감사를 표시하는 방법이었다. 음식을 먹을 때도 마찬가지였다. 많지도 적지도 않게 음식을 떼어 어머니 대지의 가슴속에 사는 영혼들에게 나눠주었다. 인디언들에게 음식은 신성한 것이지만, 필요 이상으로 많이 먹는 것은 죄악이었다. 언젠가 남미 브라질을 여행할 때 현지 여행 안내원은 인디언들이 게으르다고 했다. 그것은 문명의 시각이었다. 그들은 부자가 되기 위해서가 아니라 생존하기 위해서 동물을 사냥했고, 언제나 꼭 필요한 만큼만 가졌다.

인디언들은 전능한 힘을 지닌 위대한 정령과 영혼의 불멸성, 삶이 영원히 이어지리라는 것, 그리고 생명 가진 것들이 모두 한 형제임을 믿었다. 그들은 진실 되고 명예로운 인간이 되는 것이 가장 자연스런 일이라고 믿었다. 그들은 평화를 믿었고 용서를 더 값진 것이라 여겼다. 그들은 가난의 신성함을 믿었다. 몸의 청결함과 마음의 정화를 최우선으로 삼았으며, 순수성을 가지는 것이 무엇보다 소중했다. 진정으로 위대한 사람은 많은 부를 축적한 사람이 아니라, 부족을 위해 무엇인가를 하는 사람이라는 것이 그들의 믿음이었다. 신비로운 코요테의 노래다.

코요테야, 코요테야, 내게 말해줄래?
무엇이 마술인지? 마술은 그 해의 첫 딸기를 먹는 것
그리고 여름비 속에 뛰노는 아이들을 바라보는 것!

1811년 '검은 들소'라는 인디언 추장이 죽음을 맞이하며 행한 유명한 연설이다.

"나는 죽음을 걱정하기 위해 세상에 온 것이 아니다. 나는 살기 위해 이세상에 왔으며, 내게는 그 어떤 것보다 삶이 중요하다. 그리고 나는 나 아닌 다른 존재들의 삶에 대해서도 생각한다. 떡갈나무의 삶, 새들의 삶, 바람의 삶… 그 모두가 나의 삶과 다르지 않다. 그것들의 삶이 지상에서 사

2010/03/22 09:17 AM

_풀이 좋아야 다 좋다!

라진다면 나의 삶 역시 무의미한 것이다. 슬퍼하지 말라. 가장 현명하고 훌륭한 인간에게도 불행은 닥치는 법이다. 계절이 다하면 죽음이 찾아오게 마련이다. 그것은 위대한 정령의 명령이며, 모든 나라와 모든 사람들은 그 명령에 복종해야 한다. 이미 지나간 일이나 인간의 힘으로 막을 수 없는 일에 대해서는 슬퍼하지 말아야 한다. 불행이 특별히 우리의 삶에만 일어나는 것은 아니다. 어느 곳에나 불행은 있게 마련이다."

아름답고 위대한 인디언들의 신성한 삶과 고귀한 죽음의 노래가 어우러져서 바람결에 실려 진부리 유원지를 지난다. 계곡을 흘러내리는 물소리가 시원스럽다. 주변 산은 아직 얼어붙은 눈으로 덮여 있고 계곡에도 얼음과 눈이 그대로다. 산새소리 물소리가 들려오는 계곡은 굽이굽이 눈물 젖은 이 땅을 살다간 애틋한 사연을 안고 돌아간다. 원통 장에 팔려가는 소들이 고개 정상 주막 앞에 똥을 많이 누어 산 생김새가 소똥 모양이 되었다는 전설이 있는 농촌 전통 테마 마을인 소똥령 마을을 지나며 그 유래가 재미있어 미소 짓는다. 길가에 있는 고로쇠 판매장에 들러 물을 한 통 샀다. 젊은 부부가, "이렇게 이른 아침에 어디서 걸어오세요?" 물으며 의아해 한다. "저 멀리 땅끝에서부터 걸어서 왔다."고 하니 문 밖까지 나와 무사히 여행 마치기를 기원해준다. 손을 흔들며 고마움을 표하고 길을 간다. 간간이 눈발이 내린다. '진부령 고개도 넘었으니 이제는 정말 얼마 남지 않았구나. 다 왔다.' 하는 실감이 난다. 남은 거리는 40km, 백리 길. 최종 목적지인 고성군 송현리 통일전망대에는 25일에 도착할 예정이니 앞으로 4일 후다. 넉넉한 일정이다. 하루 10km 걸으면 된다. 호시우행(虎視牛行)이라, 발걸음은 소처럼 천천히, 눈은 호랑이같이 날카롭게, 이제는 한 걸음 한 걸음 더욱 소중하게 음미하며 걷는다. 걸어갈수록 걷는 걸음이 아까워진다. 지나온 발걸음들을 돌아보고 가야 할 길을 쳐다보아야 한다. 왜 이 길을 떠나와야 했는지, 그리고 무엇을 보았는지, 또한 어떻게 살아가야 하는지를 정립하고 마음판에 새기고 다짐해야 한다. 계획이 없는 인생은 목표 없는 방황이다. 목적지를 향해 어디로 갈 것인지 방향을 잡아야 한다. 세네카는 "목표라는 항구를 모르는 사람에게 순풍은 불지 않는다."고 했다. 자동차를 운전하는 것도, 인생 항로를 가는 것도 목적지를 알고, 그 길을 알고 가면 훨씬 쉽다. 하루의 계획은 아침에 있고, 한 해의 계획은 봄에 있고, 일생의 계획은 청년시절에 있다고 한다. 남은 인생의 계획은 바로 현재의 몫이듯 남은 여행의 계획을 지금 한다.

한 포기의 풀, 한 톨의 쌀이 있기까지는 햇빛, 비바람, 토질 등 많은 인연이 결합된다. 한 인간이 살아가는 데도 마찬가지다. 독불장군은 없다. 모든 것이 합력하여 선을 이룬다. 열심히 배우고 열심히 일하고 열심히 살았는가. 인생에는 광기가 필요하다. 불광불급(不狂不級)이라, 미치지 않으면 미칠 수 없다. 공부에 미치고 일에 미치고, 물아일여(物我一如)의 삼매경(三昧境)에 빠져들어야 한다. 술에 미치고 도박에 미치고 헛되고 헛된 향락에 미치는 것이 아니라, 위대하고 숭고한 일에 미쳐야 한다. 인생에 전력투구하고 보람 있는 일에 피와 땀을 흘리는 것은 신성한 광기(狂氣)다. 숭고하고 신성한 광기의 길을 가야 한다. 정상에 도달하려는 의지를 가지고, '하면 된다'는 신념을 가지고 목표에 도전하면 꿈은 이루어진다. 보람의 창조가 인생의 의미다. 나는 과연 보람 있는 무엇을 했는가를 돌아본다.

좌우명(座右銘)은 중국 후한의 학자 최원이 그의 책상 왼[座]편과 오른[右]편에 좋은 글귀를 새긴[銘] 쇠붙이를 놓고, 이를 바라보면서 마음의 거울로 삼고 행동의 길잡이로 삼았다는 데서 유래한다. 오늘 내가 기록하는 이 글들은 지난날의 잘잘못들을 정리하여 내 인생의 좌우명이 되어 내가 가는 길들을 안내하고 밝혀줄 것이다. 내 영혼이 고독할 때 푸른 산이 되고 새로운 빛과 힘이 되어 나를 도울 것이다. 실패는 성공의 어머니다. 사람은 실패를 교훈삼아 성장한다. 자전거를 탈 때 넘어지지 않고 배우는 사람은 없다. 한 번 넘어져서 무릎이 깨어졌다고 자전거 타는 것을 포기하는가. 그렇지 않다. 넘어지는 것은 잘 탈 수 있는 한 방법을 배우는 것이다. "나는 실패한 것이 아니라 전구를 만들지 못하는 수천 가지 방법을 잇달아 발견한 것이다." 라고 에디슨은 말한다. 실패를 바라보는 건강한 방법이 위대한 발명가 에디슨을 만들었다. 땅에 넘어졌으면 땅을 짚고 다시 일어서면 된다. 포기하는 것은 선택이지 운명이 아니다. 의지가 약해서지 슬픈 운명의 그림자가 찾아온 것이 아니다. 강렬한 욕망이 없어서이지 방법이 없어서가 아니다.

　삶은 꿈을 이루는 긴 여행이다. 여행을 즐기면 꿈은 이루어진다. 여행은 계획이 있다. 목표지점이 있고 길을 가는 코스와 구체적인 일정이 있다. 일정에 약간의 차이는 있을지라도 일정에 따라 목표를 향해 나아간다. 그러나 삶이라는 인생여정을 가면서 목표도 계획도 없는 사람들이 얼마나 많은가. 구체적인 목표를 가지고 그 목표를 향한 욕망의 의지를 불태울 때 먼 미래의 삶은 달라진다. 욕망(慾望)은 하고자 하는 바라는 바 소망이다. 욕심은 하고자 하는 마음이다. 욕망을 불태우지 않고 무엇을 성취할 수 있겠는가. 강한 자기욕망이 동기부여가 되어 위대한 내일을 창조한다. 인간의 욕망은 과도하게 탐닉하지만 않는다면 삶에 의욕과 활기를 제공하는 원천이 된다. 수행자의 삶이 아니라면 욕망의 과도한 억제는 오히려 생기 없는 무미건조한 삶을 초래할 수 있다. 음식에 소금을 집어넣으면 간이 맞아 맛있게 먹을 수 있지만, 소금에 음식을 넣으면 짜서 먹을 수가 없다. 인간의 욕망도 마찬가지다. 삶 속에 욕망을 넣어야지, 욕망 속에 삶을 집어넣으면 안 되는 법이다.

　달콤한 현실을 즐기기 위해서는 꿈을 포기해야 한다. 미래의 꿈을 이루기 위해서는 달콤한 현실을 포기해야 한다. 현실을 위해 꿈을 포기하기보다는 보다 나은 꿈을 위해 현실을 포기해야 한다. 인생에 목표가 있으면 성취감을 준다. 하나씩 하나씩 이루어가는 성취감은 삶의 희열과 자긍심, 자족감을 준다. 방황하지 않게 하며 길을 헤매지 않게 한다. 시간을 허비하지 않게 한다. 쉽게 포기하지 않게 하며 어려운 난관을 헤치고 나아가는 건강한 자신의 모습에 기뻐한다. 먼 미래에 성공한 자신의 모습을 상상해보면 지금 내가 무엇을 해야 하는지를 알 수 있다. 성공적인 삶을 살자면 미래의 관점에서 현재를 바라볼 수 있어야 한다. 그리고 미래의 관점에서 현재 해야 할 일을 선택해야 한다.

도보여행을 끝마친 자신의 멋있는 모습을 상상하면서 뛰는 가슴을 주체할 수 없었다. 백두대간 종주를 마친 자신의 모습을 그려보면서 꿈을 이룬 사나이의 건강미를 미리 즐겼다. 먼 미래에 성공한 자신의 모습을 생각하고, 그것을 이루기 위해 열심히 달려가는 삶을 생각하면서 미리 피와 땀과 눈물로 젖은 쾌감을 맛본다. 세상에 결코 공짜는 없다. 기회비용이든 회계비용이든 반드시 그 대가를 치르어야 한다. 하늘은 스스로를 돕는 자를 돕는다. 현재는 과거의 산물이다. 미래는 현재의 산물이다. 사람들은 태어나서 살다가 어느 날 죽어야 한다. 영원히 살 것 같지만 아침이슬같이 해가 뜨면 사라지는 인생이다. 지나간 시간이 얼마이며 남은 시간이 얼마나 되는가? 남은 시간이 일년이라면, 한달이라면, 한 시간이라면 지금 과연 나는 무엇을 해야 할 것인가? 남은 시간에 따라 해야 할 일도 달라진다. 쏜살같이 가버린 과거를 바라보고 쏜살같이 가버릴 남은 시간들을 헤아리며 어떻게 살아갈 것인가를 생각한다. 그리고 옛 선비들이 자찬묘비명(自讚墓碑銘)을 남겼듯이 내 무덤에 스스로 묘비명을 남긴다면 무엇이라고 쓸 것인가. 부끄러움이 앞선다.

석가는 보리수나무 밑에서 인생과 우주의 대 진리를 깨달았다. 29세에 출가하여 6년이 지난 35세 때였다. 그리고 열반에 든 80세 때까지 45년 동안 인도를 주유천하(周遊天下)하면서 진리의 말씀을 전했다. 유랑하는 군자인 공자는 35세에 자신의 뜻을 펼치고자 고국인 노나라를 떠났다가 돌아온 후, 55세 때 황급히 다시 14년간의 주유천하를 떠났다. 68세에 돌아오기까지 공자는 좌절과 고통 속에서 고난과 위험에 처해 한없이 떠돌아 다녔다. '선한 목자' 인 유목민 예수는 30세에 공생애(公生涯)를 시작하여 "다 이루었다."는 말을 남기고 십자가에 못 박혀 죽기까지 3년간 온 유대와 사마리아를 다니며 복음(福音)의 기쁜 소식을 전했다. 사람의 일생 동안 해야 될 가장 소중하고 보람 있는 일은 무엇일까. 먹고 자고 애써 일할 뿐이라면 얼마나 무의미한 인생인가. 예수의 열두 제자 중 한 명인 자칭(自稱) '주님이 사랑하는 자' 요한은 말한다.

"이 세상이나 세상에 있는 것들을 사랑하지 말라. 누구든지 세상을 사랑하면 아버지의 사랑이 그 안에 있지 아니하니 이는 세상에 있는 모든 것이 육신의 정욕과 안목의 정욕과 이생의 자랑이니 다 아버지께로부터 온 것이 아니요 세상으로부터 온 것이라 이 세상도, 그 정욕도 지나가되 오직 하나님의 뜻을 행하는 자는 영원히 거하느니라."

성 어거스틴은 그의 『참회록』에서 생존에 필요한 것 이상으로 자신의 즐거움을 좇아 먹고 마시고, 보고 듣고, 호기심을 가지고 자랑하는 모든 것은 죄악이라고 한다. 이는 육신의 정욕, 안목의 정욕, 이생의 자랑이니 하나님을 사랑하기보다 자신을 더욱 사랑한 것으로서 죄악이라는 것이다. 세상의 모든 것을 사랑하는 것은 죄악이라 하니 의인이 있을까 하는 의문이 든다. 인간은 제각기 추구하는 유형은 다르지만 누구나 행복을 추구한다. 흔히 인간의 행복은 소유와 비례하고 욕망과 반비례한다고도 한다. 많이 가질수록 행복하고, 많이 가지고자 하는 욕망이 적을수록 행복하다는 말이다. 아무리 많은 것을 가져도 그 욕망이 더 크다면 그는 결국 가난한 자요, 비록 작게 가져도 만족한다면 그는 부자라고 할 수 있을 것이다. 행복지수에 대한 각종 조사에 있어서 물질적으로 풍요한 선진국보다 가난한 나라가, 30년 전의 우리나라가 지금보다 더 행복했다는 결과는 물질적인 풍요가 절대적인 행복의 기준은 아니라는 사실을 보여준다. 그럼에도 불구하고 정신적인 만족보다는 물질적인 욕망에 눈이 어두워지는 세태는 어쩐 일일까. 나는 또 어떠했는가 하는 부끄러움이 앞선다.

사람들이 행복을 추구하는 유형은 우선 현재의 행복을 추구하는가, 미래의 행복을 추구하는가로 구분된다. 비관주의자는 현재에도 불행하고 미래에도 불행하다. 쾌락주의자는 현재는 행복할지라도 미래는 불행하다. 성취주의자는 미래의 행복을 위해 현재의 행복을 희생한다. 행복주의자는 현재의 행복과 미래의 행복을 균형 있게 추구한다. 인생의 즐거움을 적절히 추구하면서 동시에 미래를 위해 대비한다. 행복주의자가 가장 이상적인 유형이지만 이는 쉽지 않다. 대부분 성취주의자라 할 수 있다. 좀더 나은 내일의 꿈을 이루기 위해, 미래의 성공과 성취를 위해 하루하루를 열심히 땀 흘리며 살아간다. 그리고 그 과정 속에 기쁨과 즐거움을 느낀다. 현재의 행복과 미래의 행복을 균형 있게 추구하는 지혜를 배우는 것이 중요하다. 행복의 비밀은 무엇을 얻을 것인가에 있지 않고 무엇을 얻었느냐에 있다. 사람들은 잃은 것보다 얻은 것이 훨씬 많다. 그러나 그것을 기억하지 않는다. 빈손으로 이 세상에 왔으니 지금 소유한 모든 것은 얻은 것이다. 지금 가진 것에 만족하지 못한다면 아무리 더 많이 가져도 마찬가지로 만족하지 못한다.

인생은 한 편의 드라마다. 이 세상 모든 것은 무대요, 주인공은 바로 자신이다. 나는 내 인생의 주인이다. 연습이 없는 실전 인생, 단 한 번뿐인 소중한 인생을 멋지고 후회 없는 인생으로 연출해야 한다. 사람들의 삶에는 그때는 그때의 아름다움이 있다. 그러나 그때는 모른다. 힘들고 어려운 현실에 둘러싸여 처절한 아름다움을 볼 수가 없다. 불안한 미래에 짓눌려 힘을 쓸 수가 없다. 인생의 가장 아름답고 싱그러운 계절은 바로 지금이다. 사람에게는 소중한 세 가지 '금' 이 있으니 바로 '황금, 소금, 지금' 이라고 한다. '황금' 은 물질의 황제요, '소금' 은 생명의 필수물이기에 차마고도 험한 길을 걸어 이를 구한다. '지금'은 지상에서 내 나머지 인생을 살아가는 그 첫날의 시작이요 어제 죽은 자들이 가장 부러워하는 날이기도 하다.

　신비롭고 위대한 영혼의 소유자, 이 아름답고 험한 세상의 주인공, 해피엔딩의 최후의 승리자는 바로 자기 자신이다. 인생여정도, 끝도 멋있게 연출하려고 애를 쓰는 한 사나이가 나그네의 길을 간다. 어제보다 나은 오늘, 오늘보다 나은 내일을 살기 위해 길을 간다. 비와 바람, 오랜 세월이 자연의 조각품을 빚어내듯 두 발로 걸어가는 고행의 시간들을 통해 새로운 자신을 빚어낸다. 인생은 오르막이 있고 내리막이 있다. 지나치게 일희일비(一喜一悲)하지 않는다. 오르막에서 열정의 땀을 흘리고 내리막에서 관조하며 여유를 즐긴다.

　배꼽시계가 점심시간을 알려주는데 길가에 'KBS, MBC, SBS에서 방영한 맛있는 집'이라는 간판이 식욕을 자극한다. 입구에 들어서니 갑자기 사나운 개가 요란스레 짖는다. 풀리면 큰일이라도 날 것 같은 기세다. 개를 돌아보며 주뼛주뼛 식당 문을 열고 들어가니 손님은 없고 막국수로 TV에서 방영되었다는 집이 막국수는 팔지 않는다고 한다. 돌아 나오니 뒷맛이 개운치 않다. 구맹주산(拘猛酒酸)이 따로 없다.

　중국 춘추전국시대 송나라 어느 주막에 술을 만들어 파는 장 씨라는 사람이 있었다. 그는 되를 속이지도 않았고 친절했으며 술 빚는 실력 또한 훌륭했다. 게다가 멀리서도 주막이라는 것을 확연히 알 수 있게 깃발까지 높이 세워 놓았다. 그러나 도무지 손님이 없어 담아 놓은 술이 팔리지 않아 상해서 버리기 일쑤였다. 고민하던 그는 답답해서 지혜 있는 마을 어른을 찾아가 그 까닭을 여쭤보았다. 답은 의외로 간단했다. 그의 주막 앞에 있는 개가 문제였다. 그 개가 너무 사나워서 술을 사러 간 손님들이 주막 안으로 들어갈 수가 없었다. 그러나 그는 단 한 번도 그 개가 원인일 것이라는 생각을 하지 못했다. 그는 개가 적으로부터 그와 가족을 지켜준다고 생각했으며 자신에게 너무나 충성스런 충복이라고 여겼기 때문이다. 충성스럽다고 여긴 존재가 자신을 망하게 할 수 있다는 한비자의 이야기다. 간신배들이 가로막고 있으면 충신들이 임금에게로 나아갈 수 없다. 조직에 있어 지도자의 눈과 귀를 가리는 요소는 많다.

　일생을 살아가며 보는 것이 모두가 아니요, 보이지 않는 더 큰 진실이 있을 수 있다는 사실을 망각하고 살아갈 때가 많다. 보이는 것만 믿고 싶고 본 것만 인정하고 싶지만, 본 것 역시도 잘못 보았고 모두를 본 것이 아니라고 인정하면 마음의 눈, 진실을 볼 수 있는 혜안의 필요성을 깨닫지 않을까. 하늘을 나는 매와 독수리의 시력과 북아프리카의 사막에서 살고 있는 사람들이나 초원의 몽골인의 시력은 5.0~6.0이다. 인간이 볼 수 있고 알 수 있는 가시계(可視界)와 가지계(可知界)는 극히 일부분이다. 볼 수 없고 알 수 없는 장벽은 무엇일까. 인간의 한계인가. 과연 나의 삶에 있어서 '사나운 개'는 무엇일까. 자신의 내면을 가로막고 있는 구습에 얽매인 고정관념인가. 일상에 안주하려고 하는 나태함인가. 설령 사나운 개가 있어 더욱 나아갈 수 없다 하더라도, 그 개를 사랑하며 키우고 싶다는 생각이 드는 것은 왜일까. 교만인가, 여유인가. 아니면 자신에 대한 사랑인가.

　수많은 선택의 기로에서 때로는 탁월한 선택으로, 때로는 고민하고 방황하며 오늘에 이른 삶이다. 이제는 더 이상 자신을 학대하거나 후회하면서 살고 싶지 않다. 어린 시절을 지나고 20~30대 시절, 초라한 현실의 모습과 불확실한 미래의 삶을 두고 얼마나 많은 날들을 힘들어했는가. 이렇게 살아서 60~70세의 나이가 되면 그때의 형편없는 내 모습에 얼마나 괴로워하고 허무해할 것인가 생각하며 슬퍼했었다. 대충 그럭저럭 살아서 그런 인생말년을 맞이하지 않으리란 각오와 다짐으로 멀리 여기까지 왔다. 소박하고 단

2010/03/22 12:28 PM

순하게 살아가는 데 장애물이 되는 사나운 개가 있다면 이를 용납하지 않으리라. 탐욕과 허영의 마음이 내면에 깃들면 결코 설 자리를 주지 않고 싸우리라. 자신을 이기는 자는 성을 빼앗는 자보다 위대하다고 하지 않는가.

　멀리 산기슭에서 총소리 대포소리가 들려온다. 이제 정말 최전방으로 가고 있구나하는 실감이 난다. 광산리 마을을 지나는데 산불 예방 안내방송이 나온다. "…빈대 잡으려다 초가삼간 태우면 뭐 하대요. 논밭두렁 태우다가 산불이 일년에 백 번도 더 난다는데 딱 그 말이잖아요…" 반복되는 북한 말씨의 묘한 억양에 절로 웃음이 난다. '푸른 산은 생명의 숲, 산불 나면 죽음의 숲' 깃발이 바람에 휘날린다. 간성향교 앞에 앉아서 고로쇠 물을 마시며 잠시 휴식을 취한다. 고로쇠라는 이름은 '골리수(骨利水)'라는 한자에서 유래한다고 적혀 있다. 뼈에 이로운 물이라는 고로쇠. 나무의 수액을 뽑아 마시는 것이 온당한 일인가, 나무에 상처를 주고 고통을 주는 행위는 아닌가 하다가, 내가 무슨 해골바가지에 물을 마시고 대오각성

한 원효대사라고 고로쇠든 골리수든 그냥 잘 먹고 잘살면 되지 하며 시원
하게 들이킨다. '일체유심조다' 하니 마음이 가벼워진다.

'통일전망대 30km'라는 표지판이 보인다. '6·25 한국전쟁 참전용사
공적비'와 '베트남 참전용사 추모비' 앞에서 잠시 머리를 숙인다. 나라의
운명이 암흑에 빠졌을 때, 생명의 횃불을 밝혀 나라를 구하고 자유민주주
의를 수호하는 데 앞장선 영령들에게 나그네의 작은 마음을 전한다. 바람
에 찢겨진 태극기가 꼴사납게 날린다. 간성을 지나 거진으로 가는 길옆 소
공원에서 바다를 바라보며 이른 발걸음을 내려놓는다. 오후 4시의 마무리.
느림, 만만디, 여유가 절로 묻어난다. 이제는 천천히, 그리고 순간순간을
음미하고 만끽하자 생각하니 세상에 이럴 수가! 너무나 좋다. 후 하하하
하…" 너털웃음이 난다.

22

인자요산
지자요수

해당화의 호수 화진포로(11km)

화진포

파란 하늘이 펼쳐진 높은 산봉우리에서 한 사람이 고개를 들어 속삭인다. "위대한 신이시여, 저에게 당신을 느끼게 해주세요." 그러자 시원한 바람이 불어와 볼을 스치며 지나갔다. 그러나 그는 느끼지 못했다. "위대한 신이시여, 저에게 당신의 음성을 들려주세요!" 그러자 종달새가 노래했다. 그러나 그는 듣지 않았다. 그는 다시 소리쳤다. "위대한 신이시여, 저에게 제발 말씀 좀 해주세요!" 그러자 천둥이 하늘을 굴러 다녔다. 하지만 그는 듣지 않았다. "위대한 신이시여, 저에게 당신의 모습을 좀 보여주소서!" 그러자 별 하나가 밝게 빛났다. 하지만 그는 쳐다보지 않았다. 그는 다시 소리쳤다. "위대한 신이시여, 저에게 기적을 보여주소서!" 그러자 한 생명이 탄생했다. 하지만 그는 알지 못했다. 그는 절망적으로 울부짖었다. "당신이 이곳에 존재한다는 것을 알 수 있도록 제발 저를 한 번만 만져주세요!" 그러자 위대한 정령이 내려와 부드럽게 그를 만졌다. 하지만 그는 손을 내저어 그 나비를 쫓아 보내고 떠났다.

일상에서 만나는 자연의 숨결은 신의 음성이다. 신은 자연현상을 통해 계시를 한다. 신을 발견하는 가장 순수한 장소는 자연이다. 대지는 경전이다. 그 경전 속에는 숲이 있고, 강이 흐르고, 바람이 불고, 새벽의 미명과 한낮의 태양, 저녁의 노을빛, 한밤을 수놓는 하늘 벽에 박힌 반짝이는 보석이 있다. 대지는 모든 생명의 어머니요 인간들이 뛰어다니는 아늑한 품이다. 신의 목소리가 바람결에 실려온다.

꿈을 꾸었다. 어머니가 꿈속에 찾아왔다. 하얀 머리카락에 고운 얼굴 피부, 하얀 환자복에 가려진 통통한 몸매, 한 쪽 눈은 감겨지고 희미한 한 눈으로 세상을 보지만 맑은 정신으로 병상에 앉은 어머니가 미소를 짓는다. 일어나 앉아 생각에 잠긴다. 어머니가 보고 싶다. 어머니가 그리워 꿈을 꾼 것이니 어머니도 나를 보고 싶어 하시리라. 그래, 어머니에게 가자. 길을 떠나오느라 어머니가 계시는 병원에 다녀온 지 오래되었다. 벌써 한달이 되어간다.

어머니가 입원해 계시는 노인병원은 청산의 집에서 6km 정도 떨어져 있다. 집과 병원을 오가시던 어머니는 몇 해 전부터는 명절 때나 특별한 경우를 제외하고는 병원이 편하다며 아예 병원에만 계신다. 처음에는 정든 집을 두고 병원에 계시는 것을 못내 서운해 하셨는데, 시간이 흐르자 "말동무도 있고 간병인이 도와주니 편안하다." 하며 이를 받아들이셨다. 어머니가 집에 계실 때는 청산에 가면 오랜 시간을 함께 있을 수 있었다. 하지만 병원에 계시면서 면회하는 형식이 되어 짧은 시간만을 나누니 항상 아쉬웠다. 또한 집에 계실 때는 전화통화를 매일같이 하며 인사를 드렸으나 그럴 수 없었다. 제수씨가 어머니를 면회 갔을 때 통화를 하니 목소리 듣기도 힘들어졌다. 그래서 어머니는 내가 보고 싶어 꿈속에 찾아오신 것이다. 어머니를 그리워하는 나를 위해 찾아오신 것이 아니라, 오지 않는 보고 싶은 아들을 꿈길을 걸어 찾아오신 것이다.

스물한 살이 되는 1979년 2월에 대구시 공무원으로 나 자신의 삶을 찾아 고향을 떠났다. 그리고 어느덧 30여 년 세월이 지났다. 교통이 불편한 당시였지만 돌아보면 지금까지 한달에 한 번 이상은 시골집을 찾아 어머니를 보고 만지고 느끼며 살아왔다. 1983년 1월 2일 추운 겨울 새벽, 군 제대를 하고 세무 공무원 복직 발령을 받아 대구로 가기 위해 이불 보따리를 지고 버스에 올랐다. 시골의 버스 정류장에서 어머니와 헤어졌다. 나에게는 새로운 삶을 찾아가는 새해 벽두의 희망찬 출발이었지만, 어머니에게는 이제 정말 아들을 품에서 떠나보내는 이별의 순간이었다. 얼마 후 다시 시골집을 찾았을 때 아버지는 말씀하셨다.

"네 엄마가 너를 보내고 돌아와 '우리 명돌이 다 커서 이제 진짜 멀리 갔다' 며 얼마나 많이 울었는지 모른다."

아버지가 짓궂게 말씀하시자 어머니는 쑥스러워하셨다.

"엄마, 걱정하지 마. 내가 엄마 보고 싶어서도 집에 안 오고 안 돼. 엄마 보러 자주자주 올 테니까 걱정하지 마."

세월은 흘렀고 나는 어머니에게 약속을 지켰다. 어디를 가서 생활하든 한달에 한 번 이상은 시골로 가는 주말로 정하고 어머니에게로 갔다. 지금은 교통이라도 좋지만 당시의 열악한 대중교통 형편으로 쉽지는 않았다. 의정부 세무서에 근무하던 1988년 여름, 결혼을 하고 그해 말 지인을 통해 중고 승용차를 구입했다. 당시 경제적인 형편으로는 엄두를 내기 어려웠지만 고향 가는 길이 너무 멀었고, 한편 어머니를 태워드리면 너무 좋아하실 것이란 생각이 들었다. 공무원 신분으로 승용차는 주변사람들의 주목을 받을 수도 있었다. 그 당시 모시던 상사는 "김명돌이 효자야, 부모님 모신다고 차를 사다니!" 하시며 오히려 격려해주셨다. 인사이동이 있을 때 나는 이천 세무서 근무를 희망했고, 그 결과 어머니에게 조금 더 가까운 곳으로 갔다. 중부지방국세청 관내 경기도에 소재하는 안동으로 가는 길이 가장 가까운 세무서가 이천이었다. 그리고 이천에서 큰아들 진혁이와 둘째 진세가 태어났다. 세월이 흘러 1997년 세무사 시험에 합격하고 개업을 위해 장소를 선정해야 했다. 제일 먼저 고향인 안동으로 갔다. 안동에서 개업 준비를 구상하고 있다는 사실을 안 어머니는 나를 불러 말씀하셨다.

"니 왜 안동에서 할라 그카노? 내 때문에 그라나? 가라. 모두들 아이들 공부도 시키고 도시로 나갈라 카는데, 니는 그라믄 안 된다."

1992년 말 어머니는 뇌출혈로 쓰러졌고, 신체의 반쪽이 마비되어 지팡이에 의지해 가까스로 일어나 걸을 수 있는 불편한 몸으로 당시 아버지와 생활하고 계셨다. 어머니의 반대는 강경하셨다. 시골에서 부모님 모시고 살고 싶은 것은 꿈일 뿐 나는 발길을 돌려야 했다. 어머니에게는 함께 살지 못해 죄스럽지만 오늘날 내가 가진 주변의 모든 풍요로운 현실은 바로 그때 어머니의 희생 위에서 이루어진 것임을 깨닫는다. 다시 경기도로 돌아온 나는 아직 시골 정취가 물씬 풍기는 용인 처인구에서 개업했다. 물론 고향과는 가까워졌다. 중앙고속도로가 개통되었을 때 너무나 반가웠다. 마치 나의 고향 가는 길, 어머니에게 가는 길을 위해 만들어진 것 마냥 좋아했다. 문경새재를 넘어 3시간 이상 걸리던 시간이 고속도로 죽령 터널을 지나 2시간이면 되었다. 용인에서 점심식사 후 시골집으로 가서 어머니와 저녁식사를 하고 "엄마 갈게!" 하고 다시 돌아오는 행운을 누렸다. 청산에 하얀 이층집을 지을 때는 일주일에 네 번을 다녀오기도 했다. 고속도로를 다니며 안동에서 용인 사이의 경치가 좋은 열 군데를 선정해보기도 했다. 이는 축복이었다. 어머니와 가까이 함께할 수 있도록 해준 '길의 혁명', '속도의 혁명'이었다.

여행의 묘미는 나를 가두는 마음의 감옥에서 벗어나 자유롭게 날아다니는 것이다. 어머니를 찾아 시골로 가는 길은 한편 나를 찾아가는 길이었다. 청산으로 가는 길은 모든 굴레에서 벗어나 자신의 삶을 돌아보는 시간이었다. 그 길은 고향으로 가는 길 위에서 타향에서의 삶을 돌아보는 시간이었고, 뿌리에서 오는 기운으로 재충전하는 시간이었다. 또한 자신을 비판하고 격려하고 위로하는 시간이었으며 가정에서, 직장에서, 사회에서 살아가고 있는 자신의 모습을 헤아려보는 시간이었다. 어머니의 거울에, 추억이 있는 고향의 거울에 자신을 비춰보는 시간이었다. 그러면 바쁘게 살면서 간과해버린 일들이 떠오르고 자신을 좀더 객관적으로 바라볼 수 있었다. 또한 미시적인 안목으로 보았던 일들을 더욱 멀리 볼 수도 있었다. 때로는 현미경으로, 때로는 확대경으로, 망원경으로 자신을 볼 수 있었다.

고향의 어머니를 만나고 돌아오면 언제나 새 힘을 얻었다. 어머니는 언제나 내 삶의 힘의 원천이었다. 열심히 살아야 할 이유였다. 어머니를 기쁘게 해드리는 것이 내 삶의 즐거움이요 지상과제였다. 80이 넘은 어머니의 현재 얼굴피부는 곱다. 장난스레 "피부가 소녀 같아요!" 하면 어머니는 놀린다며 웃는다. 내가 어릴 적 어머니의 얼굴 피부는 붉었다. 마치 백인종,

혹인종, 황인종도 아닌 홍인종의 피부처럼 붉었다. 세월이 지나 장미꽃같이 붉은 어머니의 얼굴이 추위에 얼어서 그렇다는 것을 알았다. 겨울에도 몸을 돌보지 않고 일을 하시니 얼굴이 꽁꽁 얼어버렸다. 어머니는 그것을 당연한 것처럼 지내오셨다. 나 또한 어려서 어머니의 얼굴은 당연히 그런 것으로 여겼다. 슬픈 기억이었다. 그러나 그것은 어머니의 훈장이었다. 자식들을 위해 희생한 상처 입은 훈장이었다. 16세에 시집와서 올해로 82세가 되셨다. 시골처녀로 자라 지금은 노파가 되셨다. 소녀의 피부에서 얼어붙은 중년의 얼굴로, 다시 소녀 같은 피부를 가진 어머니의 삶은 평범하고 고단한 한 여인의 인생여정이었다.

신은 사랑이 무엇인지를 보여주기 위하여 어머니를 만들었다고 한다. 나에게 있어 어머니는 신이었고 종교였다. 사랑과 희생의 상징인 어머니를 생각하면 언제나 눈시울이 뜨거워졌다. 모든 사람들의 존재의 고향은 어머니다. 이 세상에 태어나 최초로 만나는 사람이 어머니다. 가장 기쁘고 감격적일 때, 가장 슬프고 힘들 때 부르는 이름이 어머니다. 여자는 약하다. 그러나 어머니는 강하다. 인간은 어머니의 품에서 사랑을 배우고, 희생을 배우고, 용서를 배우고, 수고를 배우고, 기도를 배운다. 인간의 낱말 중 가장 위대하고 아름다운 말은 어머니다.

'딸이 없는 집안에는 딸 같은 아들이 있다.'고 하는 말대로 나는 딸 같은 아들로서 어머니에게 애교(?)를 부렸다. 서른 살 전후까지도 어머니를 껴안고 젖을 만지고 뽀뽀를 했다. 아내는 징그러워(?)했다. 그러나 그것은 가여운 어머니에게 드리는 가슴 아픈 위로와 감사의 표현이었다. 나를 붙들고 힘든 삶의 눈물을 흘리시던 어머니에게 바치는 선물이었다. 외롭고 고된 시집살이, 다섯 아들을 키우는 어머니의 삶은 차라리 성전(聖戰)이었다. 어린아이가 장성하면 부모가 늙고 쇠약해지는 것은 자연의 이치다. 자신이 어린아이일 때 부모의 도움을 받고 그 품을 떠나지 않으려 했다면, 자신이 장성하고 부모가 노쇠하여 함께 있어주기를 바랄 때 함께하는 것은 인륜지사(人倫之事)다. 부모가 낳고 기르기에 고심참담했으면 보답을 해야 하는 것은 천륜이다. 살모사(殺母蛇)나 가시고기가 아니라면 부모에게 봉양(奉養), 양지(養志)로 그 은혜를 갚는 것은 당연지사이니, 늙은 부모를 국가에서 책임지는 일은 그 다음 일이다. 자식으로서 생명을 받고 뼈와 살을 받은 그 은혜만 해도 무엇으로 다 갚을까만, 오늘날 참담한 실정이다.

'종과득과(種瓜得瓜)요 종두득두(種豆得豆.)'다. 오이를 심으면 오이를 얻을 것이요, 콩을 심으면 콩을 얻는다는 『명심보감』의 이야기다. 스펜서는 "아이는 부모의 거동을 비추는 거울"이라고 말했다. 내가 내 자녀에게 대접을 받으려면 당연히 나 자신부터 부모를 잘 섬겨야 한다. 내가 내 부모를 섬기지 않는데 내 자녀가 나를 섬길 것인가. 생명을 주고 키워준 늙은 어미에게 먹이를 물어다 주는 반포효조(反哺孝鳥) 까마귀에게서 천륜을 배워야 할 일이다.

하늘이 흐리다. 찬 바닷바람이 나그네를 반겨준다. 오늘은 거진항을 지나 화진포로 간다. 고성군은 간성을 축으로 한 남고성, 거진을 축으로 한 북고성으로 이루어져 있다. 금강산과 설악산의 중간 거점지역으로 산, 호수, 바다, 계곡 등 수려한 자연경관과 화진포, 통일전망대 등 관광 부존자원이 풍부하고 통일기반 조성지대로 주목 받고 있는 고성은 대한민국 최북단의 고장이다. 2차선 도로를 버리고 확장공사 중인 4차선 비포장도로를 따라 걸어가니 한가롭다. 출렁이는 바닷가, 갈매기들이 날고 있다. 인적 없는 반암해수욕장 해변가 백사장을 걷는다. 오랜만에 바닷가를 걸으니 감개가 무량하다. 제주도의 바다에서 시작해 다도해를 지나 땅끝으로 와서 남도의 끝 바닷가를 걷고 사구니 해수욕장의 모래를 밟았었다. 이제 드디어 동해안의 최북단 고성의 바닷가에서 백사장을 걷고 있다. 힘찬 파도

2010/03/23 09:29 AM

가 하얀 거품을 물고 밀려온다. 파란 바다 위에 아득히 수평선이 펼쳐져 있다. 햇살이 푸른 바다를 비추며 반사되어 다가온다.

거진읍으로 들어선다. 거진항에는 사람들의 움직임이 분주하다. 밤사이 잡은 고기들을 그물에서 수확하는 어부들, 경매시장에서 사고파는 사람들이 혼재한다. 걸음을 멈추고 어촌의 사람 사는 모습을 즐겁게 구경한다. 자연산 가재미가 제철이라 많이 잡힌단다. 국내 최고의 명태 황금어장인 거진항에 도착해서 명태찌게에 소주 한 잔 하며 몸과 마음을 풀어야지 했건만, 명태는 전혀 잡히지 않는다고 한다. 항구를 한 바퀴 돌아 등대 길로 들어서니 마치 다른 세상에 온 듯 고요하다. 갈매기들이 하늘을 날고 검은 바다오리들이 떼를 지어 바위 위에 앉아 하얀 거품을 일으키는 파도를 희롱한다. 한적한 해안 도로를 따라가니 해맞이봉 산림해수욕장 입구다. 계단을 따라 산으로 올라

간다. 산 능선에 오르니 바다 위에 펼쳐지는 풍광이 가슴이 터질 듯하다. 하
얀 등대를 지나고 오솔길을 따라 정자에 이른다. 숨을 고르고 뒤를 돌아보니
거진항이 한 폭의 그림 같다. 멀리 고깃배들이 떠 있다. 동해바다의 푸른 물
결이 가슴속에 출렁인다. 거진 주민들과 관광객을 위해 만들어놓은 산림욕
장이 오늘은 나만의 독무대다. 돌에 새겨놓은 산림헌장이 보인다.

  "숲은 생명이 살아 숨 쉬는 삶의 터전이다. 맑은 공기와 깨끗한 물과 기
름진 흙은 숲에서 얻어지고, 온 생명의 활력도 건강하고 다양하고 아름다
운 숲에서 비롯된다. 꿈과 미래가 있는 민족만이 숲을 가꾼다. 이에 우리
는 풍요로운 삶과 자랑스러운 문화를 길이 이어가고자 다음과 같이 다짐
한다."

229 _ 인자요산 지자요수

숲을 사랑하고 아끼는 일에 다 같이 참여한다.

숲의 다양한 가치를 높이도록 더욱 노력한다.

숲을 울창하게 보전하고 지속 가능하게 관리한다.

인류 탄생 이전의 지구는 전부 숲으로 뒤덮여 있었다. 인간 또한 숲에서 왔다. 숲에서 생활터전을 닦았고, 나무 열매를 따먹고, 숲을 연료로 삼고, 숲 그늘 아래에서 더위와 추위를 견뎌냈다. 숲은 신앙의 대상이며 숲에 대한 외경심까지 있었다. 그러다 문명의 발전으로 숲을 지배하고 숲을 깔보게 되었다. 성(聖) 베르나르는 "너는 책에서보다도 숲에서 더 많은 것을 발견할 수 있을 것이다. 숲속의 나무들과 풀들은 네가 학교에서는 결코 배울 수 없는 것들을 너에게 가르쳐줄 것이다."라고 했다. 인간은 책에서보다도 숲에서 더 많은 것을 발견하고 배운다. 숲은 학교요 스승이다. '숲'은 글자 모양도 숲처럼 생겼다. 숲은 봄마다 푸르름을 더하고 언제나 고요히 살아 숨 쉬며 어머니와 같이 포근하다. 숲속에서의 삶은 경건하고 순결하다. 그래서 숲은 퇴계 이황을 길러내고 남명 조식을 길러내는 등 많은 선비들을 길러냈다. 무인지경의 숲속으로 찾아간 녹림처사들이 수없이 많다. 숲은 죽지 않는다. 숲은 죽음, 단절 같은 종말을 알지 못한다. 불이 나고 홍수가, 태풍이 와도 일시적으로 고난의 행태를 겪지만 꿋꿋하게 다시 일어선다. 땅에서 넘어진 자 땅을 딛고 일어서듯이, 숲은 자신이 겪은 그 고통 위에서 다시 일어선다. 숲은 기어이 다시 살아나 숲을 이룬다. 그래서 이 세상의 어떠한 숲도 초라하지 않다. 숲은 수많은 생명이 신비롭게 살아 숨 쉬는 신성한 공간이요, 많은 새들과 동물들의 거처이며, 숲속을 흐르는 물은 물고기와 파충류의 집이다.

산과 바다가 만나는 바닷가 산림욕장에서 푸른 하늘을 바라본다. 동해의 푸른 바다와 산림욕장의 푸른 산이 조화를 이루며 만나는 푸른 하늘이 새삼 반갑다. 무심한 갈매기들이 산과 바다를 오가면서 소리를 내며 날아간다. '산을 칭찬하되 낮게 살고, 바다를 찬미하되 육지에서 살라.' 했건만 갈매기는 산과 바다 둘 모두를 즐긴다. 부러워하는 심사로 자작시 '산에서 살자 하니'를 노래한다.

산에서 살자 하니 갈매기 바다로 가자 하고
바다에서 살자 하니 뻐꾸기 산으로 가자 하네.

속세에서 살자 하니 산이 나를 부르고
산에서 살자 하니 사람이 나를 부르네.

청춘은 세월 따라 이미 가버렸건만
어이하여 이리저리 아직도 헤매이는가.

산과 바다, 속세를 오가며
갈매기와 뻐꾸기, 사람들과 함께하리

공자는 『논어』에서 "지자요수(知者樂水), 인자요산(仁者樂山), 지자동 (知者動), 인자정(仁者靜), 지자락(知者樂) 인자수(仁者壽). 어진 자는 산을 좋아하고, 지혜로운 자는 물을 좋아한다. 지자는 쉬지 않고 흐르는 물을 좋아하고, 인자는 만고부동(萬古不動)의 산을 좋아한다. 지자는 움직이고, 인자는 조용하다. 지자는 생을 즐기고, 인자는 수분지족하여 장수한다."라고 했다. 그러자 제자가 묻는다.

"어진 자는 어찌하여 산을 좋아합니까?"

"산이란 만민이 우러러보는 대상이다. 초목이 그곳에서 나서 자라고, 만물이 뿌리를 내리고 자라며, 새들이 모여들고, 짐승이 쉬어간다. 사방 사람들은 그곳에 가서 이익을 취하며, 구름과 바람이 불어 일고, 천지의 중간에 우뚝 서 있다. 천지는 이로써 이루어지고, 국가는 이로써 안녕을 얻는다. 그래서 어진 사람은 산을 좋아한다."

"지혜로운 자는 어찌하여 물을 좋아하는 것입니까?"

"물이란 순리를 따라 흐르되 작은 빈틈도 놓치지 않고 적셔드니, 이는 마치 지혜를 갖춘 자와 같고, 움직이면서 아래로 흘러가니 이는 예를 갖춘 자와 같으며, 어떤 깊은 곳도 머뭇거림 없이 밟고 들어가니 이는 용기를 가진 자와 같고, 막혀서 갇히게 되면 고요히 맑아지니 이는 천명을 아는 자와 같으며, 험하고 먼 길을 거쳐 흐르면서도 마침내 남을 허물어뜨리는 법이 없으니 이는 덕을 가진 자와 같다. 천지는 이를 통해 이루어지고, 만물은 이로써 살아가며, 나라는 이로써 안녕을 얻고, 만사는 이로써 평안해지며, 풍물은 이로써 바르게 되는 것이다. 이 때문에 지혜로운 자는 물을 좋아한다."

산과 물은 정다운 형제자매다. 산은 물을 그리워하고 물은 산을 사랑한다. 산과 물이 조화를 이루면 자연의 극치를 이룬다. 배산임수(背山臨水)는 인간이 살고 싶어 하는 명당의 상징이다. 하늘을 향해 우뚝 솟은 침묵의 고산준령은 엄숙하고 경이롭다. 산은 으뜸가는 신의 창조물이다. 백두대간의 높은 봉우리에서 바라보는 산들의 모습은 울퉁불퉁 우람한 근육 같다. 봉우리가 능선을 허리삼아 줄기줄기 병풍처럼 뻗쳐나간 장관은 탄성을 자아내게 한다. 그것은 자연의 장엄무비(莊嚴無比)한 아름다움과 힘의 파노라마다. 새벽의 어둠을 뚫고 산의 정상에서 만나는 아침의 태양은 벅찬 감격의 진동을 일으킨다. 산 위에서 바라보는 일몰의 광경은 엄숙하고 경건하며, 때로는 그 아름다움에 눈물이 난다. 물이 움직이는 변화와 부드러움의 천재라면, 산은 움직이지 않는 굳셈의 상징이다. 산은 늠름한 대장부의 기상을 상징한다. 산은 장엄함을 가르친다. 쩨쩨하게 살지 말라 한다. 그러나 들을 귀가 있는 자만 듣는다. 산속에 사는 사람을 신선(神仙)이

2010/03/23 11:07 AM

라고 한다. 깊은 산의 봉우리에는 호연지기(浩然之氣)가 있다. 맹자는 '인간이 가질 수 있는 최고의 경지, 탁 트이고 완전한 자유인의 경지'를 호연지기라고 했다. 산은 호연지기를 가르쳐준다. 산에는 기기괴괴(奇奇怪怪)한 바위가 있고 울울창창(鬱鬱蒼蒼)한 숲이 있다. 온갖 나무와 풀이 있고, 온갖 새와 짐승들이 있다. 산은 명상의 장소요 수행의 도장이다. 산은 인간의 위대한 스승이다. 산의 맑고 싱싱한 공기는 심신을 강화시키고 영혼을 정화시킨다. 숲이 우거진 산에 있으면 "숲속에서 대지를 잘 돌보라. 우리는 대지를 조상들로부터 물려받은 것이 아니다. 우리의 아이들로부터 잠시 빌린 것이다."라고 하는 오래된 인디언 격언이 들려온다. 이해인 수녀가 '산을 보며' 기도를 한다.

늘 그렇게
고요하고 든든한
푸른 힘으로 나를 지켜주십시오.

기쁠 때나 슬플 때
나의 삶이 메마르고
참을성이 부족할 때
오해받은 일이 억울하여
누구를 용서할 수 없을 때

나는 창을 열고
당신에게 도움을 청합니다.

이름만 불러도 희망이 생기고
바라만 보아도 위로가 되는 산
그 푸른 침묵 속에
기도로 열리는 오늘입니다.

다시 사랑할 힘을 주십시오.

장승과 돌무덤이 있다. 바다에서 들어오는 악의 무리들을 물리치려는
천하대장군과 지하여장군이 환한 웃음으로 반긴다. 돌 하나를 주워 돌무
덤 위에 얹고는 마음을 모은다. 옛사람들은 산길을 가며 이렇게 돌무덤을
만들고 두 손 모아 기원했다. 돌을 치워 걸어 다니기에 좋은 길을 만드는
한편, 탑을 쌓으면서 평안을 기원하며 거친 세상의 위안을 느꼈다. 행운의

돌탑 위로 시원한 산과 바다의 바람이 스쳐간다. 산에서 내려와 다시 해안
길을 간다. 해오름 쉼터 조형물이 세워져 눈길을 끈다. 거진항과 화진포 호
수를 연결하는 해안도로를 개설하면서 남고성의 5개 읍, 면과 북고성의 5
개 읍, 면 군민들의 하나가 된 힘과 통일을 염원하는 조형물이라고 적혀 있
다. 파도소리 새소리가 들려오는 산길을 따라 걷는다.

　드디어 화진포 호수가 보인다. 호숫가에 해당화가 만발하여 붙여진 이
름 화진포(花津浦), 둘레 16km의 동해안 최대의 자연호수, 넓은 갈대밭 위
로 나그네의 발걸음에 놀란 듯 철새들이 날아오른다. '화진포의 성 김일성
별장' 안내판이 보인다. 방랑시인 김삿갓이 화진포를 좋아해서 화진 8경
을 노래했다는 안내판을 지나며 백사장으로 들어선다. 화진포 해변을 걷

는다. 해안을 따라가니 하얀 모래들이 태양 아래 죽은 듯이 입 다물고 누워 있다. 수천 년 동안 조개껍질과 바위가 부서져 만들어진 화진포의 백사장은 모래 빛이 하얗고 감촉이 부드럽다. 비바람이 몰아치는 날이면 모래밭에서 이상한 울음소리가 들린다 하여 명사십리(鳴沙十里)라 한다. 밝고 맑은 하얀 모래밭 십리 길[明沙十里]을 걸어간다. 오랜 세월 바닷가를 지켜온 모래에서 시간의 소리가, 시간의 울음소리가 들려온다. 모래를 이용해서 시간을 측정한 원시의 선인(先人)들의 지혜의 소리가 들려온다.

　모래시계에서 똑딱똑딱 모래가 흘러내린다. 운명의 시간들이 스쳐간다. 시간이 내 곁에서 멀어져 우주 속으로 빠져나가고 있다. 시간이 간다. 아니, 한낱 개념에 불과한 시간이 가는 것이 아니라, 내가 가고 바람이 가고 구름이 가고 자연만물이 간다. 인간은 시간을 측정 가능하도록 약속을 했다. 시계는 인간이 자연현상 가운데 규칙적인 운동을 하는 것을 기초로 하여 시간을 측정하는 것이며 모래를 이용해서 만든 것이 모래시계다. 모래시계를 뒤집어놓으면 모래가 흘러내리고 시간이 흘러내린다. 모래시계는 뒤집어놓지 않고 가만히 두면 그냥 유리관과 나무 조각, 그 속에서 생명을 잃고 머무르는 한줌의 모래에 불과하다. 인간이 그 시계를 뒤집을 때 그 시계는 살아서 움직인다. 신이 내 존재의 시간 전체를 관리하듯 나는 주어진 나의 시간의 주인이다. 보이지 않는 신의 손길을 느낀다. 인간의 모래시계를 뒤집는 절대자의 손길이 다가온다.

　인류 역사에 있어 시간을 측정하는 것은 매우 중요했다. 특히 농업에 있어 그러했다. '필요는 발명의 어머니'라, 시간의 측정을 위해 해시계가 탄생했다. 인류 최초의 해시계인 '그노몬'은 BC 4000년경 이집트의 아낙시만드로스가 발명했다. 막대를 땅위에 세워놓고 그림자의 위치변화를 따라 눈금을 나누어 시간을 측정한 것이었다. 유럽에서 많이 사용되었지만 BC 600년경 중국에서도 사용되었다. 해시계는 해가 있는 낮 시간 동안에만 사용할 수 있었기에 그 불편함을 개선하고자 BC 1400년 경 고대 이집트에서 물시계가 생겨났다. 우리나라에서는 1424년 장영실이 세종의 명을 받아 물시계의 일종인 누각을 만들었다. 현재 덕수궁에 설치되어 있는 물시계는 연구 자료로 세계에서 유명하다. 용기에서 일정한 속도로 물이 흘러 나가도록 하여 만들어진 물시계는 밤낮 모두 사용할 수 있었지만, 시간을 계속 측정하기 위해서는 용기의 부피가 커야 했다. 그래서 물을 모래로 바꾼 모래시계가 탄생되었다. 새로운 필요는 새로운 발명의 어머니이다.

모래시계는 8세기경 프랑스의 성직자 라우트 프랑이 고안한 것으로 휴대성이 좋은 것은 물론 해시계나 물시계보다 정확도가 높았다. 모래시계는 위쪽과 아래쪽으로 용기가 나누어져 있고, 두 용기 사이는 좁은 구멍으로 연결되어 있다. 윗부분에 있는 모래가 아래로 떨어지는 시간을 일정하게 하여 일상생활에서 일정 단위의 시간을 측정한다. 시간을 되돌릴 수 있는 모래시계, 거꾸로 가는 모래시계를 만들어 추억의 여행을 갈 수 있다면 이는 바벨탑의 교만일까.

똑딱똑딱 소리를 내며 손 안에 있는 모래가 빠져나가듯이 시간이 인생에서 빠져나간다. '세월을 아끼라!' 는 성경의 말이 아니라도 인생을 허비하는 것은 죄다. 재테크, 세테크와 마찬가지로 시테크라는 말이 있다. '빌게이츠가 바닥에 떨어진 1달러를 줍지 않는 것은 그 시간에 다른 일을 하면 더 많은 돈을 벌 수 있다는 시테크요, 가치투자의 귀재인 워런 버핏이 1달러를 줍는 것은 현재의 1달러는 투자수익률이 높은 곳에 투자를 하면 더 큰 돈이 된다는 재테크' 다. 재테크가 중요한 만큼 돈으로도 살 수 없는 것이 시간이다.

출렁이는 파도를 벗 삼아 모래밭을 걷는다. 흰 갈매기들이 어디론가 날아가며 김삿갓의 '흰 갈매기' 를 노래하는 소리가 들린다.

2010/03/23 10:38 AM

흰 모래 위에 흰 갈매기가 앉아
모래도 희고 갈매기도 희어
어느 게 모래고 어느 게 갈매기인지
도시 분간할 길이 없더니

때마침 어디서
어가(漁歌) 한 곡조 요란히 들려와
갈매기 다 분주히 날아간 뒤
그제야 모래는 모래로
갈매기는 갈매기대로 갈렸다

갈매기라면 좋겠다. 아무것도 걸림 없이 푸른 하늘을 날 수 있는 갈매
기라면 좋겠다. 구름이라면 좋겠다. 바람이 부는 대로 이리저리 흘러 다니

며 여유롭고 한가한 구름이라면 좋겠다. 바람이라면 좋겠다. 머물렀다가 떠나고, 떠났다가 또 머무르는 바람이라면 좋겠다. 산, 들과 하나가 되고, 나무와 풀잎들과 하나가 되고, 이른 아침의 안개, 구름, 불어나는 물결과 하나가 되면 좋겠다. 야생의 들판, 이슬방울, 꽃가루, 일렁이는 파도, 그 위를 나는 갈매기와 하나가 되면 좋겠다. 말을 타고 한참을 달리다가 멈춰 서서 자신의 영혼이 달려오기를 기다리던 어느 무명의 인디언이 임종을 앞두고 시인이 되어 노래한다.

삶이란 무엇인가? 그것은 밤에 날아다니는 불나방의 번쩍임 같은 것.
한겨울에 들소가 내쉬는 숨결 같은 것.
풀밭 위를 가로질러 달려가 저녁노을 속에 사라져버리는 작은 그림자 같은 것.

햇살 비춰는 들판에 앉아 자연을 응시하고 고요히 자신을 비춰보아야 한다. 계절의 변화도, 하늘의 달라짐도 바라보며 고요히 자기를 비춰보아야 한다. 푸른 먼 바다를 항해하며 어디서 와서 어디로 가는지 고요히 자신을 응시해봐야 한다. 영혼을 찾아 자기를 돌아보는 침묵의 시간이 없다면 어떻게 인간의 삶이라 할 수 있겠는가. 나 자신을 알고, 나 자신이 되는 법을 배워야 한다. 나는 나 자신과 가장 가까운 친구가 되는 법을 배워야 한다. 그리고 나 자신의 길을 가야 한다. 나는 누구인가. 미국의 시인인 월리스 스티븐스(1879~1955)는 "나는 다름 아닌 내가 걸어온 세계다."라고 말한다. 또한 소박한 삶을 실천한 월든 호숫가의 시인 헨리 데이빗 소로우(1817~1862)는 말한다.

"나는 강제 받으려고 태어난 것이 아니다. 나는 내 방식으로 숨을 쉬겠다. 나보다 더 높은 법을 지키는 자들만이 나에게 무엇이든 강제할 수 있다."

"왜 우리는 성공하려고 그처럼 필사적으로 서두르며, 그처럼 무모하게 일을 추진하는 것일까? 어떤 사람이 자기의 또래와 보조를 맞추지 않는다면, 그것은 아마 그가 그들과는 다른 고수의 북소리를 듣고 있기 때문일 것이다. 그 사람으로 하여금 자신의 음악에 맞추어 걸어가도록 내버려두라. 그 북소리의 음률이 어떠하든, 또 그 소리가 얼마나 멀리서 들리든 말이다. 그가 꼭 사과나무나 떡갈나무와 같은 속도로 성숙해야 한다는 법칙은 없다. 그가 남과 보조를 맞추기 위해 자신의 봄을 여름으로 바꾸어야 한단 말인가?'

"내가 숲으로 들어간 것은 인생을 마음먹은 대로 살아보고 싶어서였다. 인생의 핵심적인 사실들만을 마주해 보고 싶었고, 삶이 가르치려는 것을 내가 배울 수 있는지 알아보고 싶었으며, 내가 죽게 되었을 때 제대로 된 삶을 살지 않았다는 것을 발견하고 싶지 않았기 때문이었다. 나는 삶이 아닌 것을 살고 싶지 않았다. 삶이란 얼마나 소중한가. 또한 어쩔 수 없지만 않다면 나는 체념하는 일이 없기를 바랐다. 나는 깊게 살고 싶었고, 삶의 골수를 빼먹고 싶었으며, 스파르타인처럼 강인하게 살아 삶이 아닌 것은 다 몰아내고 싶었고, 아주 넓게 베어 바짝 깎아내고 싶었고, 인생을 구석으로 몰고 가서 그것을 가장 기본적인 요소들로 압축시키고 싶었다. 그래서 만약 인생이 비천한 것임이 판명되면 그 비천함의 진면목을 남김없이 확인한 다음, 그것을 있는 대로 세상에 알리고 싶었고, 만약 인생이 숭고한 것이라면 경험을 통해 그것을 체득하여 다음 번 여행 때는 그것을 설명해 줄 수 있기를 바랐다."

하버드 대학을 졸업한 소로우는 자연으로의 회귀를 위해 28달러를 들여 손수 집을 짓고, 먹거리를 해결하기 위해 집 근처 모래밭에 콩과 채소를 심어 기르고 월든 호수에서 고기를 잡는다. 밤중에는 짐승의 소리를 듣고, 겨울 호수의 얼음 깨지는 소리를 들으면서 '온몸이 하나의 감각이 되는 듯한 무한한 행복'을 느낀다. 그리고 '가장 빠른 여행자는 자기 발로 가는 사람이라는 것을 깨달았다'고 고백한다.

스콧 니어링(1883~1983)은 말년에 수많은 사람들의 존경을 받았다. 이는 젊은 시절의 화려한 활동 때문이 아니라 두 번째 아내 헬렌과 숲속에서 행한 독특하고 절제된 생활방식 때문이었다. 그것은 데이빗 소로우가 월든 호숫가에서 행한 삶과 유사한 방식이었다. 화려하고 유혹적인 문명생활을 포기하고 숲속에 들어가 농사를 지으며 단순하고 검약하고 소박하게 살아가는 삶은 당시의 젊은이들이 도시를 떠나 시골로 가도록 했다. 스콧 니어링은 다음해 1년의 예산을 정해 현금을 마련하면 생산을 중단했다. 농사를 짓고 글을 쓰고 강연을 하며 숲속의 삶을 살던 스콧 니어링은 백세가 되자 일부러 음식물 섭취를 중단하고 위엄을 잃지 않고 평안하고 조용히 생을 마감했다. 그는 살면서 할 수 있는 가장 위대한 일은 '언제나 조용히 침묵하면서 평범한 일상을 사랑하면서 사는 것, 살며 사랑하며 배우면서 사는 것'이라는 가르침을 주었다.

한때 크리슈나무르티의 연인이기도 했던, 스물네 살에 스물한 살이 더 많은 스콧 니어링을 만나서 삶의 길을 바꾸고 53년 동안 함께한 그의 부인 헬렌 니어링(1904~1995)은 『아름다운 삶, 사랑 그리고 마무리』에서 이렇게 말한다.

"나는 남은 삶의 열쇠가 내 손에 쥐어져 있다는 사실을 알고 있다. 나는 가기로 마음먹으면 언제라도 갈 수 있으며 평화롭고 고요한 가운데 위엄을 지키며 죽을 수 있다. 음식은 우리를 육체에 매이게 하는 미끼요 독이다. 죽음은 삶의 모험을 끝내는 것이 아니다. 그것은 다만 육체가 끝나는 것일 뿐이다."

문명의 이기를 떠나 자연과 벗하면 침묵의 소리를 들을 수 있다. 사람들은 너무 많은 말을 하고 산다. 공허하고 의미 없는 말, 불필요하고 쓰레기 같은 말로써 세상과 자신을 어지럽힌다. 중요하다고 떠들지만 아무런 의미도 갖지 못하는 말을 하느니 차라리 침묵의 교훈을 배워야 한다. 그러면 자연의 소리를 듣고 자신의 내면의 소리를 들을 수 있으며 신의 소리를 들을 수 있다. 신의 음성을 들을 줄 아는 사람은 외경심에서 비롯되는 겸손함을 잃지 않는다. 잠시 잊을지라도 이내 그 앞에서 무릎을 꿇고 자신의 미약함과 왜소함에 부끄러움을 느낀다. 타고난 종교인이라 할 정도로 신의 존재가 의식되고 두려움을 느끼면서 침묵하려고 노력한다면 자연과 합일되는 삶을 살 수 있을 것이다.

물이 차서 차마 해수욕은 못 하고 신발을 벗고 바다 속으로 들어간다. 바닷물이 깨끗하고 수심이 얕다. 가슴속 저 깊은 곳까지 시려온다. 광개토대왕의 무덤이 있다고 알려진 섬 금구도를 바라본다. 망망대해 너머로 광활한 만주벌판에서 말을 타고 달리는 한 위대한 정복자가 보인다. 독수리같이 힘차게 비상하는 한 사나이가 겹쳐온다.

화진포 콘도에 여장을 푼다. 국군 콘도라 정리정돈이 깔끔하고 가격도 저렴하다. 객실 창문을 여니 시원한 파도소리와 함께 바닷바람이 밀려든다. 이제 청정해변 화진포에 왔다. 거실에 큰 대(大)자로 누워 창밖의 푸르른 하늘을 바라본다. 미소가 스쳐간다. 내일이면 금강산 콘도까지 가고, 모레면 드디어 통일전망대에 도착한다. 일말의 불안감도 사라지고 왠지 뿌듯하다. 모든 것이 합력하여 선을 이룬다. 보이는, 혹은 보이지 않는 손길이 있었기에 여기까지 올 수 있었다. 이 여행의 여정은 물론이고 살아온 인생살이가 다 마찬가지다. 무엇 하나 나 혼자만의 힘으로 가능했겠는가. 언제나 도움자의 손길이 있었다. '일장공성만골고(一將功成萬骨枯)' 라 했으니, 한 장수의 성공은 수많은 병졸의 죽음으로 이루어지는 것인데, 모든 공은 장수한테만 돌아간다. '신체발부(身體髮膚)'는 수지부모(受之父母) 라고 했다. 부모님께 받은 건강한 몸이 있어 가능한 여행이었다. 13kg의 배낭을 멜 수 있는 어깨, 백만 걸음을 걸을 수 있는 두 다리가 있어서 가능했다. 발에 물집이 생겨 고생할 수도 있겠다고 생각했지만 기우였다. 물집은 딱 하나, 보성을 지날 때 빗물에 발이 퉁퉁 불어 생긴 물집 하나가 유일했다. "발아! 정말 고맙다. 주인 잘못 만나서 고생한다 생각하지 말고, 주인 잘 만나서 주유천하 한다고 생각해주렴. 이왕 피해갈 수 없는 너와 나의 인연인 것을 어찌하랴. 참으로 고맙다. 내 친구 평발아! 그리고 내 발을 감싸 안고 한 발 한 발 걸음을 걸어 온 신발, 등산화야! 너는 국토종단의 도보여행과 백두대간 종주를 이룬 위대한 신발이니만큼 두고두고 너를 기리며 곁에 있게 할게. 고맙다. 나의 신발아!"

대학 강의실에서 가끔 학생들에게 농을 한다. "이봉주와 박지성, 그리고 김명돌은 세 가지 공통점이 있다. 첫째 잘 달린다는 것, 둘째 평발이라는 것, 셋째 잘 생겼다는 것." 그러면 학생들은 웃음을 터뜨린다. '평발은 오래 못 달리고, 오래 못 걷는다.'는 것은 만고불변(萬古不變)의 진리는 아니었다.

새벽 4시, 밤새도록 밀려드는 파도소리에 선잠을 자다가 자리에서 일어난다. 창문을 열고 밤새 해안을 씻겨준 하얀 파도를 바라본다. 하늘의 수많은 별들이 빛을 쏟아낸다. 수평선 위에 떠 있는 배에서도 불빛이 반짝거린다. 자연의 풍경과 빛과 소리가 새벽의 오감을 자극한다. 눈물이 날 정도로 아름다운 한 폭의 그림이다. 어둠속에서 희망의 빛이 보이고, 꿈을 일깨우는 심장의 박동소리가 강하게 들려온다. 슬픔과 아픔, 질곡의 사연들을 저 멀리 날려 보내고 가장 짙은 어둠속에서 이제 가장 환한 아침을 기다린다. 동해의 찬란한 아침 해를 바라보며 새로운 날을 그리자고 다짐한다. 어둠은 더욱 깊은 나락으로 떨어지고 내 마음의 별빛은 유난히도 반짝인다.

"신이시여! 부디 어머니 대지의 존재에서 살아 계신 당신을 느끼게 하시고, 당신의 음성을 들을 수 있게 하시고, 이 갈급한 영혼 위에 사막의 오아시스에서 맛보는 생수를 내리시고, 가뭄 끝에 맛보는 단비를 내리소서."

23

나는
아직 배가 고프다!

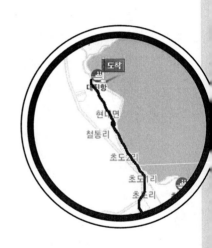

최북단 대진항으로(9km)

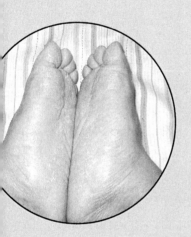

대진항

산을 건성으로 바라보고 있으면
산은 그저 산일 뿐이다.
그러나 마음을 활짝 열고
산을 진정으로 바라보면
우리 자신도 문득 산이 된다.
내가 정신없이 분주하게 살 때는
저만치서 산이 나를 보고 있지만
내 마음이 그윽하고
한가할 때는 내가 산을 바라본다.

법정스님의 '산'

유명한 성리학자 어유봉(1672~1744)은 『동유기』에서 "산을 유람하는 것은 독서하는 것과 같다. 보지 못한 것을 보는 것도 좋지만, 실은 충분히 익히고 또 익히는 데 핵심이 있다."고 했다. 독서와 마찬가지로 산을 설렁설렁 보아서는 산의 오묘한 깊이를 알 수 없다는 이야기다. 또 비슷한 시기의 장서가 이하곤은 "산을 유람하는 것은 술을 마시는 것과 같다. 그 깊이는 각자의 국량에 따라 정해지는데, 그 아취(雅趣)를 이해하지 못한다면 얻는 것은 고작 산의 겉모양에 지나지 않는다."라고 했다. 골짜기에서 능선으로, 능선에서 봉우리로, 봉우리에서 낭떠러지를 지나 정상으로 땀을 흘리며 태양과 구름과 달을 뒤쫓아 가노라면 절로 무아지경에 빠진다. 내 마음속에 슬픔과 번민들이 있다는 것이 잊히니 산은 좋은 벗이요, 훌륭한 의원이며, 산행은 일종의 구도행위가 된다. 내 젊은 날의 산과 책과 술은 오랜 벗으로 여전히 함께 어우러져 춤을 추며 나의 삶을 완성시켜가고 있다.

2010/03/23 11:53 AM

　2010년 7월 15일, 백두산 등반을 위해 인천 국제공항에서 중국 심양으로 가는 비행기에 올랐다. 백두대간 종주, 그 마지막 결산이었다. 심양공항에서 다시 버스로 갈아탄 일행은 9시간을 달려 송강하에 도착했다. 날은 이미 캄캄한 밤이 되었다. 다음날 새벽 3시, 간단한 식사를 하고 서파 코스로 등정을 위해 백두산 하단에 도착했다. 폭우가 내릴 거라는 일기예보에 약간의 무거운 마음을 지닌 채 구름 속으로 올라갔다. 바람은 강하고 한 치 앞을 분간할 수 없는 먹구름이 시야를 가렸다. 천지를 내려다볼 능선에 도착했다. 하지만 천지는커녕 백두산에 올라 백두산을 볼 수도 없었다. 낙심하는 순간 유경희 총무가 "조금 있으면 날이 맑아져 천지를 볼 수 있다고 하늘에서 연락이 왔다."고 우스개를 한다. 그러자 이영희 대장, "맞아. 지난번 진부령에서 종산제를 지낼

때 다음 주에 백두산에서 멋진 산행을 할 수 있도록 백두대간의 모든 산신령과 백두산의 산신령께 고했는데, 그 목소리가 아직 여기에 도착을 안 했나봐. 조금 있으면 산신령께서 도우실 거야." 한다.

우리는 희망을 가지고 백두산 능선 길을 오르내리며 걸었다. 잠시 후 바람이 불어와 구름을 날리고 간간이 파란 하늘이 보였다. 백두산이 보이기 시작했다. 구름이 오락가락, 순간 거짓말같이 눈부신 햇살을 머금은 천지(天池)가 그 모습을 살짝 드러냈다 사라졌다 반복했다. 한족(漢族) 출신의 산행 안내원이 큰 소리를 하면 안 된다고 사전 주의를 주었지만 저절로 탄성이 나왔다. 파란 하늘에 파랗게 물든 환상적인 천지의 모습에 우리는 감격했다. 천지는 '용왕담(龍王潭)' 이라고도 하며, 수면 고도 2257m, 둘레 14.4km, 평균

깊이 213.3m, 최고 깊이 384m로서 백두산 산정에 있는 자연호수다. 시간이 지날수록 구름은 사라지고, 말 그대로 구름한 점 없는 백두산 둘레를 돌며 민족의 영산 백두산을 만나 함께 호흡했다. 사진을 촬영하고, 가져간 식사를 하고 막걸리로 건배했다. 즐거웠다. 백두대간 종주의 대미를 장식하는 백두산 등반은 엄숙하고 경건한 구도행위였다. '백두산의 위용과 천지를 볼 수 있게 해달라, 남북통일을 이루어 자유로이 백두산을 찾을 수 있도록 해달라'며 간절히 기원하는 종교의식이었다. 그리고 그 미완의 소원은 이루어졌다.

금강산은 수많은 선인들이 찾았고, 수많은 문학작품으로 남겨져 전해진다. 그러나 민족의 성산(聖山)인 백두산은 불과 200~300년 전만 해도 사람이 쉽게 접근할 수 있는 곳이 아니었다. 북방 오지에 있어서 17세기 이전에는 백두산을 올라 여행기를 남긴 이가 없었다. 백두산이 본격적으로 작품에 등장하는 시기는 숙종 이후다. 청나라에서 주변 국경선을 확정하려 하자 세인의 관심사가 되었다. 백두산을 직접 탐방하고 쓴 기록으로는 이의철의 '백두산기'가 손꼽힌다. 1751년 40여 명을 동반해 산행을 한 이의철은 날씨가 좋아 경관을 두루 볼 수 있었다. 이후 앞선 자의 산수기는 뒷사람의 등반 안내서 구실을 하며 백두산을 오르는 사람들이 생겨났다. 서명응은 1766년 백두산이 있는 갑산에 유배되자 8일 동안 백두산 탐방을 하고 '유백두산기'를 썼다. 그는 평생 하고 싶은 일이 세 가지 있었으니 '주역'에 관한 저술, 금강산 등정, 백두산 등정이었다고 한다. 서명응은 "운이 좋게도 정상에 올라 천지를 반나절이나 구경했다."라고 기록했다. 그 내용의 일부다. "사슴들이 무리를 이루어 물을 마시거나 걷거나 누웠거나 달리거나 했다. 검은 곰 두세 마리가 벽을 따라 오르내리고, 괴이한 새 한 쌍이 훨훨 날아 물을 치고 나니 그림 속 풍경을 보는 듯하다."

18세기 후반에도 백두산 등반은 이루기 힘든 소망 중의 하나였으며, 갑

격과 흥분을 동반한 산행이었음을 보여준다. 신광하는 전국의 명산을 두루 여행했지만 백두산만은 오르지 못해 평소 한스럽게 여기다가 1784년 백두산을 다녀온 뒤 그 체험을 한시로 읊어 '백두록'을 엮었다. 친구에게 보낸 백두산 체험의 충격이 표현된 편지다. "백두산 정상에 올랐더니 천하 만사가 까마득히 저절로 잊혔소. 세상의 이른바 부귀, 빈천, 사생과 애환이 하나도 내 가슴으로 들어오지 않았고, 제왕과 영웅호걸의 업적이란 것도 그저 미미한 것에 불과하더이다."

겨레의 명산 백두산에 올라 반나절 이상 밝은 하늘 아래 천지 주변을 걸으며 감상을 즐긴 우리 일행은 분명 행운아(幸運兒)였다. 일행 중 막내인 재무 김상식은 말한다. "백두대간을 하면서 처음 가본 지리산 천왕봉에서 시산제를 하고 일출을 보았으니 조상님 3대가 덕을 쌓았고, 처음 가서 본

설악산 대청봉에서 일출을 보았으니 6대가 덕을 쌓았으며, 처음 와서 본 백두산에서 천지를 마음껏 보고 즐기니 9대가 덕을 쌓았습니다." 우리는 모두 환히 웃으며, "그래 니 말이 맞다!" 하고 화답했다. 북파 방향으로 하산하기 전 우리는 아쉬움을 머금고 천지를 배경으로 단체 기념촬영을 했다. 그리고 다시 천지를 향해 돌아섰다. 엄숙한 마음으로 "동해물과 백두산이 마르고 닳도록~"하며 애국가를 불렀다. 목청껏 힘차게 불렀다. 그러나 울먹이는 목소리는 목에 걸려 쉽게 나오지 않았다. 모두의 눈에 눈물이 하염없이 흘러내렸다. 그리고 우리는 서로를 껴안았다. 왜 우리는 눈물을 흘렸는지 서로에게 묻지 않았다. 말하지 않아도 우리는 서로 알고 있었다. 그때 갑자기 조금 떨어진 곳에 있던 산행 안내원이 뒤늦게 애국가를 부른 것을 알고 큰 소리로 화를 냈다. 바로 곁에 중국군 초소가 있는데 군인들이 들으면 큰일 난다는 것이다. 백두산에 올라 애국가도 마음대로 부를 수 없다는 현실이 새삼 슬퍼졌다. 남북이 통일만 되었다면, 간도협약으로 일본이 제멋대로 청나라에 간도를 넘겨주지만 않았다면, 웅대한 조상들이 세운 고구려가 혹은 발해가 멸망되지만 않았다면 이곳은 바로 우리의 땅이 아닌가. 역사에 가정은 없다 하더라도 잃어버린 땅을 되찾는 노력은 있어야 하지 않겠는가. 오히려 북한과 중국이 압록강의 위화도와 황금평의 땅을 100년간 임대 추진 중이라니 참으로 애석한 일이 아닐 수 없다.

하산하는 길, 초소의 군인들에게 한 잔에 1000원 하는 커피를 사 마시고는 장백폭포에 이르니 사람들이 붐볐다. 온천을 하고 이영희 등반대장이 특히 좋아하는 송어, 그 중에서도 백두산 송어로 소주를 곁들인 점심을 했다. 그리고 버스를 타고 이도백하로 이동해 열차에 올랐다. 침대열차는 13시간을 달려 다음날 아침 심양 역에 도착했다. 밤을 꼬박 달려온 일행은 씻지도 못하고 바로 단동으로 향했다. 강행군이었다. 다시 3시간 반을 달린 후 비 내리는 역사의 강 압록강에 도착했다. 강에는 5천년 민족의 애환이 흐르고 있었다. 압록강 물은 빗물로 인해 흐렸다. 유람선을 타고 중국과 북한의 국경인 강 중앙을 달리며 북한의 신의주를 바라보았다. 비장함이 스쳐갔다. 북한의 배들이 정박해 있고 사람들은 볼 수가 없었다. 갈 수 없는 동토의 땅, 북한을 다녀오고 북한에 친척이 있다는 여행 안내원이 전하는 북한 주민들의 실상 이야기는 참으로 비참했다. 배에서 내려 6·25 당시 미군의 폭격으로 가운데가 끊어진 압록강 다리 위로 올라갔다. 우리민족의 비극적인 6·25 전쟁을 중국에서는 '항미원조전쟁'으로 부른다. 끊어진 다리를 복구하지 않는 것은 이를 '잊지 말고 기념하기 위해서'라니 참으로 역사의 아이러니가 아닐 수 없다. 더구나 '미 제국주의자들이 북한의 동포를 해치고 있으니 너희 조선족들이 앞장서서 동포를 도와주어야 하지 않느냐?'며 인해전술의 총알받이로 조선족을 이용했다는 이야기는 차라리 분노를 느끼게 한다. 60년 전 저들이 아니었다면 한반도는 이미 통일되어 평화와 번영의 길을 달려가고 있으련만.

빗속의 단동을 떠나 다시 심양에 도착했을 때는 이미 저녁 9시가 넘었다. 호텔에서 여장을 푼 우리는 저녁식사를 하고 그간의 피로를 풀고 유쾌한 시간을 가졌다. 그리고 호텔로 돌아와서 잠시 다른 방에서 이야기하다가 내 방으로 갔다. 순간, 나는 내 눈을 의심했다. 방에는 제사상이 차려져 있었고 일행들은 모두 숙연하게 서 있었다. 오늘이 아버지의 기일이라 조금은 무거웠던 내 모습에 일행들이 내게 알리지 않고 비밀리에 준비를 한 것이다. 아버지의 상 앞에 무릎을 꿇은 내 눈에는 눈물이 흘러내렸다. 멀리 중국에서 드리는 아버지를 향한 그리운 마음, 불효자의 눈에 눈물이 폭포수처럼 쏟아졌다.

"아버지, 살아생전 잘 모시지 못해 죄송합니다. 용서하시고 편히 쉬세요."

10여 분간의 아버지와의 대화, 이는 아버지에 대한 그리움이고 불효자의 통곡이었으며 아버지와 눈물로 화해하는 소통의 장이었다. 함께한 고마운 형제들도 모두 아버지에게 예를 갖추었다. 심양의 밤은 점점 깊어갔다.

다음날 아침, 공항으로 이동하는 버스 안의 우리 모습은 마지막 투혼을 불태운 전사들이었다. 모두들 몸은 지쳐 있었지만 마음은 평화 그 자체였다. 굉음을 지르며 심양공항을 이륙한 비행기가 창공을 높이 날아올랐을 때 옆에 앉은 아우 경희와 시작한 백두대간 종주, 앞으로 진행할 100대 명산 산행, 그리고 살아갈 아름다운 인생 이야기는 비행기가 인천공항에 도착할 때까지 그칠 줄 몰랐다. 원수하고는 1리를 함께 가도 멀게 느껴지는데, 좋아하는 사람과는 10리도 가깝게 느껴진다는 속담이 실감난다며 함께 웃었다. 백두대간 종주는 미완인 채로 끝이 났다. 훗날 발걸음은 다시 금강산을, 묘향산을, 북한의 산하를 지나 백두산으로 향하는 그날이 오리라. 그렇기에 끝은 없다. 나는 다시 걸을 것이다. 내 나라를 걷고, 세계를 걸을 것이다. 산길을 걷고, 들길을 걸으며, 바닷길을, 초원길을, 실크로드를, 차마고도를, 그리고 사랑을 배우고, 침묵을 배우고, 소박하고 아름다운 삶을 배우는 자신의 길을 걸어갈 것이다. 나는 아직도 배가 고프다!!!

새로운 하루가 열리는 화진포의 새벽 미명, 해안가에 움직이는 물체들이 점점 가까이 다가온다. 길게 바닷가에서부터 횡대로 도열해 해안가 백사장을 움직이는 물체들은 마치 기계적이라는 느낌을 줄 정도로 일사불란하다. 뭘까 하는 호기심도 잠시, 빠르게 움직이던 물체들은 어느새 시야에 가까이 들어오고, 이들은 바로 북한군과의 대치 속에 최북단 해안을 지키는 국군들이었다. 지난밤 혹시 해안을 통해 북괴군이 침입하지 않았는지 수색하는 임무를 지닌 군인들이었다. 수색을 마치고 멀어지는 그들의 뒷모습을 보면서 일반 국민들이 평안하게 생업에 종사하고 살아가는 데는 보이지 않는 저들의 수고가 있음을 새삼 느낄 수 있었다. 군인들이 해안가를 수색하고 콘도에서 100여 미터 떨어진 김일성 별장 뒤편으로 사라지자 화진포 해안에는 새로운 날의 손님들이 찾아든다. 밤을 밀어내고 나타난 시원한 아침바람, 묵은 물을 보내고 새롭게 밀려드는 하얀 분말의 파도, 동쪽 먼 바다 구름 뒤편에 숨어 수줍은 듯 고개를 내밀지 못하는 오늘의 태양, 머리 위에는 어느덧 푸른 하늘이 조각구름들을 희롱하는 평화로운 아침이 왔다. 새로운 하루를 시작하며 백사장으로 걸어 나간다.

지구가 24시간 스스로 돌아 자전하여 한 바퀴 돌면 새로운 하루가 온다. 달이 29.53일이 걸려서 지구의 둘레를 한 바퀴 돌면 한달이 된다. 한편, 지구는 공전하며 태양의 주위를 돌고 있다. 365일 지구는 태양을 떠나 존재할 수 없으며, 태양이 없으면 지구 안의 생명체도 존재할 수 없다. 지구의 지름은 12,740km, 지구의 둘레는 46,286km이며 태양의 둘레는 4,373,097km, 달의 둘레는 10,920km이다. 태양은 지구의 94.5배, 지구는 달의 4배에 해당한다. 우주는 120억 년 전에 거대한 폭발로 만들어졌고 지구는 45억 년 전에 태어났다고 한다. 인류는 400만 년 전에 생겨났으며, 우리 인생은 길어야 100년인데, 사람 몸 안의 염색체를 쫙 펴면 DNA 하나가 1.8m이며, 60kg 체중 안에는 지구에서 태양까지 360번 왕복할 수 있는 길이의 DNA가 들어 있다니, 창조주의 솜씨가 참으로 경이롭다. 하늘에는 무수한 천체가 있다. 우주에 떠 있는 태양도 지구도 달도 수많은 별들 중의 하나에 불과하다. 하늘의 별들과 땅의 모래 중 어느 것이 더 많을까. 호주의 시드니 천문학회에서는 해변과 사막에 있는 모래와 하늘에 떠 있는 수많은 별들 중 어느 것이 더 많은지 재미있는 발표를 했다. 결과는 모래보다 별들의 숫자가 10배 더 많은 70섹스틸리언이었다. 1섹스틸리언은 1000의 12좌승이니 상상을 초월하는 숫자다. 한자를 만드는 옛 사람이 억(億)이라는 숫자를 만들 때 '億은 人+意' 로서 당시의 사람들이 헤아리기에는 뜻밖의 어려운 숫자라 하니 문명의 발달이 괄목하다.

명사십리(鳴沙十里, 明沙十里), 아침의 화진포 백사장을 걷는다. 아무도 없다. 갈매기만 소리 없이 어디론가 날아간다. 출렁이는 파도를 벗 삼아 모래밭을 걷는다. 수평선이 햇살에 반짝이며 아득하게 펼쳐져 장관이다. 아, 이 신선한 바닷가의 아침 공기! 사람들이 하루의 원천인 여명이 깃드는 새벽의 이 공기를 마시려 들지 않는다면, 이것을 병에 담아 도시에서 나누어 줄 수 있다면 얼마나 좋을까. 이른 아침의 공기와 햇살, 바람과 시간을 맛보는 기쁨을 잃어버린 사람들에게 이를 전해줄 수 있다면 세상은 분명 밝고 맑아 좋아질 텐데. 그러면 각박한 삶 위에 평화와 안식, 새로운 희망을 나누는 일이 될 수도 있으련만. 그러나 아침의 신선함은 태양이 중천에 떠오를 때쯤이면 새벽의 여신을 따라 서쪽으로 날아가버려 보관할 수가 없다. 찾아가서 만날 수밖에 없는 대자연 속의 아침은 볼 수 있는 자에게만 자신을 허락한다. 그리고 그들은 대자연의 축복 속에서 하루의 삶을 살아간다.

육감으로 느끼는 자연의 경이는 여러 가지 탄성을 영혼에 전달한다. 서쪽 하늘에서 밀려온 밤은 영광스러운 창조물을 어둠으로 가리고, 어둠속의 밤은 새로운 반짝이는 천상의 보석들로 우주를 황홀하게 연출한다. 그리고 다시 아침이 오면 온 대지와 하늘의 벌판 위에 위대한 작품을 내보인다. 동쪽에서 떠올라 새벽을 깨우는 태양을 기다리고 반기며, 산에서 들에서 바다에서 아침의 정기를 호흡하는 영혼들은 대자연의 숨결을 마시며 이 땅위의 평안과 즐거움을 누린다. 태양은 단지 아침에 뜨는 별에 지나지 않는다고 하지만, 그는 단지 혼자서 이 세상을 밝히는 별이고, 대자연에 생명을 불어넣는 숭배를 받을 만한 위대한 존재다. 자연은 신의 예술이며 은총이고 계시이다. 흰 구름과 봄바람은 신의 몸짓이고, 천둥과 번개는 신의 음성이다. 자연에 대한 경외심을 가지는 것은 인생을 경건하게 살아가는 밑거름이 된다. 겨울은 영원히 계속되지 않으며, 봄은 자기 차례를 건너뛰지 않는다. 자연이 분노하면 재앙을 가져온다. 인간은 자연의 한 조각일 뿐이다.

지금은 역사의 무대에서 사라진 북미 인디언 수와미족의 추장 시애틀이

1855년 피어스 대통령에게 보낸 '문명세계에 보내는 편지'의 마무리 부분이다.

"백인들이 언젠가는 발견하게 될 한 가지 사실을 우리는 알고 있습니다. 즉 당신네 신과 우리의 신은 같은 신이라는 사실입니다. 당신들이 우리 땅을 소유하고 싶어 하는 것처럼 당신들은 신도 소유하고 있다고 생각할지 모릅니다. 그러나 그럴 수는 없습니다. 그것은 인간들의 신입니다. 그리고 신의 연민은 백인들에게도 동등합니다. 이 대지는 신에게 소중한 것입니다. 그리고 대지를 해치는 것은 조물주에 대한 모독입니다. 백인들도 역시 소멸할지 모릅니다. 아마 다른 종족들보다 먼저 소멸할지 모릅니다. 당신의 잠자리를 계속 오염시켜 나간다면 당신은 어느 날 밤 자신의 오물 속에서 질식하게 될 것입니다. 들소들이 모두 살육을 당하고 야생마들이 모두 길들여지며 성스러운 숲속이 인간의 냄새로 꽉 찰 때, 그리고 산열매가 무르익는 언덕들이 수다스러운 부인네들에 의해서 더럽혀질 때 잡목 숲과 독수리는 어디서 찾겠습니까? 그리고 이동과 사냥이 끝장난다는 것은 무엇을 의미합니까? 그것은 바로 삶의 종말이요, 죽음의 시작입니다."

어느 맑은 날 아버지가 해안가에서 아들에게 묻는다.

"아들아, 너는 저 수평선의 끝이 어딘지 아니?"

"끝이 어딘지 잘 모르겠는데요."

"그래, 저 수평선의 끝은 바로 여기 이 바닷가란다."

"예?" 하고 의아해 하는 아들에게 아버지는 다시 말한다.

"모든 시작은 바로 끝이란다. 인생이 흙에서 와서 흙으로 가듯, 끝은 언제나 시작에 있고 시작은 그 끝이란다. 인도 격언에 '너무 멀리 보는 사람은 자신 앞에 펼쳐진 초원을 보지 못한다.'고 하듯 사람들은 항상 모든 해답을 멀리서 찾는데, 사실은 대부분 가까운 곳에 그 진리가 있지. 밤하늘의

꽃인 별을 보느라 지상의 별인 발밑의 꽃을 보지 못하는 거지. 행복의 파랑
새가 멀리 있는 것이 아니라 바로 우리 집 처마에 있는 것처럼."

　인간은 대자연의 한 조각이다. 계절이 오고가듯 삶도 죽음도 한 조각 구
름이 일어났다가 사라지는 것이다. 삶의 종말은 죽음의 시작이다. 꿈도 사

랑도 행복도 모두가 지금 함께 걸어가고 있는 현재에 있다. 현재는 신이 준 최고의 선물이다. 오늘 주어진 시공을 헛되이 낭비하지 말고 의미 있고 즐겁게 맞이해야 한다. 어제는 버려야 할 쓰레기가 아니라 오늘의 밑거름이다. 오늘은 어제의 산물이고 결과이다. 오늘은 어제까지의 기쁜 일, 슬픈 일 모든 것이 어우러진 합성물이다. 내일은 오늘 위에서 비롯된다. 야구에서 8회 말이 없는 9회 말이 없듯이, 미래는 오늘을 어떻게 살았는가에 따라 좌우된다. 강을 건넜으면 나룻배를 두고 길을 가야 하듯 이제 저 바다 속에 수장시켜야 할 것들, 비우고 버려야 할 것들을 이 동해의 아침 바다 속에 수장시켜 버리고, 참다운 내일을 위한 소중한 것들을 가슴에 채워 돌아가야 한다. 봄날에 소생하는 새싹들처럼 신선한 숨결을 내뿜으며 인생의 여로를 가야 한다. 갈매기들이 파란 물결 위에 펼쳐진 파란 하늘을 가로질러 그림자를 남기지 않고 평화롭게 날아가고, 아침의 여행자는 하얀 모래 위에 하얀 발자국을 남기며 가볍게 걸어간다.

화진포 해변의 남쪽 끝에 있는 화진포의 성 김일성 별장을 올라간다. 계단을 오르다가 어릴 적 김정일이 앉아서 사진을 찍은 곳에 앉아 장난스레 먼 바다를 바라본다. 선교사들의 예배당을 개조해서 별장으로 만들어 김일성과 당 간부들이 휴양소로 사용했던 그 옥상에 서서 망원경으로 멀리 북녘의 해금강과 금강산의 비로봉을 바라본다. 지금은 중단된 금강산 관광을 해로와 육로로 두 번 다녀왔다. 처음 해로를 이용하여 금강산을 다녀오면서 진심으로 정주영 회장과 현대아산에 감사하는 마음을 가졌다. 회사의 직원들을 데리고 휴전선을 지나 육로로 갈 때는 남과 북의 대치상황을 볼 수 있었고 분단의 실감이 났다. 아름다운 금강산을 관광하면서 어서 빨리 자유롭게 왕래할 수 있기를 기원했지만 지금은 오히려 중단되어버렸다. 금강산을 지나고 백두대간을 따라 백두산까지 종주를 하며, 북녘 땅으로 백두산을 비롯한 북녘의 산하를 자유로이 오고갈 수 있다면 얼마나 좋을까. 그러면 피맺힌 이산가족들은 얼마나 기뻐하겠는가.

김일성의 별장에서 내려와 다시 이기붕 부통령의 별장으로 발걸음을 옮긴다. 화진포에 이승만, 이기붕, 김일성의 별장이 있었다는 사실은, 이곳이 역사적인 의미도 있지만 당시 최고 권력자들의 휴양지라는 의미에서 화진포의 아름다움을 미루어 짐작할 수 있게 한다. 이기붕의 별장은 소박하고 아담하다. 이기붕의 아들이자 이승만 대통령의 양자 이강석의 총격으로 가족 모두 집단 자살한 비극의 현장들이 기록으로 남겨져 있다. 4·19 혁명의 도화선이 되었던 3·15 부정선거 데모 희생자 김주열 열사를 도보여행 중 남원에서 만나고, 이제 다시 4·19 혁명의 결과로 비극적인 종말을 맞은 이기붕을 화진포에서 만나는 것이 아이러니하다. 송림이 우거진 아늑한 별장에 이기붕 일가의 즐거운 한때와 역사의 비극이 교차한다. 별장에 걸려 있는 이승만 대통령의 시다.

물 따라 하늘 따라 떠도는 이 몸
만 리 태평양을 얼마나 오갔나.
가는 곳마다 명승지를 찾아보아도
꿈속에는 길이 한강과 남산뿐이네

이제 화진포 호숫가를 걸어 이승만 대통령의 별장으로 간다. 호수 주위에는 키 작은 해당화와 울창한 송림들이 병풍처럼 둘러싸여 있고, 넓은 갈대숲 사이에 있던 철새 떼들이 나그네 발걸음에 놀라 푸드덕 소리를 내며 호수 위로 날아오른다. 새들이 그림자를 남기지 않고 하늘을 날아다니듯이 호수에는 흰 구름이 그림자를 남기지 않고 조각배처럼 떠다닌다. 어디선가 아름다운 선율의 '화진포에 맺은 사랑'이 들려온다.

황금물결 찰랑이는 정다운 바닷가/ 아름다운 화진포에 맺은 사랑이
꽃구름이 넘어가는 수평선 저 너머/ 푸른 꿈이 뭉게뭉게 가슴 적시면
조개껍질 주워 모아 사랑을 수놓고/ 영원토록 변치 말자 맹세한 사랑

은물결이 반짝이는 그리운 화진포/ 모래 위에 새겨놓은 사랑의 언약
흰 돛단배 흘러가는 수평선 저 멀리/ 오색 꿈이 곱게곱게 물결쳐 오면
모래섬을 쌓아놓고 손가락 걸고/ 영원토록 변치 말자 맹세한 사랑

이승만 대통령의 별장과 기념관을 둘러본다. 말년에 독재와 실정으로 씻을
수 없는 과오를 저지르고 하와이로 망명해 끝내 귀국하지 못한, 건국 대통령
이면서도 동상 하나 없는 불운한 대통령이다. 세계 각국에서는 건국의 아버

2010/03/24 10:31 AM

지를 추앙하지만, 우리나라에서는 세계 10위권 부국(富國)의 기틀을 마련한 건국 대통령이면서도 부정적인 이미지로 가려져 있다. 이는 식민지와 가난과 전쟁의 아픔을 이겨낸 성숙한 대한민국이 취할 태도는 아니다. 장기집권을 위한 사사오입 개헌, 3·15 부정선거, 4·19 유혈사태는 그의 공을 깎아내리기는 하나, 제2차 세계대전이 끝나고 새로운 냉전질서가 자리 잡는 격변기에 국제정세를 통찰하는 데 탁월한 능력을 지닌 이승만이 아니었으면 과연 대한민국이 바로 서고 6·25 전쟁에서 나라를 지킬 수 있었을지 돌이켜볼 필요가 있다. 이제는 그의 공과 과를 재평가해야 한다. 역대 대통령 9명에 대한 여론조사를 해보면 부동의 1위는 박정희 대통령, 2위는 김대중, 3위는 노무현이다. 4위와 5위는 이승만과 전두환 대통령이 앞서거니 뒤서거니 한다. 미국의 조지 워싱턴 대통령처럼 국부(國父)가 되지 못하고, 이웃나라 중국의 모택동이

나 손문이 받는 경배를 이승만 대통령이 받아서 안 될 이유는 없을 것이다.

해양박물관으로 발길을 옮겨 한 바퀴를 둘러본 후 3층 휴게실에서 커피를 마신다. '마라도에서부터 걸어오는 길' 이라는 말에 일하는 아주머니들, '하나도 지친 모습이 없는데 거짓말 같다.' '너무 멋있다.' '부럽다.' '마무리까지 즐거운 여행 되라.' 며 인사한다. 괜히 어깨가 으쓱해진다.

대진항으로 가기 위해 한적한 해안도로를 따라 걷는다. 성게 잡이로 유명한 초도항이 나온다. 도로 주변 숲을 정비하던 공공근로 어르신들이 따사로운 햇살 아래 편안한 모습으로 휴식을 취하고 있다. "안녕하세요, 수고 많으십니다." 하니 예상치 못한 일인 듯 깜짝 놀라며 화답한다. "걸어서 마라도에서부터 여기까지 왔습니다." 하니 대단하다며 박수를 친다. 기분 좋은 발걸음, 초도항을 지나니 갈매기들이 호위하며 앞으로 옆으로 와서 날고 있다. 드

디어 대진항이 보인다. 파란 하늘, 파란 바다에 하얀 등대, 빨간 등대가 겹친
다. 그 뒤편 낮은 산등성이에 대한민국 최북단의 대진 등대가 햇살에 비친 하
얀 모습으로 위용을 자랑하듯 멀리 수평선 너머를 응시하고 있다. 해안가 도
로를 걷는다. 철책이 가로막고 있다. 대진 해수욕장 백사장이 철책 너머에
있어 바닷가에는 들어갈 수가 없는 게 분단의 현실이 느껴진다. 3~4세 되어
보이는 두 어린아이가 철책에 붙어 서서 귀여운 모습으로 바다를 향해 소리
지른다. "파도야, 놀~자. 갈매기야, 이리 와." 라고 하는 것 같다. 하얀 거품을
내뿜는 바다 위를 무심한 갈매기들이 끼룩끼룩 소리를 내며 날고 있다.

　배가 고프다. 항구의 식당으로 들어가서 물회를 주문했다. 수족관의 고
기를 구경하며 문어의 가격을 물어본다. 내륙지방인 안동에서 문어는 큰
행사에 없어서는 안 되는 소중한 대접을 받기에 평소 문어를 좋아한다.
"간단하게 소주 한 잔 하도록 조금만 줄 수 없습니까?" "그럴 수는 없고 2
만원만 주세요." 하며 작은 문어를 잡기 시작한다. "그것을 혼자서 어찌 다
먹을 수 있겠습니까?" 하니 남으면 싸주겠단다. 그때 식당 안에서 아주머
니가 나오며 "그 작은 문어는 오늘 친정아버지 제사에 쓰니 팔지 말라고
하지 않았느냐?"며 화를 낸다. 아주머니의 언성이 무서워(?) 마치 죄진 사
람처럼 얼른 식당 안으로 피해 와서 살펴보니 무뚝뚝한 아저씨는 대꾸도
하지 않는다. 잠시 후 아주머니는 내게로 와서 "오늘 친정아버지 제사에
쓰려고 했는데…" 하며 멋 적은 듯 웃는다. 어색한 분위기라 한 마디 인사
말을 건넸다. "제사에 더 큰 문어를 드리려고 그러신 것 아니겠어요?" 아주
머니는 "솔직히 처갓집 제사에 더 큰 문어 드리고 싶으세요?"라고 반문하
며 웃는다. 소주를 한 잔 하며 맛있는 문제의 문어를 먹고 있는데, 아저씨
와 아주머니도 식사를 차려 옆 상에 앉는다. 여전히 무뚝뚝한 아저씨, "제
사상에 크고 좋은 것으로 올려드려야지 그것을 어떻게 드려!" 하며 일갈하

신다. 나는 그것 보란 듯 아주머니를 보며 "아저씨가 한 수 위시네요." 했다. 그러자 모두 웃는다. 잠시 후 밝은 아주머니의 목소리가 식당 안을 울린다. "엄마! 문어 삶아 놓았으니 이따가 들르세요." 친정어머니에게 전화하는 목소리가 대진항을 울리는 희망 찬 뱃고동 소리처럼 울려퍼진다.

물회와 문어로 거한 식사에 소주 한 병을 곁들이고 돌아서서 하는 한 마디. "대진항이 고향인 영동횟집 아저씨 아주머니, 그렇게, 그렇게 행복하게 잘사세요!" 하고는 다시 대진 등대를 향한다. 언덕을 올라가니 시원한

마차진해수욕장
麻次津海水浴場 →
Machajin Beach 300m

○전망대 출입신고소 ↑
700m

2010/03/24 08:58 AM

바닷바람이 불어온다. 하얀 예복을 입은 멋진 신사의 모습으로 '대진항로
표지소'란 이름표를 단 대진 등대가 우뚝 솟아 있다. 조금 전에 지나온 초
도항, 평화로운 대진항이 한눈에 보인다. 등대는 항로표지의 하나로 바닷
가나 섬 같은 곳에 세워져 야간에 강렬한 등불 빛을 발하여 선박이나 항공
기에 육지가 있음을 알리고, 바다에 보이지 않는 뱃길이나 위험한 곳 따위
가 있음을 알려준다. 우리나라의 등대는 옛날에는 항로변의 섬이나 산에
서 봉화(烽火)를 올려 등대 역할을 하다가, 구한말 인천항에 처음 서양식

등대가 건설되었다. 1971년에 팔각의 기둥으로 해발 60m 높이로 세워진 대진 등대의 팔각 전망대에 올라 먼 바다를 바라보며 등대가 지나온 일들을 상상해보고 싶었다. 그러나 전망대 문은 굳게 잠겨 있다. 전망대에서 바라보는 동해바다의 아름다운 모습과 일출은 그 명성이 대단하다고 하던데 아쉽다. 그래도 흰 구름을 품은 푸른 하늘, 푸른 바다를 배경으로 시원스레 서 있는 최북단의 등대가 사랑스럽다. 대진 등대의 불빛은 12초마다 깜빡이며, 약 37km 떨어진 해상에서도 식별이 가능하다. 시야가 좋은 날은 멀리 해금강은 물론 북한지역까지 바라볼 수 있다. 대진 등대는 어로 한계선을 나타내는 도등의 역할을 하다가 1993년부터 일반등대로 전환되고, 동해안 최북단의 무인등대인 저진도등을 원격 관리한다. 저진도등은 2개의 등대를 연결하는 선이 어로 한계선임을 표시하면서 어선들이 월북조업을 하지 않도록 안전한 위치를 알려준다.

멀리 국토 최남단의 마라도 등대가 다가온다. 그리고 가슴으로 힘차게 외친다.

"보라! 나는 최남단의 마라도 등대를 떠나 먼 길을 걸어 드디어 여기 대한민국 최북단의 대진 등대에 섰다!'

인생의 등대는 희망이다. 희망은 어두운 삶에 빛을 밝혀주는 등대다. 등대는 갈 길을 몰라 헤매는 존재에게 희망의 빛을 내뿜는다. 길을 떠나지 않는 배는 등대가 필요 없다. 길을 가지 않는 자에게는 희망의 등대가 필요 없다. 도중에서 넘어지고 다치는 일은 다반사다. 그때마다 등대는 길을 밝혀준다. 먼 길을 걸어 대진 등대에 서기까지 길을 나서게 하고, 길을 함께하며 마음의 열기를 더한 빛이 있었으니, 그 빛은 삶이요 희망이요, 도전이요 사랑이요, 용서요 애환이요, 형형색색의 아름다움을 지닌 등대의 불빛이었다.

등대를 내려와 오늘의 목적지 금강산 콘도를 향한다. 드디어 마차진 해수욕장이다. 바다를 배경으로 서서 사진을 촬영한다. 수염이 덥수룩하고 여유롭다. '이것이 진정한 나의 모습이자 멋이다. 초췌한 유랑자의 모습이 아닌, 바람처럼 구름처럼 떠돌며 인생의 멋과 맛을 즐기는 시대의 풍류객이다.' 라며 내공을 다진다. 버스종점에 서 있는 버스에 술을 광고하는 모델이 야한 모습을 하고 있다. 예쁜 여인을 배경으로 장난스레 사진을 찍고는 금강산 콘도로 들어선다.

"마라도에서부터 걸어왔으니 제일 전망 좋은 방으로 주세요." 하니 "예." 한다. 친절하다. 방에서 여장을 풀고 바다 쪽 창문을 연다. 어느덧 날이 어두워지고 철책으로 둘러쳐진 해변 가는 불빛으로 환하다. 땅의 등대에서는 먼 바다로 희망의 빛을 보내고, 하늘에서는 별빛보다 조금 더 밝은 반달이 온 누리를 비춘다. 바다 위에 비치는 소리 없는 그림자가 유영을 하며 나아간다. 아름다운 세상, 가슴이 설렌다. 가벼운 흥분과 함께 뿌듯함이 밀려온다. 참으로 먼 길을 걸어 여기까지 왔다. 밤이 깊어가고 지친 몸과 영혼에 스르르 잠이 찾아온다.

모두가 잠든 고요한 새벽, 잠에서 깨어나 창문을 열고 베란다로 나가니 시원한 바람과 함께 파도소리가 밀려온다. 이제 드디어 날이 밝으면 통일전망대로 간다. 성취감에 이어 경건한 마음이 밀려든다. 드디어 통일전망대로 가는 길, 그 마지막 날이 왔다. 이제 날이 밝아오면 그 대단원의 마지막을 걸어간다. '한 걸음 한 걸음에 의미를 부여해야지. 마음의 소원을 담아 걸어야지. 평화통일과 겨레의 화합을 기원하고, 살아 있는 모든 것들뿐만이 아니라 생명이 없는 모든 존재에 이르기까지 행복하기를 기원하고, 특별히 어머니, 어머니의 남은 생의 날들의 행복을 기원해야지. 그리고 이 땅에 소풍 온 어린아이마냥 동행하는 모든 인연들과 즐겁고 아름다운 마무리를 기원해야지.' 하며 먼 바다 위로 끝없는 상상의 나래를 펼치다가 다시 깊고 평온한 잠 속으로 빨려 들어간다.

24

살아남는 자가
강한 자다

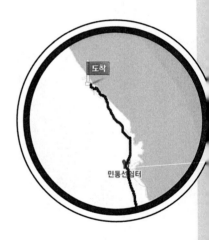

민족의 염원 통일전망대로(11km)

통일전망대

집안이 나쁘다고 탓하지 말라
나는 아홉 살 때 아버지를 잃고 마을에서 쫓겨났다.

가난하다고 말하지 말라
나는 들쥐를 잡아먹으며 연명했고
목숨을 건 전쟁이 내 직업이고 일이었다.

작은 나라에서 태어났다고 말하지 말라
그림자 말고는 친구도 없고 병사로만 10만,
백성은 어린애, 노인까지 합쳐도 200만이 되지 않았다.

배운 게 없다고, 힘이 없다고 탓하지 말라
나는 내 이름도 쓸 줄 몰랐으나 남의 말에 귀 기울이면서
현명해지는 법을 배웠다.

너무 막막하다고, 그래서 포기해야겠다고 말하지 말라
나는 목에 칼을 쓰고도 탈출했고
뺨에 화살을 맞고 죽었다 살아나기도 했다.

적은 밖에 있는 것이 아니라 내 안에 있다.
나는 내게 거추장스러운 것은 깡그리 쓸어버렸다.
나는 극복하는 그 순간 징기스칸이 되었다.

강한 자가 살아남는 것이 아니고
살아남는 자가 강한 자다.

징기스칸

피에르 레비는 "21세기 현대인은 다시 사이버 초원을 방랑하는 유목민이 되었다."라고 하고 21세기를 '신 유목민의 시대'라고 했다. 유목민의 특성은 끝없이 초원을 찾아 신속하게 이동하는 것이다. 끊임없이 이동하면서 몸집을 줄여 속도를 중시하고 소통을 원활히 하는 것은 유목민의 최고 강점이다. 징기스칸은 12~13세기에 유라시아 광활한 초원을 누비며 "강한 자가 살아남는 것이 아니라 살아남는 자가 강한 자다. 적은 내 안에 있다."고 외친 최고의 유목민이었다. 알렉산더 대왕(348만㎢), 히틀러(219만), 나폴레옹(115만), 세 정복자가 차지한 땅보다 더 많은 777만㎢를 정복한 징기스칸의 성공 비결은 꿈이었다. 그는 황무지를 떠돌며 꿈을 키우고 끊임없이 꿈 너머의 새로운 꿈을 향해 달려가며 부족민들과 정복의 꿈을 공유했다.

나에게도 꿈이 있었다. 그 꿈은 소박했다. 하나씩 이루어가는 성취는 항상 기쁨을 주었고 오늘에 이르렀다. 이제 또 하나의 꿈을 이루면서 사색과 구도, 멋과 낭만의 고독한 여행을 마치고, 보다 확장된 세계로 나아가 자유로운 영혼으로 삶을 사랑하는 아름다운 꿈을 꾼다. 뜨거운 심장을 지닌 개척자의 정신으로 고통을 즐기며 '이제 어디로 가지?' 하는 또 다른 시작의 꿈의 길을 간다. 부질없이 거추장스런 모든 것들을 깡그리 쓸어버리고 바람 따라 구름 따라 산 넘고 물 건너 이 험한 세상에서 내 마음이 담긴 자유의 길을 간다.

"충성! 안인호 중사입니다. 눈이 많이 오는데 예정대로 통일전망대로 가시는지요?" 새벽에 일어났다가 깜박 다시 잠이 들었는데 휴대폰을 통해 들려오는 씩씩한 목소리에 정신이 번쩍 든다. "그럼, 가야지요. 눈이 오면 경관이 더욱 멋있겠는데요." 하고 창문을 여니 거센 눈보라가 밀고 들이닥친다. 새벽녘에 평온했던 바닷가 분위기가 급변했다. 하얀 거품을 내뿜는 파도와 쏟아지는 하얀 눈이 바람에 날리며 어우러져 장관이다. TV를 켜니 대설주의보가 내렸다. 고성

일대는 특히 더 심하다고 한다. 왜 이럴까? 참으로 즐겁다. 걱정보다는 기쁨이 앞선다. 별난 인간이 가는 길에 별난 날씨, 환상적인 결합이다. 추위가 맹위를 떨치고 눈보라가 세차게 몰아쳐 한겨울의 추위를 방불케 하는 2010년 3월 25일 통일전망대로 가는 길. 하늘의 축복이 내리고 있다. 하늘이 터뜨린 샴페인이 하얀 솜뭉치가 되어 온 누리에 내리고 있다. 바다가 하얗고, 산이 하얗고 온 하늘과 땅이 하얗다. 하얀 기운이 바람에 휘날린다. 쉬운 길, 편안한 길로 가는 사람은 성공의 묘미를 못 느끼고, 어려움 없이 성취되는 것은 하나도 없다는 하늘의 진리를 보여준다. 무릎을 꿇는다. 감격의 기도를 올린다. 눈가에 이슬이 맺힌다. 제주도, 완도, 해남, 강진, 장흥, 보성, 곡성, 남원, 장수, 무주, 영동, 보은, 괴산, 충주, 원주, 횡성, 홍천, 인제, 진부령, 간성, 거진, 화진포, 대진을 거쳐 한 걸음 한 걸음을 걸어 백만 걸음을 지나온 2천리 길이 주마등처럼 스쳐간다. 가도 가도 끝이 없는 외로운 나그네 길. 드디어 오늘 그 끝을 향해서 걸어간다. 하늘이, 땅이, 바다가, 바람이, 천지만물이 찬사와 갈채를 보내고 있다.

과연 무사히 목적지까지 갈 수 있을까, 혹시나 불의의 일로 포기하지나 않을까 하는 염려도 들었지만, 먼 길을 걸어서 드디어 대단원의 마무리, 여기까지 왔다. 다행히 아무런 방해요인이 없었다. 내가 없어도 세상은 아무런 일 없다는 듯 흘러갔고, 내 몸은 장흥에서 비오는 날 발에 물집 하나 생긴 것 외에는 신기하게도 아무런 탈이 없다. 허전하면서도 모든 것이 감사하다.

사람은 환경의 지배를 받는다. 맹모삼천이요, 근묵자흑(近墨者黑)이다. 향을 싼 종이는 향내가 나고 생선을 묶은 새끼줄은 비린내가 난다. 환경은 주변을 둘러싸고 있는 상황이다. 순경(順境)도 있고 역경(逆境)도 있는 것, 이것이 인생이다. 순경만 있기를 바라지 말 일이지만, 고행의 길에 더 큰 역경이 없어 다행스럽다. 흔히 인생은 적자생존(適者生存)의 법칙이라고 한다. 생존을 위한 싸움은 괴롭고 힘들다. 이기면 기쁨과 영광이 있지만,

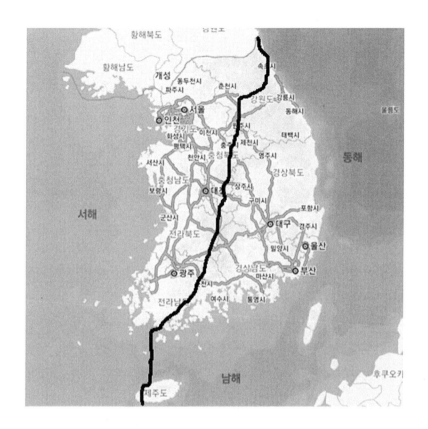

패배하면 수치와 비애가 따른다. 그리고 패한 자는 무대에서 떠나야 한다. 그래서 싸우면 이겨야 한다. 이기려면 힘이 있어야 하고, 힘을 기르자면 자신의 한계에 도전하고 역경을 극복해야 한다. 역경은 인생을 강하고 풍요롭게 한다. 가장 힘든 싸움은 자신과의 싸움이다. 타인에게는 엄격하고 자신에게는 관대한 것이 사람이다. 자신을 이기려면 자신에게 보다 엄격해야 한다. 그러나 이는 성을 빼앗는 것보다 힘들다. 힘들다고 포기하지나 않을까 두려움도 있었다. 진주도 조개가 얼마나 상처를 받았느냐에 따라 아름다움이 결정된다고 하지 않는가. 오히려 견딜 만한 힘든 상황들이 있어 더욱 즐거웠다. 춘래불사춘이라, 봄은 왔지만 이렇게 마지막 날까지 눈보라가 벗을 해주고, 잦은 비바람이 동행하며 운치를 더했다. 모든 것이 어우러져 멋진 여행길이었다.

아득한 옛날 백두산에 인간이 처음 났을 때부터 이 땅에는 맥(貊)이라는 짐승이 있었다. 맥은 우리 조상의 생명을 보호하고 지혜를 주었다. 그래서 다른 민족이 우리를 가리켜 맥족(貊族)이라 했다. 환인, 복희, 신농, 치우, 단군은 다 우리 맥족의 조상이었으며 공자도 맥족의 후예라고 한다. 우리 조상이 신수(神獸)로 숭상한 맥은 꿈을 먹고 사는 짐승이었다. 우리는 자연스레 꿈이 있는 민족이었다. 인생은 꿈이 있어야 한다. 꿈을 먹고 사는 인생은 행복하다. 아름다운 꿈은 삶을 즐겁게 한다. 꿈을 이루기 위해 피와 땀과 눈물을 흘리는 것이 멋진 인생이다. 꿈이 없는 인생은 죽은 인생이나 다름없다. 꿈이 있다는 것은 정열의 샘이 솟고 희망의 태양이 빛나는 것이다. 허황된 꿈이 아닌 능력과 처지에 맞는 성취 가능한 꿈은 살아 있다는 존재의식을 느끼게 한다. 현실을 망각한 허깨비 같은 꿈은 버려야 하겠지만, 소중한 꿈은 생의 활력소요 강장제다.

잠 속에서 꾸는 꿈과 마음속에서 꾸는 꿈은 엄연히 다르다. 프로이트는 잠 속의 꿈을 분석해서 사람의 마음을 읽어냈다. 잠을 자면서 꾸는 꿈은 마음속에 품는 꿈이 의식의 수면 위로 올라오는 것이라는 통찰이다. '장주지몽'은 나비가 되어 훨훨 나는 꿈을 꾸던 장자가 꿈에서 깨어나 문득 나비였던 꿈이 생시인지, 사람인 지금이 꿈인지 헷갈리게 된다. 결국 삶이란 나비의 꿈속에 깃든 로망에 불과하니 집착을 버리고 평온하고 꾸밈없는 자기성찰을 하라는 메시지다. 일장춘몽 같은 인생 소풍 길, 무욕과 겸허로 한 판 신명나게 놀다가 갈 일이다.

소설 같은 인생사에 나에게도 특별한 꿈이 있었으니 백두대간을 종주하고 국토를 두 발로 걸어서 종주하는 것이었다. 소중한 꿈의 실현이 이제 눈

앞에서 기다리고 있다. 제주에서 통일전망대를 가는 계획을 하며 관련 서적은 단 한 권, 이외에 어떤 정보도 없었다. 지도를 놓고 줄을 그었다. 그리고 꼭 들러야 할 곳은 한 군데, 인제 원통의 아들 군부대였다. 걸어서 부대까지 가서 면회를 하겠다며 출발한 여행이었다. 짜임새 있는 여행보다는 정처 없는 유랑을 하고 싶었다. 물론 최종 목적지는 있지만. 그렇게 2천리 길을 걸어서 이제 여기까지 왔다.

1997년 1월 2일, 혹한의 강추위 속에 '세무법인 청산'이 있는 용인에서 안동까지 걸어가는 여행은 고향을 떠난 나그네가 거친 세상에서 열심히 살다가 그리운 어머니를 찾아가는, 지난날들을 회상하며 삶의 뿌리를 찾아가는 길이었다. 그리고 그 길은 감동과 감격이 있는 생애 최고의 여행이었다. 어린 시절의 추억이 있고, 힘의 원천이자 이상향인 청산(靑山)으로 가는 길이었다. 그 길은 용인, 이천, 음성, 충주, 문경, 예천, 안동으로 가는 260km, 9일간의 여정이었다. 다음 해인 1998년 1월 1일, 안동 고향집에서 용인으로 가는 길을 나섰다. 첫 번 도보여행의 멋은 다시 길을 떠나게 했고, 그 길은 고향에서 내 삶의 터전인 용인으로 걸어오는 것이었다. 청산의 마당바위에서 새해 일출을 보고 소원을 빌며 떠난 길이었다. 그 길은 영주, 풍기, 단양, 제천, 박달재, 목계 나루터, 여주, 이천, 용인으로 오는 280km, 8일간의 여정이었다. 처음에는 고향의 친구들이, 두 번째는 용인의 고마운 인연들이 반기고 환영해주었다.

고향과 생업의 터전을 오가는 두 번의 의미 있는 도보여행은 그 꿈을 확장시켰고, 그 꿈은 백두대간 종주와 국토종단 도보여행으로 이어졌다. 2010년은 꿈 너머 꿈, 새로운 두 개의 꿈이 이루어진 한 해가 되었다. 2009년 3월에 지리산에서 시작한 백두대간 종주, 진부령까지의 680km를 마무리하고, 2010년 2월 마라도에서 해남 땅끝마을을 지나 통일전망대까지 792km 국토종단의 도보여행을 이제 마무리한다. 결코 쉽지 않은 유랑 길,

죽는 날까지 잊지 못할 소중한 추억이다. 대한민국의 근간을 등산화 한 켤레에 의지해 1472km를 걸었다. 눈보라 비바람을 맞으며 캄캄한 밤 고봉준령(高峯峻嶺)을 넘고 태산준령(泰山峻嶺)을 넘었다. 비명을 지르며 강인한 생명력으로 견뎌내는 갈대밭 들판 길을 가로질러 걸으며, 비오는 아스팔트 도로 위를 흠뻑 젖어 걸었다. 따사로운 햇살을 맞고, 눈 덮인 설국을 지나며 스치는 다양한 인연들과 조우했다. 떠날 수 있도록 빈자리를 지켜주는 이들도 고마웠고, 배낭을 멘 두 어깨와 두 다리, 그리고 평발과 등산화도 고마워서 키스를 했다. 모든 것이 합력하여 선을 이루나니, 나의 멋진 역사를 쓰는 데 함께 동행한 인연들에 대한 고마움이 가슴 저 깊은 곳에서 올라온다.

모든 일에는 다 길이 있다. 만물유도(萬物有道)다. 눈보라 치는 날 길을 잃고 헤매다가 길 아닌 길을 가게 된다. 하지만 지나고 보면 그 길도 결국 길이었다. 세상살이가 나 홀로 눈보라 속에 헤매고 있다고 절망하며 울부짖어도 그 길 또한 내가 걸어가야 할 길이었다. 아버지는 아버지의 길을 가고, 아들은 아들의 길을 가고, 사나이는 사나이의 길을 가고, 모두가 각자 자기의 길을 간다. 글씨에는 서도(書道)가 있고 장사에는 상도(商道)가 있다. 강물이 망망대해(茫茫大海)에 도달하자면 물길을 따라 쉼 없이 흘러가야 한다. 산도 인생도 빛나는 정상에 오르자면 피와 땀과 눈물을 흘리며 그 길을 올라가야 한다. 사도(邪道)가 아닌 정도(正道)를 가야 한다. 바른 길은 무엇인가. 진실하고 아름답고 보람 있게 사는 길이다. 승리와 영광의 길, 패배와 낙오의 길은 모두 각자의 선택이다. 나의 계획, 나의 선택, 나의 책임 하에 나의 길을 가는 것이다. 한 번뿐인 나의 인생을 내가 살고, 나의 길을 내가 가는 것이다. 생의 길목에서 어느 길을 선택해야 할지는 바로 내 몫이다. 내가 걸어온 길은 내가 선택한 길이었다. 그리고 나는 나의 길을 간다.

산을 좋아해서 산을 찾아다녔다. 백두대간을 다니고 100대 명산을 찾아다녔다. 달리는 것이 좋아 마라톤을 하며 달렸다. 마라톤 대회장을 찾아다니고 용인신문사 회장을 하며 '용인마라톤 대회'를 만들었다. 탄천을 달려 20여km 거리의 한강으로 나가고, 고향집에서 달려 고운(孤雲) 최치원이 머물렀던 의성 고운사(孤雲寺)까지 20여km를 달렸다. 청산의 둘레길을 달렸고, 외국의 이름 모를 거리를 달렸다. 두 발로 걷고 달리는 것은 여유를 주고 낭만을 준다. 빨리 빨리가 아닌, 천천히 천천히를 가르쳐주었고, 자연과 더불어 호흡하고 느끼고 사랑하는 것을 일깨워주었다. 하늘을 볼 수 있게 하고, 대지를 느끼게 하고, 나무와 숲과 새들과 꽃과 온갖 풀들과 대화하고 교감할 수 있게 해주었다. 바쁜 일상의 삶 속에서 의미 없이 스쳐 버리던 일들이 소중하게 다가왔다. 그것은 순전히 두 다리, 두 발 덕분이었다. '머리 좋은 것이 마음 좋은 것만 못하고, 마음 좋은 것이 손 좋은 것만 못하고, 손 좋은 것이 발 좋은 것만 못하다'고 하지 않는가. 걷고 달리는 일은 내 건강의 파수꾼이었다. 땀에 흠뻑 젖으며 심신의 찌꺼기를 배출했다. 그리고 그 빈자리에 신선하고 새로운 것으로 보충하고 삶의 활력을 찾았다. 새롭게 채우는 것도 즐겁지만 힘들여 버리는 순간은 더욱 짜릿했다.

나는 오래 살기 위해서가 아니라 주어진 인생을 열심히 집중해서 건강하게 살기 위해 걷고 달린다. 그러면 삶 위에서 영혼도 육신도 역동적으로 함께 걷고 달린다. 새가 하늘을 날듯이, 물고기가 물속을 헤엄치듯이 나는 대지를 걷고 달린다. 백두대간을 다녀오고 마라톤하는 모습을 아이들에게 자랑스럽게 보여준다. 운동을 마치고 땀에 젖은 아버지의 모습을 보여주며 무언(無言)으로 '아버지는 인생을 건강하게 열심히 살아가고 있다.'고 말한다. 독일의 전 장관 요시카 피셔는 "나는 달린다." 하며 인생의 우선순위를 바꾸어 마라톤을 하며 112kg에서 75kg으로 감량하고 새로운 인생을 살고 있다. 걷고 달리는 사람은 인생이 바뀐다. 용인 라이온스클럽 회장을 하고 있는 친구는 통풍으로 고생하다가 마라톤을 함께 했다. 몇 년이 지난 지금 통풍은 사라지고 건강하게 매일 아침마다 힘차게 달린다. 그리고 고맙다고 한다.

　장수(將帥)는 흔히 지장(智將), 덕장(德將), 용장(勇將)으로 나눈다. 사람은 지성(知性)과 덕성(德性)과 야성(野性)을 갖추면 이상적인 인간상이다. 인격이 원만하여 덕성을 갖추는 것도 중요하다. 신언서판(身言書判), 곧 용모와 말과 글과 판단력을 지닌 선비와 같은 지성미(知性美))가 있어야 하는 것도 소중하다. 또한 심신이 강건해서 도전적인 용기가 나오고 개척정신이 나오는 야성미를 갖는 것도 중요하다. 마하트마 간디는 "인간의 첫째 의무는 자기의 심신을 강건하게 하는 것이다." 라고 말했다. 인생은 건강이라는 기념비 위에 행복의 집을 짓는다. 심신의 건강은 인생의 뿌리다. 뿌리가 튼튼해야만 열정이라는 잎이 무성하고 성취라는 꽃이 피고 행복이라는 열매가 열린다. 마음이 병들면 몸도 병든다. 사람은 하루에 5만 가지의 생각을 하는데 96%가 쓸데없는 생각이고, 그 중 76%가 부정적인 생각이라고 한다. 항상 긍정적이고 기쁜 마음, 감사하는 마음으로 인생을 즐겁게 살아야 한다. 매사를 즐기면서 하루하루 살아야 한다. 관념의 세계가 아무리 깊고 지식이 아무리 많아도 현실생활에 아무런 유익이 되지 않는다면 무슨 의미가 있는가. 공자 왈, 맹자 왈도 좋지만 행할 수 없는 죽은 지식보다는 살아 움직이는 실천의 소박함이 더 인간적이다. 공자는 "아는 자는 좋아하는 자만 못하고, 좋아하는 자는 즐기는 자만 못하다."고 했다. 지(知)와 호(好)와 낙(樂)의 3단계다. 알아야 즐길 수 있다. 아는 만큼 즐겨야 한다. 지성, 덕성, 야성의 그릇을 키워야 한다. 그리고 이를 좋아하고, 나아가 즐기는 것이 행복하게 사는 길이다.

　세월은 사람을 기다리지 않는다. 낭비 중 최악의 낭비는 시간 낭비다. 게으름은 죄 중의 가장 큰 죄다. 오늘 가는 이 유랑 길은 허송세월(虛送歲月)

이 아니라 남은 생을 의미 있게 살기 위해 내공을 다지는 고난의 길이요 정진의 길이다. '처마 끝의 낙숫물에 바위가 뚫어진다.' '모기도 모이면 천둥소리를 내고, 거미줄도 수만 겹이면 호랑이를 묶는다.'는 사실을 실증한 한 걸음 한 걸음의 소중한 의미를 음미하고 투지를 불태우는 길이다. 이제 멀고도 먼 정상(頂上)의 길에 왔다. 그리고 그 길은 다시 길에 연하여 있는 한 층 위의 미지의 길로 이어진다. 대한민국 최남단 마라도에서, 해남 땅끝 마을에서 걸어온 이 길은 시련의 길이자 영광의 길이다. 악전고투의 길이자 감격의 길이다. 통일전망대로 가는 그 길은 분골쇄신의 길이요 자랑스러운 승리의 길이다. 이제 목표에 도전하여 그 꿈을 실현하는 대단원의 종지부를 찍는 그 길을 시작한다. 엄숙하고 경건하게 주어진 축복의 날을 보내고 싶은 마음이 스친다.

지하로 내려가 사우나에서 몸과 마음을 정갈하게 한다. 마지막 날의 장비를 꾸린다. 눈보라를 만끽할 준비를 한다. 비옷을 입고 배낭에 커버를 씌우고 콘도를 나선다. 거센 눈보라가 거침없이 볼을 때린다. 짜릿한 느낌, 희열에 찬 첫 발을 내딛는다. 벌써 온 세상이 눈에 덮여 있다. 하늘도, 마차진 해수욕장도, 바다도 하얗게 펼쳐져 있다. '이제 나는 드디어 최후의 목적지를 향해 간다.' 하는 유쾌한 감상이 스쳐간다. 그때 갑자기 군용차가 앞을 가로막고 군복 입은 건장한 젊은이가 내린다. "혹시 김명돌 선생님이신지요?" 하고 묻는다. 그렇다고 하자 오늘 나와 함께 동행할 '안인호 중사'라며 자신을 소개한다. 악수를 하고 가볍게 인사를 나누었다. 안 중사는 작은 배낭에 빨간 깃발을 들고 있었다. "통일전망대 출입 신고소에서 만나기로 약속했지만 눈보라 몰아치는 이 날씨에 저렇게 걸어갈 사람은 오늘 나와 함께 동행할 그분이다." 생각하고 차를 세웠단다. 특전사 출신의 안 중사는 성격이 서글서글했다. 우리는 이내 가까워졌다. 부

대원 중 누군가가 나와 함께 민통선을 지나 통일전망대까지 걸어가야 하는데 자원해서 갈 사람을 묻기에 '마라도에서 여기까지 걸어오는 그 사람은 과연 어떤 사람일까?' 궁금하고 또 뭔가 특별한 그 사람과 대화를 나눠보고 싶어서 자원했다고 한다. 텁수룩한 수염의 내 모습에 역시 상상했던 그대로라며 '너무 멋있고 함께해서 영광'이라고 추켜세우니 싫지는 않다. 보름가량 면도를 하지 않았으니 얼굴은 시커멓게 수염으로 덮여 있었다. 평소 아내에게 면도하지 않은 얼굴을 내밀며 "멋있는가?" 하고 물으면 산적두목이라고 한다. 그러면 나는 "졸개라고 안 해서 고마워." 하고는 웃는다.

빨간 깃발을 든 건장한 군인의 호위를 받으며 이제 힘찬 발걸음을 내딛는다. 눈은 거센 바람을 동반하고 매섭게 내렸다. 세상은 온통 순백의 물결로 변해버렸다. 얼굴은 얼어서 이내 발갛게 물들기 시작했고, 손은 장갑을

겼음에도 시려왔다. 겨울이 다시 돌아와 나를 반긴다. 나 또한 눈보라의 겨울을 반긴다. 나의 삶이 평범한 일상보다는 파란 많은 행로라서인지 통일전망대로 가는 이 마지막 날까지 하늘은 내게 시련을 통한 깨달음, 고행을 통한 새로운 세계를 펼쳐 보인다. 축복이다. 이는 하늘의 축복이다. 도보여행 기간 중 예년 같지 않게 많은 비가 오고 눈이 왔다. 봄은 왔지만 봄 같지 않은 추위를 맛보며 여기까지 왔다. 마지막 날 마치 혹한의 겨울처럼 거센 눈보라가 반겨준다. 거센 풍랑이 유능한 뱃사공을 만드는 것처럼 고난과 역경은 사람을 더욱 강하게 만든다. 극한의 시련 속에서 생존의 의지를 다지고 익히라는 섭리라 여기고 여유로운 마음으로 받아들인다. 살다 보면 예기치 못한 힘든 일이 많다. 그럴 때면 왜 나에게만 이런 고통을 주느냐고 하늘을 향해 원망하고 싶을 때도 있었다. 그러나 그 고통은 하늘이 내 영혼을 닦기 위해 준 시련이라고 생각했다. 오래 전 내 인생의 추운 겨울, 얼마 전 소천(所天)한 옥한흠 목사의 『고통에는 뜻이 있다』라는 책을 읽으면서 상한 영혼이 위로를 받았다. 고통이란 자신의 인간성을 닦기 위한 절호의 기회이다.

하얗게 덮인 산과 들, 바다마저도 거친 파도로 하얀 포말을 내뿜는다. 길가의 나뭇가지와 풀잎에는 어느덧 하얀 눈꽃이 피었다. 친숙해진 안 중사는 간간이 지나가는 차량이 달리면서 튕기는 녹아버린 눈이 내게 오지 않도록 온몸으로 방어한다. 나를 위하는 마음이 역력하다. 고맙다고 인사를 하니 안 중사가 말한다.

"제가 나이가 어리니 말씀 낮추시지요."

"국토종단 마지막 날 함께 민통선을 지나 통일전망대로 동행하는 인연이 특별하고 또 내가 나이가 많으니, 그럼 내가 형을 하고 안 중사는 아우를 하지."

말이 떨어지는 순간, 안 중사는 눈 덮인 큰길에서 넙죽 큰절을 한다.

"형님, 절 받으시지요."

"아우님, 절 받게." 하고 당황한 나도 얼른 무릎을 꿇고 맞절을 한다. 그리고 서로의 어깨를 껴안는다. 소중한 인연을 맺는 순간이었다. 하늘이, 거센 눈보라가 하얀 꽃가루를 날리고 숲속의 눈꽃들이 환히 웃으며 축하해 주었다. 뜻밖의 횡재를 했다. 멋있는 아우를 얻었다. 다시 힘차게 눈길을 걷는다. 나는 두꺼운 장갑을 꼈음에도 손이 시린데, 안 중사는 장갑이 있음에도 맨손이다. 손 시리지 않느냐고 하자 미소를 지으며 괜찮단다.

도로는 한산했고 설원은 우리 둘만의 것이었다. 거친 날씨로 인해 관광객이 없었다. 바닷가에 조그마한 목선이 보였다. 북한에서 일가족이 저 목선을 타고 목숨 건 탈북을 했단다. 북한의 실상이 생경하게 보인다. 몇 해전 '한국 YMCA 전국연맹'의 일원으로 '광복 60주년 기념 평양 문화유적 참관'을 하며 평양에서 열리는 아리랑 축전에 다녀왔다. 북한의 교회를 방문하면서 자전거를 기증하고, 시골풍경을 둘러보았다. 비참했다. 어린 시절 60년대, 그 시절의 모습이었다. 에베레스트보다 더 높은 보릿고개를 넘

2010/03/25 11:10 AM

어야 하는 힘든 그 시절의 모습이었다. 맹자는 '무항산(無恒産)이면 무항심(無恒心)'이라고 했다. 경제적 생활이 안 되면 정신적 생활이 안정되지 않는다는 말이다. 돈은 생계유지의 기본수단이다. 돈은 생존과 안락을 보장해준다. 돈의 노예가 되는 것이 아니라 정신적 자유를 얻기 위해 경제적 자유를 얻어야 한다. 유엔 난민기구(UNHCR)에 따르면 1994년 이후 해외에 거주하는 탈북자는 3000여 명으로(독일 1390명, 영국 1000명, 미국 93명 등) 대부분 유럽에 거주하고 있다. 한국에는 2만여 명의 탈북자가 있고 매년 급격히 증가한다. 목숨을 걸고 자유와 먹을것을 찾아 탈북하는 주민들을 위해 더욱 따뜻한 정을 베풀고 사회에 잘 적응할 수 있도록 정부는 물론 모두가 관심을 가져야 한다.

바닷가에서 눈보라를 헤치며 한 무리의 갈매기들이 날아간다. 조나단 리빙스턴과 그의 제자들이 날아간다. 조나단이 새로 온 갈매기에게 꿈을 심어준다.

"너는 여기서 지금 네 자신일 수 있는, 진정한 자신이 될 수 있는 자유가 있어. 그리고 그것을 가로막는 어떤 것도 없어. 그것이 바로 위대한 갈매기의 법칙이요 실재하는 법칙인 거야."… "너는 자유롭다 이 말이야." 제자가 되기 위해 찾아온 상처 입은 영혼의 갈매기에게 조나단은 '진정한 자신이 될 자유가 있다, 너는 자유롭다'는 말로 힘과 용기를 북돋우며 생각을 바꿔준다. 자신이 자유롭게 날 수 있고 자유롭게 사랑할 수 있음을 깨닫고 믿게 된 갈매기는 기쁨에 충만하다. 얽매임의 사슬을 끊어버리고 자유로운 삶을 찾아 나아가는 희망에 가득 차서 출렁이는 바다 위를 날아간다. "자유에 닿게 하는 법만이 진정한 법이야. 그 밖의 법은 없는 거야."라고 외치며 조나단은 사랑하는 제자 플레처에게 이제 먼 길 떠나는 이별을 말한다. 체험 없는 영혼은 새로운 삶을 이루어낼 수 없음을 보여주고, 빛과 향기를 내뿜으며 조나단의 몸이 투명해지면서 공중으로 솟아 가물가물해진다.

"플레처, 너는 너의 눈이 너에게 말하는 것을 믿으면 안 돼. 너의 눈이 보

여주는 모든 것은 한계일 뿐이야. 너의 마음이 깨닫도록 하고, 이미 깨달았던 바를 발견해야 해. 그러면 너는 나는 법을 알게 될 거야."

육체의 눈으로 보는 한계를 뛰어넘어 마음의 눈으로 본질의 세계를 바라볼 때 영원한 사랑도 삶도 행복도 느낄 수 있음을 가르쳐준 조나단은 하늘 멀리 사라져갔다. 그리고 이제 나의 도보여행도 대단원의 마지막으로 치닫고 있다. '조나단, 너를 잊지 않으마. 너를 통해 마음의 눈이 밝아지고, 불굴의 의지로 살아올 수 있는 지난 수십 년의 세월이 있었으니 이제 영원한 하늘을 바라보며 무한한 자유를 누리며 살아갈 수 있도록 희망하네. 내가 세상에 태어나서 너를 만날 수 있게 된 것은 생애 최고의 행운이었네. 고마우이.'

2010/03/25 11:27 AM

　　최북단 명파 초등학교를 지난다. 최남단 마라도 분교에서 한 약속이 뇌
리를 스쳐간다. 최북단 명파 해수욕장을 지나간다. 모든 것이 최북단이다.
DMZ 박물관을 지난다. 멀리 통일전망대가 시야에 들어온다. 드디어 통일
전망대가 보인다. 한 걸음 한 걸음 순백의 눈길을 걷는다. 새삼 한 걸음의
위대함을 깨닫는다. 커브를 틀어 올라간다. 드디어 통일전망대에 도착했
다. 뜨거운 포옹을 나눈다. 감격스럽다. 뜻밖에도 귀한 분이 나의 도착을
기다리고 있다. 민통선을 관할하는 부대장님이다. 민간인 통제선을 지나
걸어서 통일전망대를 갈 수 있도록 배려해준 것만 해도 너무나 고마웠는
데, 이렇게까지 환대를 해주다니. 굳은 악수를 하고 마음을 전한다. 부대장

님과 안 중사, 우리는 통일전망대에 서서 하얗게 눈으로 덮인 북녘땅을 바라본다. 지척의 금강산도 해금강도 백설의 장관을 연출한다. 아름다운 풍광을 제대로 표현할 수 있는 능력이 없어 한스럽다. 눈시울이 붉어진다. 예배당 십자가가 하늘높이 솟아 있다. 성모마리아상이, 미륵불상이, 예배당의 십자가가. 저들은 아는지 모르는지 상관없이 모두들 사랑과 자비를 베풀며 북녘하늘을 바라보고 서 있다.

"주님!"

"성모마리아님!"

"부처님!"

"내가 말을 안 해도 무엇을 기도하는지 알고 계시지요?" 하고는 마음을 모은다. 그리고 자작시 '통일전망대에 서서' 노래를 조용히 읊조린다.

눈을 들어 북녘하늘을 바라본다.

하얗게 눈으로 덮인 산하가 보인다.

출렁이는 파도 위로 갈매기가 나는 해금강이 보인다.

금강산 일만 이천 봉이 보이고

백두산이, 묘향산이, 압록강이, 두만강이 보인다.

헐벗고 굶주린 동포들이 보이고

서슬 퍼런 이리와 늑대들이 보인다.

참혹한 현실 앞에 갈 길이 없어

더욱 애타고 안타깝다.

다시 눈을 들어 남녘 하늘을 바라본다.

땅끝전망대가 보이고

땅의 끝, 바다의 시작이 보인다.
바다 건너 마라도가 보인다.
피안의 땅, 복락의 섬, 이상향 이어도가 보인다.

이어도와 마라도를 건너 땅끝전망대에 서서
저 멀리 통일전망대를 바라본다.
백두산을, 두만강을 바라본다.

한 걸음 한 걸음 백만 걸음을 걸어
통일전망대에 서서
저 멀리 땅끝전망대를 바라본다.
마라도와 이어도를 바라본다.

그것은 끝이었고 시작이었다.
그것은 시작이었고 끝이었다.
시작은 끝이었고 끝은 곧 시작이었다.

땅끝에서의 첫 걸음이
통일전망대에서의 마지막 걸음이
감격으로 서로 만나 울부짖으며

이제 미완의 국토종단을 마친다.

다시
통일전망대에서 마라도와 이어도를 지나 저 먼 바다로 나아가고

땅끝전망대에서 통일전망대를 지나 저 만주대륙 너머로 나아가는
환희에 찬 그날의 유랑을 염원하며

이제 외로운 나그네의 발길을 멈춘다.

'가장 빠른 여행자는 자기 발로 가는 사람'이라 했던가. 산 넘고 바다
건너 비바람 눈보라 헤쳐서, 천리 길도 한 걸음부터를 넘어 2천리 길을 한
걸음 또 한 걸음 걸어서 드디어 이제 통일전망대에 도착했다. 땅의 끝, 바
다의 시작에서 출발하여 거북이처럼 달팽이처럼 백만 걸음 이상을 걸어서
여기까지 왔다. 우리의 땅, 아름다운 한반도를 가로질러 이제 더 이상은
걸어서 갈 수가 없는 그곳까지 왔다. 가서는 돌아오지 못하는 대한민국 최
남단의 영토 이어도는 피안의 땅 복락의 이상향이지만, 저 북녘땅은 동토
의 땅이자 죽음의 땅이다. 통일을 염원하는 마음을 담고, 평화와 행복을
추구하는 소망을 가지고 여기에 왔다. 두고 온 산하를 그리워하는 실향민
들의 아픔을 달래주고 통일의 염원을 심어주는, DMZ와 남방한계선이 만
나는 고성군 현내면 명호리에 소재하는 해발 70M에 서 있는 통일전망대
에 왔다.

16km 앞, 하얗게 덮인 아름다운 금강산이 보인다. 해금강이 보인다. 맑
은 날에는 옥녀봉, 채하봉, 일출봉 등 천하절경을 볼 수 있지만, 오늘은 하
늘도 산도 바다도 모두가 하얗다. 바람도 가고 구름도 가고, 갈매기도 자
유롭게 오고갈 수 있는 북녘의 땅과 바다가 보인다. 고성 8경의 하나인 통
일전망대에 서서 전쟁의 아픔을 보고 남북분단의 현실을 보고 통일의 벅
찬 감동의 그날을 본다. 몇 해 전 두려움과 설렘으로 육로를 통하고 해로
를 통하여 다녀온 금강산. 고운 최치원이 가고, 매월당 김시습이, 난고 김
삿갓이, 고산자 김정호가, 수많은 시인묵객(詩人墨客)들이, 선승(禪僧)들

이 오고간 저 금강산, 저 북녘의 산하를 나는 오늘 자유롭게 거닐어볼 수 없다. 하루속히 걸어서 한라에서 백두까지, 자유롭게 저 북녘땅을 누비고 백두산을 오르고 두만강을 건널 수 있는 그날이 오기를 염원하며 마음을 모은다.

마라도 자장면 집 기둥에 적어놓은 '김명돌, 마라도에서 통일전망대까지 걸어서 가다!'를 드디어, 드디어 이루었다! '대한민국 만만세!'다.

에필로그

인생은 여행이요, 이를 즐길 줄 아는 것은 축복이다. 여행은 인생의 아름다운 춤이요, 멜로디요, 온몸으로 쓰는 글이다. 아름다운 해방이요, 다채로운 견문을 접하는 배움터다. 꿈결 같은 추억의 시간이요, 미지에 대한 동경의 실현이다. 낯선 만남과 이별을 통해서 인생의 화원을 아름답게 가꾸는 인연의 산실이다. '군자는 삼만 권의 책을 읽고 삼만 리를 여행해야 한다.'는 옛 성현의 말이 새삼 가슴에 와 닿는다.

용인에서 눈 덮인 먼 길을 달려 아우들이 왔다. 용인 라이온스클럽 회장 윤상열, 백두대간 종주 팀 등반대장 이영희, 사람 좋은 아우 유경희, 100대 명산 팀 등반대장 이희균이다. 아우들을 부둥켜안고 감격의 시간을 함께 나누었다. "열흘 이상 면도를 하지 않아 텁수룩하게 길러진 얼굴이 추위에 얼어 불그스름한 모습이 정말 멋있다."고, "결국 국토 종주를 해내고야 마는 형이 자랑스럽다."고 추켜세운다. 전망대 매장의 직원들도 박수를 치며 찬사를 보내니 괜히 으쓱해진다. 또 하나의 금자탑을 이룬 영웅이나 된 것 같은 기쁨을 누리며 통일전망대에 섰다.

떠나기가 아쉬웠지만 길을 나서야 했다. 아우들과 거진항으로 갔다. 무용담을 나누고 축배를 마시며 기쁨을 만끽했다. 즐겁고 행복했다. 우리는 다시 눈이 내리는, 하얗게 눈으로 덮인 천년고찰 건봉사로 갔다. 시공의 건너편 부처님의 진신사리를 만나고, 유정 사명대사를 만나고, 만해 한용운을 만났다. 눈 속에 발이 푹푹 빠지며 건봉사 경내를 돌고 나니 마음이 다 정화된 듯 극락이 따로 없고 모두가 부처님 같아 보인다.

2010/03/25 12:18 PM

　계속해서 눈이 내린다. 함박눈이 아닌 폭설이 내린다. 건봉사를 돌아 나와 용인으로 간다. 어느 방향으로 갈까 망설이다가 내가 걸어온 길, 진부령을 넘어간다. 푹푹 쌓인 눈으로 고개를 넘어갈 수 있을까 염려스러웠지만 조심조심 정상으로 올라갔다. 아름다운 설국(雪國) 진부령을 넘었다. 설경에 취해 고개 너머 도로변에 차를 멈추었다. 하얗게 뒤덮인 이 세상을 두고 길을 재촉하지 말자며, 막걸리 한 잔을 나누면서 천천히 쉬어간다. 날은 어두워지고 쏟아지는 하얀 눈이 마음을, 세상을 밝혀준다. 일배일배 부일배(一杯一杯復一杯), 우리는 마음껏 생의 찬미를 노래했다.

　늦은 밤 멀리 내 삶의 터전인 '생거용인(生居龍人) 사거용인(事居龍人)'의 고장 용인 시가지 불빛이 보인다. 평소 존경하는 용인 YMCA 박양학 이사장님께 전화했다. "국토 종단의 나그네 여정을 마무리하고 정든 용인 입구에 들어서면서 존경하는 이사장님께 보고 겸 인사 올립니다."

"아빠!"

현관문을 열고 들어서자 막내 진교가 달려 나오며 부르짖는다. 아내와 진세도 뒤를 따라 방에서 나온다. 진교를 꼭 껴안고 수염으로 얼굴을 비빈다.

"으악!"

단말마의 비명을 지르며 품에서 빠져나가려고 발버둥을 친다. 드디어 집에 왔다. 내 삶의 안식처, 사랑하는 가족들이 있는 내 인생의 보금자리로 돌아왔다. 돌아올 곳이 있어 떠났던 나그네 여정, 돌아올 곳이 없었다면 정녕 얼마나 슬프고 외로웠을까. 내 인생의 베이스캠프 집으로 왔다. 먼 길을 돌아 다시 집으로 왔다. 피는 물보다 진하고 사랑은 죽음보다 강하다고 했던가. 피와 사랑으로 맺어진 혈연 공동체인 가정, 고단한 인생의 안식처요 행복을 나누는 공생공애(共生共愛)의 장소인 집으로 왔다.

김이 무럭무럭 나는 따스한 욕조의 물에 몸을 담근다. 평안하다. 눈가에 이슬이 맺힌다. 지난 일들이 주마등처럼 스쳐간다. 이제 격정의 여행을 마무리하고 다시 평범한 일상으로 돌아가야 한다. 여행을 통해 달라지고 변한 모습으로 세상과 만나고 사람들과 만나야 한다. 여행을 하며 만나고 생각하고 느끼고 다짐했던 모든 이야기들을 소중하게 가슴에 담고, 스치는 인연들을 여유롭고 따뜻한 미소와 온기로 만나야 한다.

새벽을 향해 어둠이 힘차게 달려간다. 서재에 희미하게 여명이 밝아온다. '어둠의 편이 된 햇볕은 더 이상 어둠을 밝힐 수 없다.' 고 했던가. 빛을 향해 달려가는 어둠은 더 이상 어둠으로 존재할 수 없다. 마음이 밝아온다. 자유와 평화의 안식을 맛본다. 지혜의 빛이여! 광명의 빛이여! 어둠과 절망을 삼키고, 자유와 평화를 누리며 지나온 길, 언제나 함께 동행하며 지켜주신 당신에게 감사, 감사하나이다.

지난 25일 간의 도보여행은 정신적으로나 육체적으로 내 인생의 특별한 경험이었다. 도보여행이 끝난 후 내가 걸어간 길을 승용차를 타고 가면서 만감이 교차했다. 송광사에서 입적하신 법정스님을 만나고, 백담사 만해기념관에서 만해를 만나고 '복종'을 만났다. 세상은 보는 시각에 따라 다르며 모든 것이 자신이 마음먹기에 달려 있다는 것을 새삼 깨달았다. 천국도 지옥도 모두 내 마음 안에 있었다. 내 마음에 따라 내 몸이 성전(聖殿)이 되고 아비규환(阿鼻叫喚)의 지옥이 된다는 사실을 가르쳐주었다. 삼라만상의 자연만물이 참 아름다운 신의 작품이요, 자신의 모습은 신이 빚어낸 최고의 조각품이라는 것을 알았다. 하늘과 땅, 산과 바다, 태양과 달과 별들, 나무와 풀잎과 이름 모를 꽃들, 비바람과 눈보라가, 스쳐가는 인연들이, 친구와 적들이, 부모형제가, 아내와 아이들이, 이 모두가 어우러져 나를 더욱 나답게 하는 축복의 존재들임을 자각하게 되었다.

봄은 왔지만 봄이 아니었다. 유난히도 비가 많이 왔다. 마지막 날, 눈보라와 강추위는 여행의 압권(壓卷)이었고 백미였다. 민간인 통제선을 걸어 통일전망대로 가는 3월 하순의 눈 덮인 세상은 먼 길을 달려온 나그네에게 주는 신의 특별한 선물이었다. 도보여행에서 만난 모든 인연들에게 감사하며, 특히 2010년 11월 13일 결혼을 한 안 중사에게 소중한 가정을 잘 꾸려 행복하기를 바라는 마음으로 아파치족 인디언들이 결혼식 때 새로운 삶의 여행을 떠나는 두 사람에게 주는 축시를 보낸다.

이제 두 사람은 비를 맞지 않으리라.
서로가 서로에게 지붕이 되어줄 테니까.
이제 두 사람은 춥지 않으리라.
서로가 서로에게 따뜻함이 되어줄 테니까.
이제 두 사람은 더 이상 외롭지 않으리라.
서로가 서로에게 동행이 될 테니까.
이제 두 사람은 두 개의 몸이지만
두 사람의 앞에는 오직 하나의 인생만이 있으리라.
이제 그대들의 집으로 들어가라.
함께 있는 날들 속으로 들어가라.
이 대지 위에서 그대들은
오랫동안 행복하리라.

나는 이 책을 돌아가신 아버지와 아우에게 바친다. 힘든 마음을 억제하지 못하셔서 한 잔의 술로 세상사 시름을 달래며 절규하시던 아버지께서 이제는 그곳에서 영원한 안식을 누리시길. 홀연히 세상과 이별을 하고 떠나버린 사랑하는 아우야, 남겨두고 간 진철이와 나현이, 제수씨 걱정하지 말고 청산의 혼이 되어 우리 모두 꿋꿋하고 정겹게 살아가는 모습을 지켜보길 바란다. 이 세상 떠나는 날까지 어찌 함께 웃고 울었던 피붙이를 잊을 수 있겠는가. 형제의 인연으로 만난 아우와 형님들께 감사한다.

진혁이, 진세, 그리고 진교, 아버지는 너희들과 함께할 수 있어서 너무 행복하다. 언제나 자신을 소중히 여기고 당당하고 멋있게 이 세상을 살아가기 바란다. 어렵고 힘든 이들을 돌볼 줄 아는 사람이 되고, 때로는 눈물 흘리며 함께 아파할 줄도 아는 사람이 되어야 한다. 측은지심(惻隱之心)은 사랑과 자비와 인의 시작이요 끝이다. 기원전 6세기 무렵, 강력한 유목민족 스키타이 왕이 다섯 아들을 불러놓고 이야기하는 '다섯 개의 화살' 이야기를 떠올리면서 항상 형제지간, 사촌지간의 정을 나누고, 의기투합하여 마음을 모으고 힘을 모으기 바란다.

어머니와의 특별한 인연 고맙습니다. 남은 이승의 삶, 언제나 평안하시길 소망합니다. 한살이 삶을 살아오며 흘리신 어머니의 값진 눈물이 있으셨기에 청산의 사랑과 행복이 있습니다. 80이 넘은 노파가 되어 병실에 누워서 혼자서는 자리에서 일어나지도 못하시지만 어머니는 언제나 머리가 하얀 아름다운 천사이십니다.

"사랑합니다, 어머니!"

스콧 니어링은 "자서전은 살아오면서 얻은 경험과 지식을 자신을 중심으로 그려내는 보고서와 같은 것이다. 자기 이야기에만 국한된다면 진정한 자서전이라 할 수 없다."고 했다. 자서전이라고 하기에는 거창하지만, 이 글은 두 발로 걸어서 여행하며 온몸으로 쓴 자서전이다. 걸음걸이와 몸짓으로 나타난 그 글은 내면의 자아를 표출하여 하얀 종이 위에 기록되었다. 그 글은 과거가 있고 현재가 있고 미래가 있는 세 권의 책이다. 슬프고 외롭고 고단한 과거를 돌아보는 눈물이 있고, 부끄러움으로 점철된 지난 날의 과오들, 나태 교만 탐욕 어리석음 분노 방종 미움 술 취함 불효 성냄…,에 대한 행간의 고백이 있다. 무수한 허물들을 돌아보며 참회의 눈물을 흘리며 길을 가고 온몸으로 글을 썼다. 이제 흑암의 세월은 가고 광명의 내일이 오리라 믿으며 소망을 갖는다. 그리고 이는 감사하고 즐거워하는 오늘 하루하루에 의해 이루어지리라는 것을 알고 있다.

밀레의 '만종'의 배경은 석양이 지고 어둠의 장막이 조용히 대지를 뒤덮는 황혼의 들녘이다. 일하던 젊은 부부가 멀리서 예배당 종소리가 은은히 들려오자 일손을 멈추고 조용히 고개 숙여 감사의 기도를 드린다. 이는 하루하루의 삶에 사랑과 노동과 신앙이 깃든 모습을 그린 인생의 성화(聖畵)다. 사랑을 배우고 감사를 배우고, 용서를 배우고 평화롭고 자유로운 행복을 누리고 싶은 것은 모든 인생의 소망이다. 일일시호일(日日是好日), 하루하루가 즐거운 날이다. 내일 일은 내일 염려할지니 내일이 먼저 올지 다음 생이 먼저 올지 알 수 없다. 한 날의 즐거움에 감사하며 내일은 다시 내일의 태양 아래 호흡하며 기뻐하기를 기도할지라.

김명돌